【关中枭雄系列】

马家寨

贺绪林◎著

陕西出版传媒集团
太白文艺出版社

图书在版编目（CIP）数据

马家寨 / 贺绪林著. — 西安 ：太白文艺出版社，2015.1
（关中枭雄系列）
ISBN 978-7-5513-0769-7

Ⅰ. ①马… Ⅱ. ①贺… Ⅲ. ①长篇小说—中国—当代 Ⅳ. ①I247.5

中国版本图书馆CIP数据核字（2014）第280396号

马家寨

作　者	贺绪林
责任编辑	王大伟　荆红娟　李　丹
封面设计	朵　云
版式设计	前　程
出版发行	陕西出版传媒集团 太白文艺出版社 （西安北大街147号 710003） 太白文艺出版社发行：029-87277748 tbwytougao@163.com
经　销	新华书店
印　刷	陕西博文印务有限责任公司
开　本	880mm×1230mm　1/32
字　数	250千字
印　张	10.25
版　次	2015年6月第1版 第1次印刷
书　号	ISBN 978-7-5513-0769-7
定　价	29.00元

序

“关中枭雄”系列长篇迄今我写了五部，依次是——《兔儿岭》《马家寨》《卧牛岗》《最后的女匪》《野滩镇》。

第一部是1994年动笔写的，1995年8月份完稿，交给了一个书商，没想到被他弄丢了。沮丧的个中滋味只有自己知道，幸亏我的承受力还可以，没有崩溃，重整旗鼓，花了三四个月时间重新写出。2002年人民文学出版社出版了这部作品，书名《昨夜风雨》。等待出版期间被西安华人影视公司改编为三十集电视连续剧《关中匪事》（又名《关中往事》），在全国热播，广获反响。片头曲“他大舅他二舅都是他舅，高桌子低板凳都是木头……”唱红了大江南北。这是我始料不及的，也给了我极大的鞭策和鼓励。

随后一鼓作气写了《马家寨》和《卧牛岗》。2005年年初，太白文艺出版社把这两部作品连同《昨夜风雨》（更名为《兔儿岭》）一并隆重推出，产生了一定的影响。

2006年完成了《最后的女匪》，由北京文化艺术出版社推出。

2008年完成了《野滩镇》，此作被列入陕西省重大文化精品项目——西风烈·陕西百名作家集体出征，2010年由太白文艺出版社出版。

“关中枭雄”系列小说讲述的都是关中匪事。陕西关中闹匪是20世纪50年代以前的事了，我出生于20世纪50年代之后，从没见过土匪，书中的故事都是听来的。土匪的首领几乎都是世之枭雄，不乏智勇杰出的人物，譬如书中的刘十三、马天寿、秦双喜、郭鹞子、彭大锤……他们称得上真正的关中汉子，之所以为匪，并非他们所愿，是有其社会根源的。

我的故乡在陕西关中杨陵。杨陵，曾是农神后稷教民稼穑之地，现在发展成为国家唯一的农业高新技术产业示范区，便改“陵”为“凌”，意在高翔。根据这五部书之一《兔儿岭》改编的电视剧《关中匪事》在全国各地电视台热播后，常有人问我，这块圣地怎么会出土匪呢？甚至有人怀疑我在瞎编。这些朋友对杨凌的历史只知其一，不知其二。杨凌位于关中西部，南濒渭水，北依莽原，西带长川，东控平原，原本是富饶之地。民国十八年(1929年)，关中地区遭了前所未有的大年馑，旱灾、蝗虫加瘟疫，死人过大半，十室九空，富饶之乡变成了荒僻之壤，土地也变得荒芜贫瘠，很难养人。有道是：“饭饱生余事，饥寒生盗贼。”此话不谬。贫瘠的土地长不出好庄稼，却盛产土匪，当然，书中涉及的地域不仅仅局限在今杨凌，而是包括整个关中西府的黄土地。

还有人以为我是土匪的后代。在这里我郑重声明：我家祖祖辈辈都是纯朴忠厚的良民，以农为本，种田为生，从没有人干过杀人放火抢劫的勾当；而且我家曾数次遭土匪抢劫，我的父亲和伯父都是血性硬汉，舍命跟土匪拼争过。那一年父亲和伯父因家务事吵了架，分开另过，土匪趁机而入，经过父亲住的门房时，土匪头子对几个匪卒说：“这家伙是个冷娃，把他看紧点！”随后直奔伯父住的后院，响动声惊醒了伯父，一家人赶紧下了窖子，伯父手执谷杈守在门口，撂倒了一个匪卒，随后跳下了窨子。至今许多老人跟我讲起往事，都对父亲兄弟俩赞不绝口，说他们兄弟俩是真汉子。

然而，我的家族中确实有人当过土匪，让乡亲们唾骂不已，这也让我心怀内疚感到难堪。有句俗话说："养女不笑嫁汉的，养儿不笑做贼的。"虽是俚语，却很有哲理。谁都希望自己的儿女成龙成凤，可谁又能保住自己的儿女不去做贼为匪，不去偷情养汉？家乡一带向来民风剽悍，几乎每个村寨都有为匪之人，都流传着关于土匪的传奇故事。追根溯源，这些为匪者或好吃懒做，或秉性使然，或贫困所迫，或逼上梁山……尽管他们出身不同，性情各异，可在人们的眼里他们都不是良善之辈。我无意为他们树碑立传，只是想再现一下历史，让后来者知道我们的历史中曾有过这么一页。

"关中枭雄"系列小说迄今写了五部，不管哪一部，您看过三页还觉得不能吸引眼球的话，就把书扔了吧，免得耽搁您的时间。

这不是广告词，是心里话。

好了，不啰嗦了，您看书吧。

贺绪林

2014年中秋

第一章

出事的那天是中伏天的一个中午。

那天出奇的热。天蓝得发青，瞧不见一丝云彩，白花花的太阳当头照着，把风儿也晒死了。河边的白杨叶蔫头耷脑地垂着，动也不动。一条游狗从河水中钻出来，趴在树荫下，伸着烙铁似的舌头，拼命地喘着气。

那时，马天寿在河湾里锄玉米。他家在河湾有两亩水地，地虽少，却旱涝保收。由于久旱无雨，水田的禾苗也干焦蔫巴起来，玉米叶绳子似的拧着。农谚云："天旱锄田，下雨浇园。"说的是锄头上有水，还得抓紧夏锄。倘若又遇上年馑，秋田颗粒不收，只好喝西北风去。他尝过饿肚子的滋味，知道那个罪不好受。玉米苗刚刚高过他的头，他光着膀子把锄挥舞得虎虎生风，玉米叶被锄头撞得哗哗作响，锯得他裸露的皮肤如同刚从锅里捞出的红烧肉。

锄到了地头，天寿一头钻出玉米地，站在路边拉风箱似的喘着粗气。他身坯牛高马大，粗茶淡饭并没妨碍他的发育，一身骡子般的筋肉，光着膀子赤着脚，只穿一条白粗布短裤。阳光如同锄尖抵着他的前胸后背，他感到沉重、滚烫、刺痛。汗珠子从额头、脸上、前胸、后背往下滚落，犹如虫子一般曲折地顺着脊背往下爬，钻入短裤里。他的粗布大短裤又往下溜了，他便往上拽了拽裤腰。

天寿长长喘了一口气，拄着锄把，抹了一把脸上的汗珠甩在地上，眯着眼睛看天。太阳还没移到头顶，无遮无拦地往下喷着火，烤得脚下的地皮都发烫。他换了一下脚，把脚板往黄土里蹭了蹭，骂了一句："狗日的，这么毒！"转身走到地头一棵泡桐树下，折了一片桐树叶扇凉。

按说还不到收工时间，可他却有点吃不消了。以往这两亩水地他和哥哥天福一同来锄，哥哥被抓了壮丁，这活他就得一肩挑起。紧挨他家水地的是乡绅冯仁乾的八亩玉米。冯家的伙计头陈根柱带着五六个伙计已经折身往回锄了。陈根柱钻出玉米地，看见他消停地折了一片桐树叶扇凉，嫉恨地剜了他一眼。他们是冯家的伙计，吃人家熟的拿人家生的，身不由己。他是自个儿给自个儿当掌柜的，睡坐都由着自个儿。今儿的太阳实在太毒了，钻在玉米地里比闷在蒸笼里还难受。他决定提前收工，剩下的活等太阳落了窝后再来干。

他忽然恶作剧地冲着陈根柱一伙的脊背吼起了秦腔乱弹：

为王的坐椅子脊背朝后，

没小心把肚子搁在前头……

陈根柱扭过脸来，恶狠狠地瞪了他一眼。他仰脸哈哈大笑起来……

天寿扛起锄头正准备回家，忽然看见前边不远处的玉米地里钻出一个年轻女人。他微微吃了一惊，怔怔地看着那女人。恰在这时，那女人也回眸看他，看到他在看她时，似乎羞涩地笑了一下，急忙撤回目光，端起地头的洗衣盆扭身朝河边走去。女人的腰身如同柳枝一样柔韧，迎风似的扭着，扭出了一路的风韵。

尽管那年轻女人只是惊鸿一瞥，天寿还是认出了她是冯仁乾新娶不久的小妾。冯仁乾是马家寨数一数二的财东，天寿跟他往日无冤，近日无仇，却有点儿恨他。冯仁乾仗着有钱，老婆娶了一房还嫌不够，老牛想吃嫩草，又娶了第二房。

冯仁乾娶亲那天，他也去看热闹。那排场红火的场面且莫提起，让他没想到的是冯仁乾新娶的老婆竟然比冯仁乾的女儿还年轻，而且十分俊俏。当下他心里很不是滋味。他二十四岁了，还打着光棍，冯仁乾都胡子一大把了，却娶了两房老婆，这一个竟然还这么年轻漂亮。富人吃香的喝辣的搂着花骨朵女人睡觉，好事都占尽了。穷人吃糠咽菜，睡觉空着半边炕，尽吃苦受罪。这个世道也太不公平了。他由嫉生恨，在肚里狠狠骂了一句："一棵嫩白菜叫猪拱了！"

那天晚上他失眠了，满脑子想的都是女人。后来，他迷迷糊糊地做了个梦，梦见自己娶媳妇。一顶花轿呼扇呼扇地抬进家门，那女人下了轿，头上顶着盖头，腰身十分好看，凹的地方凹得惹眼，凸的地方凸得醒目。进了洞房，他急不可待地掀开女人的盖头，竟是冯仁乾新娶的小老婆。他惊呆了，那女人却用狐媚子眼波撩拨他，还伸出一只白嫩的手替他宽衣解带。他再也按捺不住，把女人搂在怀中，压倒在炕上，一阵痛快淋漓之后，他倏忽惊醒，裤裆里湿乎乎的一片……这虽是南柯一梦，却让他回味无穷。那天他呆坐在炕上，回味着梦中的情景，不住地咂巴着嘴，嘴角还挂着一丝涎水，似乎刚从一个上等筵席下来，但还没有吃饱肚子。他再次倒头睡下，想再做一回这样的好梦，却再也没有进入梦乡，反而大半夜睡不着觉，辗转反侧到后半夜，还是没有一丝睡意。他骂了一句粗俗不堪的话，把自己的拳头狠狠砸在枕头上……

天寿忘记了头顶毒热的太阳，痴呆呆地看着女人的背影，直到消失。他有点儿迷糊，弄不明白女人钻进玉米地里去干啥。他着了魔似的，径直走过去想看个究竟。钻进玉米地一丈来深，他看到畦沟里有碗口大的一个湿疤，湿疤中有个窝窝。他先是一怔，俯下身把那个湿疤窝窝看了半天就明白过来，咧着嘴无声地笑了。他站直身子，解开裤带，掏出家伙对着那湿疤窝窝狠狠冲了一泡尿。尿声哗哗的，显得十分强健粗野蛮横。他咧开嘴开心地笑着，浑身舒坦地连着打了两个尿战。

后来回想起这件事，天寿说那天他实在是着了魔。他钻出玉米地，却没有回家，反而沿着女人走过的那条道朝河边走去。田间小道在河边变成了羊肠小道。羊肠小道钻进一片不大的芦苇林就到了小河。河宽不过三丈，深不过两尺，清澈见底，有鹅卵石铺在细沙上，有鱼儿在水中游，有蜻蜓在水上飞。河边铺着几块大青石板，青石板左右两侧有几棵老白杨和几棵大柳树，知了起劲儿地在树上聒噪，制造着这一方的僻静。

天寿走进芦苇林，隐约看见女人蹲在青石板上洗衣。他没再往前走，猫在芦苇林中往那边窥视。女人的背影像个硕大的葫芦，一个饱满成熟的葫芦，煞是好看。刚才神情恍惚，他没有看清楚。此时他看仔细了，女人穿了件红绸花格短袖衫子，薄如蝉翼，裸露的双臂如同两截肥藕，手腕上戴着金镯，一动一晃闪着太阳的光辉；裤子也挽到了大腿根，丰腴白嫩的大腿展示着女人的青春和美丽，不由得使人滋生出一种强烈的欲望。天寿只觉着心里头有无数毛毛虫在躁动，他禁不住在胸口连着抓了几把，脸上的汗水顺着脖颈流下来却全然不知。

女人洗衣服的样子很好看，似唱戏的小旦在甩水袖。女人边洗衣服边哼着小曲:"墙头上跑马还嫌低,面对面睡觉还想你,扒住哥哥亲了个嘴,肚里的疙瘩化成水……"

这分明是情歌,把天寿听得全身的血脉偾张。他在心里骂道:"狗日的骚得很!"连咽了几口唾沫。

女人把洗干净的衣裳晾在芦苇上,伸长脖子往四处张望。天寿的心猛地一颤,意识到可能要出点儿什么事。果然就出了点儿事。女人收回目光,伸手就解衣扣。短袖衫子脱掉了,粉嫩的胴体上只着一件鲜红的裹肚。女人的手没有停,裹肚也摘掉了,粉嫩的胴体无遮无拦地暴露在光天化日之下,胸前两只美丽的白鸽子高傲地扬着头,跃跃欲飞。天寿把眼睛瞪到了极限,眨也不眨地盯着,唯恐遗漏了星星点点。女人的手还没有停,又解开了裤带,脱掉了裤子。此时女人身上只剩下了一条红裤衩。女人的手还在动作,裤衩最终也被除掉了。一个再没有什么秘密的女人静静地站在河边,低头看着流水,不知是在欣赏自己,还是在干其他什么。

天寿傻了,慌忙揉揉眼睛。他来到这个世界上,经过了二十四个春秋,从没看到过如此触目惊心、摄人魂魄的美妙风景。他感到一阵目眩,不知道自己身处何处,身子如同雪狮子烤火,心头却卷起了漫天狂飙,下身鼓鼓地撑了起来……

女人下了河,弯下腰去,浑圆的屁股高高翘起,在骄阳的照耀下泛着令人心惊肉跳的白光。女人撩起一把河水,河水便热烈地扑向女人,亲吻着女人粉嫩的胴体,碰撞成无数晶莹的翡翠,从女人丰满的胸脯、光洁的脊背、浑圆的屁股上滚落下来,落入河中。天寿把这一切都看在眼里,全身的每一根血管都在膨胀,几近爆裂。下身的阳物按捺不住地像橛子一样顶得难受。一股强烈的、本能的、原始的、充满兽性的欲望在他的胸膛里铺天盖地地燃烧着,愈燃愈烈,终于把他烧毁了。他觉得天地之间,除了近在咫尺的女人,别的一切都不存在了。他弄不清楚自己是怎样钻出芦苇林,扑倒了那个女人……

“救命啊!”

变了调的呼救声划破了河边的沉寂,往远处震荡。在那一刻,白杨树、柳树上的知了都吃了一惊,停止了聒噪。天寿的耳朵却什么也没听见,眼睛只盯着身下光洁粉嫩的女人。女人这时已经完全吓傻了,不懂得什么风花雪月了,因而也不会有什么味道了。那时天寿并不懂这些,只是像一头饿急了的野猪闯进了白菜地里乱拱乱吃。当他被几双大手从女人的身上揪开时,还在情迷之中。没等他明白过来,几个拳头和几只脚从不同的方向一齐对他的躯体发起了进攻。尽管他的身体很雄健,有着坚强的抗击力,但毕竟进攻太强大了,他的身体如同一个大麻袋,被打得东倒西歪。其中一个拳头猛地砸在他的后脑勺上,他只觉得眼前那美妙无比的粉嫩肉体消失了,金灯银灯乱转起来。他似乎又觉得喝醉了酒,迷糊起来,嘴里咕哝了句什么,随后眼前那乱转的金灯银灯也熄灭了……

冯仁乾得知二姨太被奸的消息已是午饭后。是陈根柱给他报的信。陈根柱是冯家的伙计头,也是冯家的远房外甥。他心眼活泛,眼尖手快,伶牙俐齿,能见风使舵,很得冯仁乾青睐。

是时,冯仁乾正躺在上房开间的躺椅上纳凉。他跷着二郎腿,一手摇着大蒲扇,一手用牙签剔着牙缝。中午伙食不错,是牛肉凉皮,他吃了两老碗。冯家日子过得滋润,掌柜的心宽事少,能睡能吃,胃口一直很好。他从牙缝剔出一条肉丝,吐在脚地,放下牙签,端起放在身边桌上的茶壶，嘴对嘴喝了一口，咕嘟咕嘟漱了一下口，缓缓咽下。他喝着茶，眼珠子不时地往街门口瞅。老婆冯洪氏从屋里出来，看他那模样，撇着嘴说："瞅啥哩？让那个小妖精洗几件衣裳就把你心疼成啥了。"

两月前，冯仁乾纳了个小妾，为此老婆冯洪氏肚里一直存着气。今儿中午，太阳正毒，冯洪氏却硬是要小妾香玲下河去洗衣服，冯仁乾不想让去，可看冯洪氏要跟他吵架的模样，便啥也没说。他不想为这点儿小事跟大老婆吵，再者，小老婆也就十九岁，洗几件衣裳也不算个啥。但到这时辰，还不见小老婆回来，他不免有点儿着急。其实他也不是不放心，大天白日头的能出个啥事？只是院里没有小老婆的身影和声音，他感到空落落的。小老婆长得俊俏，他就是爱看小老婆白格生生的俊脸。

冯仁乾瞪了大老婆一眼，怨恨尽在不言中。

冯洪氏也回敬了他一眼，哼了一声，扭屁股进了屋。

就在这时，陈根柱失急慌忙地跑了进来，惊叫道："四舅（冯仁乾行四）不好咧，把麻达弄下咧！"

冯仁乾喝了一口茶，不慌不忙地问道："把啥麻达弄下咧？"

"天寿狗日的，他他……"根柱抹着脸上的汗水，结巴起来，说不出个子丑寅卯。他知道冯仁乾脾气乖戾，有所顾忌，不敢直言。

"天寿咋了？"冯仁乾忽地坐起身，眼睛紧盯着陈根柱。

去年伏天，为吃水冯家和天寿干了一仗。冯仁乾当时虽然没有出面，可事情的结果却让他大失脸面。对此事他一直耿耿于怀。

马家寨地处渭北高原，原上缺水，井深三十余丈。马家寨有两眼井，皆为官物。两眼官井的水既甜且旺，平常日子，大伙吃水并不犯愁。只是每遇旱年，吃水就比吃油还难。去年伏天天遇大旱，两眼官井前排起了长队。冯家是大户，用水量大，冯仁乾便打发伙计在两眼井都排上队。对此，众人也没啥怨言。

这一日，陈根柱在村东的官井排队绞水。轮到他时，已是黄昏。他绞上水桶，一看，只有半桶黄泥汤。天旱水位下降，加之不间断地绞水，井里已无水可绞。排在后边的人一看此情景，都摇头叹息而去。陈根柱脑子活泛，灵机一动，便盖上井盖，和衣睡在井盖上。明儿清晨第一名绞水者非他莫属。他没有想到马天寿竟然"计"高一筹。

天寿白天下地，傍晚回到家想喝口水，揭开瓮盖，瓮底朝着屋顶。他挑起水桶去绞水，村西的官井摆着长蛇阵，村东的官井已无水可绞。他只好忍着口渴啃了一块锅盔去睡觉。半夜里他嗓子眼冒烟，再也无法入睡，便爬起身朝村东官井走去。

来到官井，他看见井盖上睡着人，便明白了是咋回事。借着月光他仔细一看，是冯仁乾的伙计头陈根柱。他想叫醒陈根柱俩人一同绞水。他连唤几声，陈根柱却鼾声如雷，动都没动。他灵机一动，想跟陈根柱开个玩笑。他双臂一使劲儿，抬起井盖一头往一旁挪动。井盖挪到了一旁，陈根柱竟然没醒，依然响着叫贼吓老鼠的鼾声。他笑骂了一句："这狗日的咋跟死猪一样。"转身去摇辘轳把绞水。

绞满一担水，陈根柱没有醒。绞了两担水，陈根柱依然大睡不醒。天光大亮了，天寿家里的大老瓮绞满了，陈根柱这才揉着惺忪的睡眼坐起了身。天寿站在一旁抽着旱烟得意地笑。陈根柱迷糊地看了天寿一眼，摸不清他笑啥。他绞上一桶水，一看，傻了眼，又是黄泥汤！他抬起眼看天寿，啥都明白了，顿时脸上变了颜色，冲着天寿破口大骂。天寿已得利益，并不计较，只是得意地笑。陈根柱却不依不饶，越骂越难听，越骂越不堪入耳。天寿敛了笑，脸上变了颜色，以牙还牙："我让你二两酱，你当我不识秤！我绞马家寨官井水与你锤子（男性生殖器）不相干！你狗日的老鼠戴串铃，算哪国的儿马子！"

陈根柱气哑了，恼羞成怒，扑过去就打天寿。天寿本来就是刺儿头，哪里肯善罢甘休，当即挥拳迎了上去。几个回合下来，便分出了高低。陈根柱只有抵挡之力，毫无还手的机会。打斗怒骂声惊动了大半条街，大伙都奔过来瞧热闹。陈根柱瞅见冯家的两个伙计，大呼援手。那两个伙计奔来不问青红皂白，就捋袖子舞拳头朝天寿扑来。天寿以一敌三，当即就显出败迹。这时天寿的堂兄天禄奔了过来，叫道："姓冯的也太欺负人了！"喊叫族里的弟兄快上手。马家族中的天祥、天富、天狗等几个愣头青便上了手，冯家族中也冲出了几个冷娃生坯子。原本是两人相斗，霎时变成了两族人的混战。

就在这时，只听见有人大喝一声："住手！"

混战的双方都是一怔，转眼一看，是金大先生。冯族人在刚才的争斗中处于下风，不肯善罢甘休，几个愣头青还要动手，特别是陈根柱，拳头又抡起来。天寿哪里肯饶他，也舞起了拳头。

金大先生脸上变颜失色，又是一声厉喝："天寿，还不住手！"

天寿见金大先生脸色十分难看，悻悻地缩回了手。

金大先生转眼盯着陈根柱，说道："根柱，客再大也压不过主。你还要动手吗？"

陈根柱蔫了，垂下了拳头。

金大先生悬壶济世，医术高明，行医几十年，救死扶伤，且为人谦和，向来乐善好施，别说在马家寨，就在方圆几十个村寨都极有威望。凡事他一出面,任谁都得给他面子。此时他站出来说话,马、冯两姓族人都住了手。

金大先生叹了口气,说道:“本是同根生,相煎何太急!”

众人面面相觑,不明白金大先生说这话是啥意思。

金大先生看一眼陈根柱,说道:“井是官物,岂能霸而占之。”又看天寿一眼,道,“凡事都有个先来后到,咋能乱了秩序。”

没人吭声,都在听金大先生说话。

俄顷,金大先生仰脸看看瓦蓝的天,叹道:“都是老天造的孽!”朝大伙摆摆手,说,“这事到此就为止了吧,大伙各干各的活去吧。”

事后,陈根柱对冯仁乾说,金大先生调解这件事时偏向马家人。冯仁乾也觉得气不顺,伤了冯家脸面。可金大先生出面说了话,他也不好去驳金大先生的面子,只好隐忍了。

此时看到陈根柱那气急败坏的样子,冯仁乾便知道天寿又招惹了冯家,可不明白出了啥事,连连催问。

陈根柱跺了一下脚,痛心疾首地说:“天寿那狗日的把我二妗子给……给……给糟蹋咧!”

“你说啥?”冯仁乾一时倒没听明白。

陈根柱又说了一遍:“天寿那狗日的把我二妗子糟蹋咧!”

冯仁乾猛地跳起了身,一把抓住陈根柱的衣领,眼睛瞪得像牛卵子:“真格的?!”

陈根柱带哭腔道:“娃咋敢哄你……”

冯仁乾的眼珠子几乎弹了出来:“那狗日的这会儿在哪达?”

“我把狗日的天寿逮住了,现时在祠堂里绑着。”

冯仁乾恶狠狠地叫了声:“好!”赤着脚就奔冯家祠堂。陈根柱慌忙屁颠屁颠地紧跟在身后。

冯家祠堂在西街口，由于年代久远，已呈颓败之相。高翘的屋脊已被风雨冲刷得残败不堪，屋瓦上长满了瓦楞草和绿苔，挂在檐角的风铃锈迹斑斑，有风吹动，发出叮咚之声，犹如一个苍老的人在咳嗽。只是门口那对石狮子还威风犹在，虎视眈眈，令人望而生畏。祠堂门前的明柱上有一副楹联，已被岁月剥蚀得残缺不全。仔细辨认，上书：

举目思祖宗功德

存心为孝子贤孙

祠堂的厅堂很宽敞，正中央摆放着一张油漆脱落的八仙桌，桌子后边是一个长条香案，案台上一排溜摆着这个家族祖宗先人的牌位。牌位前方放着香炉、蜡台等物什。逢年过节祭祖时这些物什才能派上用场，平日都蒙满了灰尘。

厅堂两边是两排条凳，那是这个家族议事断案时长辈的座位。中间是把毫无颜色却已自然发黑的木椅，极威严又四平八稳地常年放在那里，这便是族长的座位。这些物什和祭祖的物什一样，平日都闲置着，任凭灰尘遮掩，显得颓败破烂不堪。一旦族里有事，这些物什便露出狰狞之相。

冯仁乾赶到祠堂时，祠堂里外已经拥了不少人。冯家的几个伙计和冯家族中的几个精壮小伙子把马天寿绑在了祠堂的立柱上。马天寿精着身子，一丝线未挂，头耷拉在胸前，光头和身体上被鲜血涂得乱七八糟，弄不清血是从哪里流淌出来的。看模样，几个冷娃把他揍得不轻。

冯仁乾进了祠堂，那把发黑的木椅和两排条凳都空着。看来冯家的族长和长辈还不知道此事。冯仁乾一屁股坐在那把发黑的木椅上，呼呼直喘粗气。里里外外的人没谁觉得他坐在木椅上有什么不妥，都拿眼睛看他。以冯仁乾现在的财势和在族里的声望地位，冯姓人心里都明白，那把发黑的木椅迟早都是冯仁乾坐的。

冯仁乾虽是怒火烧心，但还是压住了火，铁青着脸，紧咬着牙关，威严地吆喝一声："把狗日的吊起来！"

几个壮汉正要动手，就听一声哭喊："冯掌柜，饶了娃这一遭吧！"

众人转眼一看，是天寿的叔父马二老汉。天寿的父母都已下世，马二老汉是天寿唯一在世的长辈亲人。老汉不知从谁嘴里得到的音信，战战兢兢地跑到了冯家祠堂。

"冯掌柜，看在我的老脸上，饶了娃这一遭……"马二老汉可怜巴巴地替侄儿求情，转身过去打了天寿两巴掌，骂道："你这崽娃子，咋弄出这等丢脸事来！还不快给冯掌柜认个错！"

天寿抬起头，满脸血污，惨不忍睹。他看了叔父一眼，又垂下了头。马二老汉见侄儿被打成这般惨样，心中一阵刺痛。虽说天寿做出这等有伤风化的事，可也不该下毒手把人打成这个样子。大哥留下了两棵根苗。几年前长子天福被抓了壮丁，一直没有音信，生死不明。天寿又做出这等事，且犯在了冯仁乾手中，凶多吉少。倘若天寿真的被打日塌(坏)了，将来他有何面目去见九泉之下的大哥大嫂。想到这里，马二老汉悲从中来，痛哭流涕地向冯仁乾求情。

冯仁乾从木椅上站起身，手摇大蒲扇，瞥了一眼马二老汉，冷笑道："马二，谁把你老婆日了，你能饶了他吗？"随即脸一阴，喝喊一声，"根柱，把狗日的吊起来！"

根柱在一旁就等着这句话，当即抢上前去和几个粗壮汉子一齐上手，转眼间，一根手腕粗的麻绳把天寿吊在了梁上。马二老汉哭喊一声："天寿……"扑上前去抱住侄儿，眼泪鼻涕糊了一脸。

天寿睁开眼睛，对叔父说："二爸，这祸是我自找的，你就别求他了……"

冯仁乾咬牙骂道："这狗日的还牙硬得很，根柱，取个秤锤来！他狗日的老二爱惹事，今儿我就叫他狗日的老二长长记性！"

根柱飞快地拿来一个生铁秤锤，足足有五六斤重。可他不明白要这东西有何用，拿眼睛直看冯仁乾。冯仁乾给族里几个小伙子一摆眼，那几个冷娃立即就明白了，上前拖开马二老汉。冯仁乾厉喝一声："根柱，把秤锤拴到这狗日的鸡巴上！"

实在是匪夷所思。根柱先是一怔，随即兴奋起来，咧一下嘴却不敢笑，他手脚麻利地把秤锤拴到了天寿的生殖器根部。马天寿抬起了头，双目圆睁，牛似的吼叫起来，面目十分狰狞可怕。他拼命挣扎，扭动着躯体，想甩脱秤锤。可系秤锤的是根细麻绳，他越想甩脱，反而勒得更紧。吓得他不敢动弹了，只是杀猪般地号叫。

祠堂里外的人都被这一幕惊呆了。马二老汉更是呆若木鸡，泪珠子挂在老脸上，不知该怎样往下掉了。他身后有个明白人，抓住他的肩头把他摇灵醒，附在他耳边说："快去叫大先生！"老汉顿悟，撒脚往外就跑……

第二章

在马家寨，马、冯两姓是大姓，人口不差上下，势均力敌。杨、刘、金等几姓是小姓，细论起来，金姓还没有杨、刘两姓人丁兴旺，但在马家寨，金姓却与马、冯两姓形成三足鼎立之势，这全倚仗了金济仁金大先生。

金家是世医，传到金济仁这一代已经是第五代了。马家寨地方偏僻，识文断字的人不多，因而乡人们都崇拜有文化的人，尤其崇拜医术很高的大夫和看风水的阴阳先生。阴阳先生给逝者选择安息之处，说是能福荫恩泽后人。这件工作很神秘，且关系到后代子孙的荣与辱、祸与福、兴与衰、穷与富，因此从事这个工作的人不能不令人尊重。大夫是给活人医病的，给人的好处是显而易见的，因此大夫更让人尊重。医术高深的大夫甚至被当作神来崇拜。医家传上三四代，都有一些济世救人的秘方。金济仁自然也有先人留的秘方在手。他治烧伤烫伤和男女不育症都很拿手，在这一带很有些名气。有关金大先生的逸闻趣事也一直被乡人们津津乐道。

据说有一年，东乡田家寨的田老二得了一个怪疾，一只胳膊扬过头顶却放不下来了。田老二痛苦不堪，四处求医问药，吃的药渣能背两背篓，却半点儿不见功效。苦痛之中田老二想到了金济仁，便举着胳膊来求金大先生医治。金大先生正在他的永寿堂药铺坐堂行医，患者很多，男男女女挤得满满当当。田老二站直身子举着手臂走进来的模样十分可笑，惹得众人忍俊不禁，但在金大先生的堂口，大家也不敢放肆，都眼巴巴地看着金大先生怎样用药施治。

金大先生让田老二站直身子，用手捏了捏田老二举着的手臂，绕着田老二走了一圈，在田老二对面站定身子。时值夏日，田老二只穿一条大裆短裤，不知所措地看着金大先生。俄顷，金大先生突出奇手去脱田老二的裤子，田老二大惊，慌忙阻拦。这时金大先生仰面哈哈大笑。众人皆是一怔，随即都看见田老二举着的手臂放了下来，但是怎样放下来的，谁都没瞧见，连田老二自己都没弄明白。金大先生没用一药一针，就医好了田老二的怪病。这件事传得很远很神，金大先生也就有了“神医”的雅号。

在马家寨，金大先生的辈分不算高，可他医术高深，为人谦和，众人都高看他一眼。不论长辈、平辈、晚辈，大家都尊称他“大先生”，以示尊重和高看。最初，金大先生也不习惯这个称呼，可大伙都这么称呼他，他不习惯也得习惯，后来也就习惯了。别人愿意以“大先生”相称，他也觉得这个称呼很受用。渐渐地，竟然没人知道他的真名了。

金大先生住在南街。他的永寿堂就设在临街的门房。三间门面，一明两暗，两间是药铺，一间是诊室。

金家是世医，永寿堂修盖得很有些气势，青石条铺就的地基，砖木结构的屋架，一砖到顶，白灰抹缝，石兽压脊，卓尔不群。迎面正中高悬“永寿堂”金字牌匾，门口两根立柱上镌刻着一副烫金楹联：

琥珀青黛将军府

玉竹重楼国老家

字迹苍劲雄浑，颇有柳公权的遗韵。据说这副楹联是金大先生的曾祖父亲手所书。窥一斑而见全豹，金家祖先不仅是杏林高手，也是位圣手书生。

进了永寿堂大门，左侧是药铺，铺门口有一副楹联：

但愿世间人无病

何妨架上药生尘

右侧是诊室，门口也有一副楹联：

当归方寸地

独活世人间

这两副楹联都是金大先生的墨宝，懂书法的人都说，可与门口的那副楹联媲美。

金大先生的诊室一年四季打扫得干干净净，清清爽爽。正中的条几上供奉着药王孙思邈的神位。靠里的墙壁上竖着两个大立柜：一个柜子摆满了书籍，一个柜子摆满了瓶子罐子，还有几个紫色大葫芦，无疑都是装药丸的家什。靠窗口跟前摆放着一张八仙桌，一把太师椅。太师椅是大先生的座位，桌上有文房四宝等物，桌后有一把椅子，椅子后边有几条长凳，都是招呼患者的。

金大先生冬着一身青布棉袍，春秋是一领长衫，夏季穿黑白两色府绸长袖衫，从不打赤臂。一年四季手里拿一把折扇，不管冷热都要扇几下，十分斯文。

是时，金大先生正在坐堂行医。

金大先生年过花甲，却保养得很好。他的脸庞红润放光，没有多少皱纹，脑后梳着齐耳短发，下巴的胡须油黑浓密，平添了几分仙风道骨。他微眯着眼睛，一手捋着胡须，一手在给一位年轻女人把脉。旁边的几条长凳坐满患者，没谁说话，屋内一片静悄悄。

马二老汉跌跌撞撞地扑了进来，跪在地上放声大哭。屋里的人都吃了一惊，瞪着眼睛看马二老汉。金大先生也是一惊，睁开眼睛讶然地看着跪在面前的马二老汉，不知死了谁。

“大先生，快去救救天寿……”马二老汉泣不成声。

金大先生急忙起身扶起马二老汉，言道：“二哥，甭哭甭哭，有啥话慢慢说。”把老汉按坐在板凳上。

半晌，马二老汉才止住了哭声，哽咽着把侄儿的事叙说了一遍，恳请大先生出面救侄儿天寿一命。金大先生这才明白没有死人，可心里还是一凛。

在金大先生的眼里，天寿是个不错的小伙子，虽说说话办事有股愣劲儿冒失劲儿，却也实诚憨厚，见了他不笑不打招呼。可他实在没有想到，天寿会做出这等伤风败俗的事来。有道是“万恶淫为首”。天寿造了孽，也真该好好教训教训才是。可听马二老汉此言，冯仁乾也做得太过分了些。天寿就是杀了皇太子，也有官家的王法整治他。杀人不过头点地，你冯仁乾怎么能这么胡整！他心中顿时有了气。再者，过世的马大老汉和他交情不错，看在逝者的脸上，他也不能见死不救。加之马二老汉痛哭流涕地求助，他说啥也得走一趟。他对马二老汉道：“二哥，你甭哭，我去看看。”

马二老汉见金大先生肯出面相救，顿时千恩万谢。金大先生冲求医者一拱手，歉意道：“对不住各位了，我去去就来。”当即随马二老汉直奔冯家祠堂。

大老远金大先生就瞧见冯家祠堂门口挤满了人，不由得加快了脚步。众人看到金大先生来了,急忙闪出一条道来。金大先生疾步走进祠堂,一抬眼,不禁大惊失色。眼前的景象比马二老汉说得更为凄惨。天寿被赤条条地吊在梁上,一颗硕大的脑袋垂在胸前,全身上下暴起许多血印子,斑斑血迹满身都是。触目惊心的是胯下的生殖器上拴着一个足足有五六斤重的生铁秤锤,因拴的时间太久,阳物已经变成紫青色。

这一带民风剽悍粗犷,男女之事有些混乱,私奔、通奸、苟且之事时有发生。不管到哪个村寨,总会有些多嘴多舌的人告诉你某人的亲爹不是他妈的男人,而是某某,且说得有根有据。人们已见怪不怪,并不把这种事看成什么了不得的大事。但在这种事上也常常闹出人命来。前不久,南营村的一个长工小伙子和掌柜的小老婆通奸,被捉住了,当场给活活打死。小伙子的家人告到官府,官府并没有把那掌柜的怎么样,只是罚了一笔款子,责令掌柜赔了小伙子一副棺材了事。金大先生的药铺是个传播新闻的地方,金大先生自然知道此事。

目睹眼前的情景,金大先生心中一凛。儿时的天寿长得圆胖虎实,讨人喜爱。马大老汉常带着他去金大先生的药铺谝闲传,金大先生喜爱孩子,捏着天寿的小鸡鸡笑问道:“天寿,长鸡鸡干啥?”

天寿大声回答:“尿尿。”

金大先生又问:“还做啥?”

天寿一挺胸脯:“打种!”

惹得众人哈哈大笑。

可此刻天寿那打种的物件已成了缩头乌龟,若再不松刑,说不定就会毁了那家伙。冯仁乾下手也太歹毒了。金大先生疾步上前,沉下脸对冯仁乾说道:“老四,快把人放下来!”

冯仁乾见是金大先生，心中虽有几分不快，可口气还是温和地说：“大先生，这闲事你就甭管了。”

金大先生道：“这咋能是闲事！”一指天寿的胯下，厉声道，“你这么胡整是要闹出人命的！”

冯仁乾冷笑道：“他狗日的爱要鞭，我让他长长记性！”

金大先生道：“老四，就是教训他，也不能这么胡整。闹出人命咋办？”

冯仁乾摇着大蒲扇，又是一声冷笑：“闹出人命我兜着！”

金大先生恼火了。他最见不得谁用这种腔调跟他说话。俗话说，钱给熊汉能壮胆。冯仁乾不是熊汉，且有几个钱，胆子便格外地壮，平日里说话办事就很是狂妄，可此时也不看看是与谁说话，也忒妄自尊大了！金大先生当下脸上挂不住了，扭脸对陈根柱说：“把人快放下来！”

陈根柱不知所措，拿眼睛直看冯仁乾，不敢动手。金大先生脸上变颜失色，盯着冯仁乾，提高了声音：“老四，今儿你是不给我金某面子了？”

金大先生平日里说话语气温和，很少发火。此时此刻他不仅变颜失色，且话语也带了火药味。冯仁乾这时才意识到是金大先生和他说话，也觉察到自己的言语太莽撞了。金大先生可不是谁想得罪就可以得罪的人。他胆怯了，但还是阴沉着脸道：“大先生，不是兄弟驳你的面子，实在是这狗日的太可憎了，欺人太甚！就这么把他放下来，也太便宜了这狗日的！”

金大先生见事情有了转机，语气也缓和了：“先把人放下来，有啥话，咱慢慢地说嘛。”

冯仁乾道：“大先生，那我就看在你的脸上先把狗日的放下来。”转脸冲根柱一伙吆喝一声，“把狗日的放下来！”

麻绳一松，天寿一摊泥似的软在了脚地。金大先生一指天寿胯下的秤锤，沉着脸对根柱说：“快把那东西也解下来。尽胡整哩！”

陈根柱嬉笑道：“狗日的老二享了福，也该受受这洋罪。”动手解下了秤锤。

金大先生蹲下身子抓住天寿的左腕，把了一下脉，随后站起身，看一眼赤条条躺在地上的天寿，眉头皱了一下，脱下身上的白府绸衫子盖在天寿身上。天寿睁开了眼睛望着金大先生，嘴唇嚅动着，却没说出个话语来，慢慢又闭住了眼睛。

金大先生对呆立在一旁的马二老汉说道：“快把人抬到永寿堂去！”

马二老汉急忙招呼儿子天禄和族里的几个小伙子，动手去抬天寿。冯仁乾上前拦住了，瞪着眼珠子说：“不能抬！这事不能算完！”

马家族人住了手，呆眼看金大先生。金大先生恼怒了：“老四，你又唱的哪一出？有啥话你跟我说，人要赶紧抬走医治，晚了就会出人命！”

马家族人又要动手抬人，冯仁乾还要阻拦，金大先生勃然了：“老四，你今儿三番五次给我难堪，是信不过我金济仁？”

冯仁乾从来没见过金大先生今天这架势，话这才软了下来，赔着笑脸说：“大先生，不是这话……”

“那是啥话？”金大先生黑着脸说，“你肚里想的啥我知道。晚上你到我的药铺来，我给你把这事摆平。”随后手一挥，训马家族里的几个小伙子，“你们几个瓷锤，还不赶紧把人抬走！”

当天晚上，冯仁乾去了金大先生的药铺。他走进药铺，抬眼一看，马二老汉已先他一步到了，坐在板凳上的还有两位花甲老汉，一个是冯姓族长冯三老汉，一个是冯仁乾的堂叔冯七老汉。这二位长者在马家寨都是人物，称得上打柴孔明砍山诸葛。金大先生把这二位请来，显然是想大事化小，小事化了。冯仁乾一看这阵势，心里多少有点儿明白，微微冷笑，冲着金大先生和两位长辈打声招呼，没有理睬马二老汉。

金大先生以主人身份给冯仁乾让了座。冯仁乾坐下身，药铺的伙计送上茶水，随后又送来旱烟丝。冯族三人和马二老汉的旱烟锅都冒起了烟。金大先生坐在太师椅上，一手摇着一把折扇，一手端着一个做工十分精致玲珑的紫陶茶壶，嘴对嘴，慢慢呷。

呷了几口茶，金大先生轻咳一声，微笑着讲了一段故经。说是古时有一个君王，设晚宴招待文武群臣，陪宴的有一位君王十分宠爱的妃子。吃喝正酣，忽然来了一股风刮灭了蜡烛。这时就听妃子尖叫一声，君王问咋回事。妃子说有人调戏她，她揪断了那人头上的盔缨，让君王赶快查出此人正法。宫娥卫官正要点亮蜡烛，却被君王拦住了，君王这时下了个奇怪的命令，让所有的武将都摘掉盔缨。待蜡烛重新点亮时，武将们的头盔上都没有盔缨，那个调戏君王爱妃的人也无法查出。后来在一次战斗中，君王被困，危在旦夕。就在这万分危急的时刻，一名勇将舍命杀入重围救出了君王。君王要重赏勇将，勇将跪在地上说：“大王，那晚酒宴末将酒后失态，大王宅心仁厚，不予追究，末将一直感恩在怀，虽死不能报大王于万一。”这时候君王才知道那晚酒宴上调戏爱妃的人是这位勇将。

金大先生讲完故经，又呷了一口茶，说道："人生在世，难免做出点儿荒唐事。可为人要有些宽大胸怀，得饶人处且饶人，容人一步自己宽。三叔七叔，你们说是不是这个理？"

冯三老汉和冯七老汉一齐点头，异口同声："是这么个理，是这么个理。"

金大先生转脸对冯仁乾道："老四，你说哩？"

冯仁乾垂下眼皮抽烟，不置可否。缭绕的烟雾把他的脸面遮掩得模糊不清。金大先生把脸转过来，道："三叔七叔，今儿天寿干出这荒唐事来，你们二位是长辈，说这事该咋处置？"

两个老汉相对一视，把目光一同转向金大先生。族长冯三老汉在鞋底磕掉烟灰，率先开口道："我和老七都是老朽了，这事就仰仗大先生处置了。"

冯七老汉也附声道："全仰仗大先生处置。"

金大先生微微一笑道："二位老叔这么说，就给我出了难题。这事还真是难处置。"

两位老者都说，大先生若处置不了，只怕官司打到县长那里也无法处置。金大先生摆摆手，道："这事天寿做也做出来了，老四也把他收拾了一顿，给了他教训，可也不能算完。"他呷了一口茶，沉吟道，"我拿个主意，二位老叔和老四看行不行？天福不在家，就由马二哥做主，把天寿河滩的二亩水地给老四做赔。不知你们意下如何？"

两位老者又是相对一视，一齐把目光投向冯仁乾。金大先生明白冯家的两个长者认可了他的主意，心中甚喜，对冯仁乾道："老四，你意下如何？"

冯仁乾沉着脸道："大先生，我姓冯的不缺两亩水地！"

金大先生捻须道："知道，知道。这事是天寿对不住你，把地割让给你权当他给你赔情道歉。"

冯仁乾抽烟不语。

金大先生笑了一下，又说："老四，说句玩笑话，天寿割了你一刀子肉，你也割他一刀子肉，两不亏。"

其实金大先生知道，冯仁乾娶这个小妾只花了二十块银圆，天寿河滩那二亩水地少说也能卖四十块银圆。细论起来，天寿虽干出了那事，可拔了萝卜还有坑在，天寿却挨了一顿痛打，差点儿送了性命，还要赔进两亩水地，亏是吃大了。可他明白，这账不能这么算。

冯仁乾还是不肯答应。一直垂头抽烟的马二老汉这时抬起眼看看冯家的两位老者，又望望金大先生，一脸惶恐不安。

金大先生摇着折扇，捻着胡须又说了一番"和为贵，忍为高"的道理。冯仁乾只是抽烟不语。金大先生按捺不住了，站起了身，沉下脸道："老四，听我一句劝，得饶人处且饶人。你看看天寿家还有啥值钱的东西？村东还有几亩旱地，就算都给了你，让他喝西北风去？"

冯家两位长者见金大先生动了怒，都开口说话，说是天寿做出这等事别说冯仁乾不答应，凡姓冯的都不答应，让他吃不了兜着走。可话又说回来，杀人不过头点地，已经把那狗日的收拾了一顿，谅他以后再也不敢胡作非为了。凡事都怕没人从中调和，现在金大先生出面调和，实在是难得。天寿那狗日的罪责难饶，可金大先生的面子不能不给。仁乾就忍一忍，吃点儿亏，按金大先生说的把这事了了吧，容人一步自己宽嘛。

冯仁乾不再吭声了。金大先生明白他是默许了，让马二老汉拿了地契当面交给冯仁乾。再后，他取出笔墨纸砚写调解契约。他提笔在手，却犯了难，这个契约该怎么下笔？他捻着胡须，沉思片刻，这才动了笔，白纸上出现了下面的文字：

马姓后生天寿，失手损坏冯仁乾精美花瓶一个，经中人调解，愿以河湾二亩水地做赔，永不争执。口说无凭，立此契约为证。

马天寿因抱病在床，此契约由其叔父马仁祥代为签约画押。

此契约一式两份，冯、马二人各执一份。

立契约人：马天寿（马仁祥代为画押）

冯仁乾

中人：冯有义

冯有富

金济仁

代笔人：金济仁

民国二十三年×月×日

写罢，金大先生把契约念了一遍，四人面面相觑，一时都没听明白。金大先生看了他们一眼，又把契约念了一遍。冯家的两位长者这回听明白了，手捻胡须，面泛笑意，颔首点头。他俩都佩服金大先生契约写得好，果然肚里有墨水。冯仁乾这时也明白过来，嘴里虽然什么也没说，心里也钦佩金大先生，果然是一支生花妙笔，既说明了事情，又不伤他半点儿脸面。马二老汉最后一个明白过来，核桃似的脸上露出了笑纹，冲着金大先生和冯家两位长者直打拱，连声道谢。

五人一一在各自的姓名上按了手印。看着冯仁乾收起了地契和契约，金大先生捻着胡须面露微笑。

此事办妥后，金大先生便给天寿悉心疗伤。吃的药敷的药一大堆，金大先生分文没收。事实上是天寿分文没给，他一贫如洗，无钱付药费。

半月后，天寿伤愈。

一日黄昏，有人看见天寿出了村往北走了。

第三章

一条官道出了有郃县城，傍着一条瘦水迤逦伸向渭北高原。

说是官道，其实比乡间土路宽阔不了多少，料礓石闪烁着阳光，点缀在灰黄的土地上；道路两旁杂草丛生，间或有几朵叫不上名的野花迎风抖着；两道深深的车辙歪歪扭扭刻印在道路中间，人踩马踏制造出来的浮土足有半尺多厚，稍有风起，就腾空飞扬，弥漫了半个天空，颇似战火中的硝烟。

说是瘦水，并没有夸张，宽不过三丈，深不过两尺。瘦水也有名，古称雍水，又称沣河，当地土著称为“后河”。瘦水发源于凤翔县老爷岭，向东经岐山流入扶风，出扶风入有郃，纳漠河，汇漆水，向南注入渭河。后河在远古时代一定是条波澜壮阔的大河，两岸那刀削斧劈般的黄土崖上至今还刻印着大水冲刷的痕迹。可以猜想，那时候滔滔河水冲破黄土原的阻挡，奔流不息，其磅礴气势肯定十分壮观。

长天气转，而今这河失去了往日的磅礴气势。河水虽不大，却也欢腾奔涌，潺潺有声如同歌唱；不深而清澈，可见河床的卵石和细沙。河中有鱼，肥者一尺，瘦者半寸，像空中的鸟、风中的旗一样欢实。河的浅滩中有贝壳、螃蟹，还有芦苇林，是大姑娘小媳妇洗衣浣纱的好地方。河的两岸有杏林湾，有槐树坡，有柳林崖……这些湾呀坡的散落着农人的青砖瓦舍和茅草庵棚，崖畔上有一排排窑洞。远远看去，颇似一幅浓墨重彩的山水画，给恢宏苍凉的黄土高原添了一道亮丽的风景。

说是高原，其实一马平川。展阔的平川上人烟辐辏，村庄稠密，比狭窄的河沟更有一番繁荣景象。那条官道傍着瘦水蜿蜒，东去县城四十里之遥，官道蹿出了河沟，爬上北坡，在沟口的一个村子绕了个弯，逶迤向西北而去。这个村子名叫马家寨，扼守着河沟要道。

马家寨在这一带算是大村。全村有一百出头的住户，五百余口人。寨子的街道呈"十"字形，正东正西，分东南西北四条街。四条街道规划得很整齐，像棋盘。四周圈着土城墙，城墙用黄土夯成，高一丈八尺，陡不可攀；墙根宽一丈二尺，墙顶宽八尺五寸，可以跑马。城墙外是城壕，壕宽三丈有余，壕深一丈五尺，壕内无水，杂草丛生，有毒蛇黄鼠狼出没。东西南北各有一门。东门是主门，修有门楼。门楼高两丈四尺，分两层，一砖到顶，灰浆是糯米熬汁和的石灰，十分坚固，用榔头也难砸碎。上层是楼阁建筑，有套房、走道、女儿墙，可容十几个人吃住，设有枪口，并有七八杆小碗粗的火铳。

光绪六年(1880年)，有一股杆子(土匪)来劫寨，那时有个叫冯铁子的血性汉子，带领全村人与杆子拼命。杆子有好几百人，势力很大，可冯铁子就是凭着这七八杆火铳把杆子拒在了城门外。杆子攻了两天两夜，最终丢下了几十具尸体败退了。现在这些火铳因经年不用，已锈迹斑斑，不知还能不能使用。走道连接着两边城墙，南北两侧有斜坡，人马皆可上下。底层是门道，有三道门，头两道门在战乱年间，被兵匪放火烧毁，没有重修，如今只剩下了第三道门。门扇是古槐木做的，厚三寸五分，铁页子包边，泡儿钉子镶嵌，十分结实。门楼上方刻着“马家寨”三个斗大的字，颇为醒目，百十步外就能瞧见。现如今门楼上住着一个冯姓孤寡老汉，他的职责是每晚每早开关城门，倘若有人早出晚归，都喊他开门关门。他的吃喝费用由全村人支付。西南北三门皆为偏门，人可通行，牛马大车不能入内。

马家寨东门口有棵古槐，两人携手搂不住，树冠如一把擎天巨伞，遮住了半边城门楼。粗壮的树干乌黑发亮，中间已经苍老得裂出空洞，但仍支撑着这个枝繁叶茂的世界。杈子上有老鸹垒的窝，清晨或黄昏时有成群的老鸹在树顶盘旋，聒噪声在几里外都听得见。树根不仅往地下猛扎，也在地面上蔓延。凸出地面粗壮的根纵横在路上，生出的瘤包在根上爆裂；人畜终年踩踏，裸露的树根光滑发亮犹如镀蜡的骨头，又似坚硬的钢铁。树根蔓延到半里之外的黄土崖畔，繁衍出一片幼林。这棵古槐有多大年龄，谁也不知道。金大先生说，老古槐的年龄只能比城门楼的年龄长，不会比城门楼的年龄短。原西还有个马家寨，可只要一说城门口有老槐树的马家寨，这一方土地上的百姓就知道你说的是这个马家寨，而不是原西的马家寨。

渭北高原上大大小小村寨无数，营建格局却如出一辙，都是马家寨这般模样大同小异。这一带的村名都很特别，如马家寨、刘家寨、杜家寨、西大寨、东小寨、南营、北营等等。史载，这里曾是商周交兵的古战场。相传这些村寨都是古时驻军的营寨。譬如说马家寨，据说是秦汉时一位马姓将军的大营。当然，传说仅仅只是传说，无从考证，当不得真。

马家寨的历史到底有多久，没有村志记载，没有人能说得清。金大先生识文断字，读的书不少，更熟读《史记》，可也说不清马家寨的历史。但他常对人说，他幼年读私塾，教他的宋先生学富五车，满腹经纶，曾经说过："唐塔宋冢朱打圈（城墙），马家寨的城门楼是明朝留下来的。"金大先生以此为证，说是马家寨至少在明代已有村寨形成。众人对此深信不疑。

马家寨虽名为马家寨，村民并不都姓马。杨、刘两姓人口不多，不足与马姓抗衡。金姓也算不得大姓，因了金大先生，在村里也有一定的权势，但人丁还是不能和马姓相比。真正能和马姓抗衡的是冯姓。冯姓的人丁虽略逊马姓一些，但势力却远大于马姓。马族是清一色的小户人家，在外扛活的人不少，日子小康的并不多。冯族却多大户，仅冯仁乾一家就有土地三顷多，几乎比整个马族人家占有的土地还要多，而且许多马族人都是冯家的佃户、长工。这使马家寨的马姓人很伤脸面。

其实马、冯两姓原是一个先人，分成两族不过是几十年前的事，也就是天寿曾祖父那一辈的事。据说，在历史的演变中，马家寨的人口从没超过八百。说来也真奇怪，当马家寨的人口接近八百时，不是遭灾，就是闹瘟疫，或是遇兵燹，村寨的人口就会锐减。时光流逝到马天寿的曾祖父的父亲的那一代时，历史又演变了一个轮回，村里不仅闹了瘟疫，且又遇上了荒年。等躲过瘟疫，度过荒年，村里只剩下百十口人，马族的幸存者也寥寥无几。马天寿的曾祖父的父亲的老伴和两个女儿都死于瘟疫，所幸留下了两个儿子——马天寿的曾祖父和他的哥哥。

老人把两个儿子抚养成人，娶妻生子。老大娶了本村一个刘姓姑娘为妻，生了四儿一女，老二娶了邻村一个朱姓女子为妻，生了三儿两女。马家可谓人丁兴旺，光景红火。老人终日乐陶陶的，感到很满足。年轻时虽然吃了不少苦，受了不少罪，老来却儿孙绕膝，享尽了天伦之乐，总算上苍没亏待他。过了花甲之年，老人撒手人寰。

树大分杈，儿大分家，古来皆然。老人谢世后，两个后人便分家单过，这也在情理之中，但在财产分割上却闹了矛盾，兄弟俩打了一场恶架。

马家有田地六十亩，按常理，二一添作五，兄弟二人各应分三十亩。可马家老大由于从小体弱多病，成年之后也一直病恹恹的。老人体恤大儿子，让他主持家里的内务，因此很少下田劳作。手心手背都是肉，老人竭力想把一碗水端平，临终留下遗嘱，老二为这个家出力流汗多，分田地三十三亩，老大出力流汗少些，分田地二十七亩，兄弟二人不可为此争执。谁知老人一下世，老二就不遵从老人的遗嘱。正确地说，是老二的老婆最先翻了脸。她说这个家她男人出力最大操心最多，少说也得分三十五亩地，老人那个遗嘱明显偏向老大。老二一来对父亲的遗嘱多多少少也有点儿不满意，二来惧内，在老婆的怂恿下，便跳出来和哥哥争长论短。老大两口自然不答应，于是，兄弟俩争斗起来，先是动嘴，后来动起了手。老大身体弱，不是老二的对手。他挨了老二几下拳脚，气得口吐鲜血，愤然骂道："你是个野狼变的，比土匪还恶！你驴屄若姓马，我就不再姓马！"

老二当然不会改姓，依旧姓他的马。老大身体虽弱，却是个血性汉子，他咽不下这口恶气，躺倒在炕上没再起来。临咽气时，他对儿女们说："你们的爹是咋死的，你们可不能忘！姓马的欺人太甚，咱跟他不共戴天！从今往后，咱不再姓马，咱姓冯，比那驴屄多出两点来！你们要给爹争一口气啊……”

老大的儿女都记住了父亲的话，不再姓马，改姓冯。

这段往事一辈传一辈，流传至今。别说马家寨的人，方圆十村八寨的人都知道马家寨的马、冯两姓原是一个祖先。修建在十字街口的祠堂，冯姓人叫它冯家祠堂，马姓人叫它马家祠堂，村里对此并不奇怪。可让马姓感到丢脸的是，他们的光景过得一年不如一年，真是辱没了先人啊！

正午时分，从官道走来一个年轻汉子。他身材魁梧，身坯壮实，手提一个旧皮箱，着一袭青布长衫，浑身上下收拾得十分利索，显出几分剽悍；鼻梁架一副无框墨镜，头戴一顶藏青色礼帽，帽檐压得很低，看不清眉目。

官道很不好走，到处是料礓石，再加上深深浅浅歪歪扭扭的车辙，稍不留神就会崴了脚脖子。入春以来少雨，空气和田野都干燥得很，纷杂的脚步踏下去，灰蒙蒙的浮土便腾飞起来。年轻汉子风尘仆仆，显然是走了远道。他虽然满面风尘，却不显疲惫。他走得不疾不缓，边走边张望，似乎在欣赏田园风光。他的衣着打扮不俗，引起了路人和在田野上劳作的农人的注目。当他藏在墨镜后边的目光和那些人的目光相遇时，那些人慌忙避开他的目光，唯恐招惹出什么麻烦来。他苦涩地一笑，向前赶路。

四月的阳光算不上炎热，却很温暖。年轻汉子额头沁出汗来，他抹了一把汗，脱掉了长衫，搭在胳膊上。仰脸看天，日到中天，一只老鹰在静静滑翔，黑色的投影疾速地从他面前掠过。他呆呆望着，直到那老鹰看不见影子。他笑骂一句：“狗日的，活得真自在！”抬脚下了河湾。

四月的河湾已经丰满起来。得河之水汽泽润，树木的绿叶茂盛繁密；麦穗已经秀齐；油菜花虽有些衰败，但还不失为一道悦目的风景。

汉子来到河湾，环顾四周，似乎寻觅什么。对面的崖畔陡直兀立，红褐色的酸枣树根扭曲着在崖壁上攀爬，枝头已染上一点嫩绿。几只灰鹁鸪蹲在崖畔拿圆溜溜的眼睛瞪他，他捡起一块料礓石奋力扔去，灰鹁鸪惊飞了。他无声一笑，走到河边，蹲下身子洗了洗手，随后掬起河水贪婪地喝起来。喝罢，他用手背拭去垂在下巴上的水珠，提起皮箱，继续前行。

瘦水上架着一座木桥，可过牛马大车。官道穿桥而过，越过一个台坎，爬上了北原。

年轻汉子过了桥，上了台坎。台坎上全是良田，他在一块田头站住了脚。这块地的庄稼明显不如两邻地，麦苗呈绿黄色，这是缺肥的特征。他的眉头皱了起来，仔细辨认。这块地怎么和冯仁乾的地连在了一起？心里不禁结了个疙瘩。

俄顷，年轻汉子蹽开脚步去爬原坡。上了原，来到一个岔路口，他的脚步毫不迟疑，径直朝马家寨走去，看样子他对这一带路径十分熟悉。

来到城门口，他在老古槐跟前站住脚，伸手抚摩着粗壮的树干。粗糙如毛铁的树身流溢出来的树胶污了他的手掌，他把手掌拿到眼前看了半晌，面露久违了的神情，无声地笑了。这时有几只老鸹在树冠上盘旋，嘎嘎地叫着。他仰脸去看，那些老鸹认识他似的，俯冲下来，叫着绕树三周，这才飞回树冠上的窝巢。

他转睛又望着城门楼，眼里泛起一层水光。良久，喃喃自语："终于回来了！"便大步进了城门。

是时，村里人都下地劳作还没有回来，街上看不到人影。一只游狗走过来，瞪眼看着他，觉着陌生，吠了一声。他跺了一下脚，游狗竟然夹着尾巴跑了，跑出老远，又回过头来偷眼看他。街西头的土地庙前有几个老婆婆围坐在一起纺线，似乎没听见狗叫，更没注意到街东头走过来的汉子。

年轻汉子来到十字街口，不禁站住了脚。东街口有座碾坊，碾坊对面的西街口是马、冯两姓的祠堂。碾坊安然无恙，祠堂却成了一片废墟。四面墙残垣断壁，烟熏火燎的迹象随处可见，黑漆大门荡然无存，门口的那对石狮子被烟火熏烤得成了两块黑石头，显然是祠堂失了火。列祖列宗魂归何处？

他叹息一声，脸色十分凝重。呆立半晌，朝北街走去。在一个低矮的土门楼前，他伫立不前。

门楼年久失修，显得很颓败，泥皮都被风雨剥落了，土坯完全裸露出来；院墙有几处倒塌了，露出了很大的豁口，使人联想到破了皮的伤口。黑漆门的原色早已荡然无存，分辨不出是什么颜色，门环上挂着一把牛头铁锁，已经锈得惨不忍睹。汉子望着锈锁十分惊诧，呆立半晌，举手在门框上面摸索，那曾是放钥匙的地方。摸了半天，什么也没摸着，汉子拍了拍沾满尘土的手，怅然地左右张目，似乎想找人问讯，可街上看不到人影。右邻是他的叔父家，他想过去看看，却瞧见叔父家街门也闭着，最终没挪脚。汉子收回目光又看那锈锁，锁实在锈得太厉害，就是找到钥匙，恐怕也开不开锁了。少顷，他伸手拉铁锁，铁锁发出一声闷响，依旧紧锁着。汉子一咬牙，手里使了劲儿，不知是锁锈得太厉害，还是汉子的手头有功夫，铁锁竟被扭断了。汉子扔了锈锁，推门而入。

院里杂草丛生，蒿子草竟然长到半人多高。两棵香椿树亭亭玉立,绿荫似两把大伞遮住半个院子。一群麻雀在草丛中觅食,听见响动,扑棱棱飞上了树梢。显然,这院子很久没有人走动了。汉子很是吃惊,呆立着环顾四周。几间瓦房已破烂不堪,房檐前结满了蜘蛛网,台阶上长满了绿苔;屋顶上长满了瓦楞草,迎风抖着;东边的屋檐角不知什么时候被雨水冲塌,破砖碎瓦掉了一大堆。

许久,汉子轻叹一声,放下手中的皮箱和长衫,蹲下身去拔杂草。

忽然,草丛中蹿出一条大蛇,蛇身的花纹黑黄相间,绚丽多彩,有几分迷人。蛇头奇扁,呈三角之形。花蛇瞧见人,顿显狰狞之相,大张其口,血红的芯子长长吐出,咝咝有声,有跃扑之势。汉子一惊,避开花蛇的攻势,迅即出手,捏住了花蛇的七寸处。花蛇急回头想吞噬汉子的手臂,怎奈汉子的手指如同铁钳一般,夹得死死的,容不得它回头。花蛇弯不过头,口越发张得大,两颗毒牙闪着雪亮的光,一条粗如麻绳的身子来回甩动,如同皮鞭,把四周的杂草扫倒了一片。渐渐地,花蛇的身子越甩越慢,终于僵如一条麻绳。汉子这才松了手。

汉子把死蛇扔到一边,拍了拍手,拭去额头鼻尖的汗珠,长嘘一口气。他蹲下身子又去拔草。

忽然,身后响起了脚步声。汉子回头一看,是个比他小不了几岁的小伙子。他站起身,拍着手上的泥土草屑,墨镜对着小伙子。小伙子也瞪着眼睛上下打量他,神情很是诧异,半晌,讶然地问:"你是谁?跑到我家来干啥?"

汉子不吭声,微笑着看着小伙子。

小伙子有点儿恼火了:"你咋不吭声?难道是个哑巴?"

汉子摘下了眼镜,看着小伙子哈哈大笑。

小伙子惊喜地叫道:“天福哥,是你呀!”

马二老汉看着面前的侄儿,觉得自己在做梦。他看见侄儿的嘴在动,耳朵也听到了声音,便灵醒过来,知道这不是梦。七年前侄儿被抓了壮丁,一直没有音信。军队是个随时都可能丢掉性命的地方,没有音信,也就是说侄儿很可能已经不在这个世界上了。现在侄儿突然平安归来,真让人有点儿难以相信。

“天福! 天福!”老汉叫着侄儿的名字,手抖抖地摸着侄儿的肩膀,满脸的喜悦,老泪却从眼窝滚了出来。

“二爸!”天福叫了一声,也觉得鼻子发酸。

天禄却一脸的笑,又是拿烟又是倒水。他埋怨父亲:“我大哥回来是喜事,你哭啥哩嘛?”

“我真是老糊涂了……”老汉也埋怨自己,用衣袖拭去脸上的泪珠。

“二爸,你身子骨结实吗?”

“结实,结实着哩。咱人穷,身子骨哪敢不结实? 就是天阴下雨犯个腰腿疼的毛病。”

天福打开皮箱,拿出一件羊皮背心:“二爸,我给你买了件羊皮夹夹,也好天阴下雨挡挡寒气。”

马二老汉手抚着松软的羊毛,满脸笑开了花:“买这做啥哩,你回来了就好……”又说,“你爹你妈要能活到这会儿,也能享享你的福哩……”眼窝里又有了泪花。

天福想起了父母,也心酸起来。

天禄活泛,见此情景,岔开话题,笑脸问道:“大哥,这些年在外头你都干些啥?”

天福答道："先是在军队上干，后来离开了军队做点儿小生意。"

天禄又问："做啥小生意？"

天福答："卖豆腐。"

天禄笑道："大哥这么威猛的披挂（身体），咋做了个卖豆腐的生意？打铁还差不多。"

三人都笑了。

俄顷，天福问道："天寿干啥去了？"

马二老汉父子面面相觑，都不吭声了。打一见面，父子俩都避着这个话题，可都明白迟早都得说这件事，却不知该咋说才好。

天福看着叔父的脸色，惊问道："天寿咋了？"

马二老汉闷头抽烟，不看侄儿的眼睛。

天福母亲殁得早，是马大老汉又当爹又当娘把他们兄弟抚养成人。那年闹瘟疫，马大老汉染上了瘟疫，他怕给两个娃娃传染上，半夜离家出走，住到村外一个破窑里。马二老汉找到他时，他已经奄奄一息。他拉着兄弟的手，留下最后的遗言："天福天寿都是咱马家的根苗，你要好好看待……"

那年天福被抓了壮丁，马二老汉大病一场，认为自己没有把侄儿看护好，愧对兄长。天寿当了土匪，老汉又大病一场，在肚里把自个儿骂了二十四回。现在天福回来了，这是天大的喜事。可天福问起了天寿，他无法给天福交代啊。

沉默了半晌，天禄忍不住道："爹，给我大哥说了吧。瞒了一时，瞒不了一世。"

"天福，我对不住你爹你妈……"马二老汉颤声说，用袖头拭着昏花的老眼。

天福心一沉，道："天寿到底咋了？"声音透出悲切，他以为天寿不在人世了。

"唉……"马二老汉长叹一声，"天寿他，他……"用拳头不住砸大腿，却不知从何说起。

天福心中着急，见叔父如此这般模样，把目光射向天禄，天禄转过脸去看父亲。马二老汉对儿子说："你给你大哥说说吧。"

天禄便把天寿怎样强暴冯仁乾的小妾，冯仁乾怎样给天寿施毒刑，金大先生怎样从中相救的事一勺倒一碗地讲述了一遍。天福黑着脸，半天没吭声，忽然，他开口问道："天寿到哪达去了？有没有音信？"

天禄道："他当了土匪。"

天福大惊失色："他当了土匪？！"

马二老汉从嘴里拔出烟锅，道："这崽娃子把八辈先人的脸都丢尽了！上个月他带着人把冯仁乾的小老婆抢走了。"

天福惊问："就是那个女人？"

马二老汉道："就是那个女人。"

天福愤然道："他咋尽干些丢先人脸的事！"

马二老汉又说："他还把祠堂烧了。"

天福又是一惊，原来祠堂不是失火。他忍不住骂了一句："这崽娃子！"

马二老汉长叹一声："唉，都怨我……"

天福说："二爸，咋能怨你哩。"

马二老汉道："都怨你二爸没能耐。我要有能耐给他娶个媳妇，也就不会出这码事。"

天福说："二爸，这也怨不得你。"

马二老汉又是一阵长吁短叹。天福和天禄闷头抽烟。

良久，马二老汉开口道："天福，我做主把河湾那两亩地给了冯仁乾。那人心残得很。"

天福说："给就给了。回来我也没打算种地，我想开个豆腐坊。"此时他才明白了自家的二亩水地为啥和冯家的地连成了一块。是天寿把界石踢了。"这崽娃子干的好事！"他肚子里骂着天寿，可嘴里却说，"没啥没啥。"他不想让叔父为这事伤心难受。

马二老汉道："做生意好，既省力又赚钱。你会做豆腐？"

天福说："会做，是跟我丈人爸学的。"

"你娶媳妇了？"马二老汉一脸的惊喜，"你咋不把媳妇引回来？"

天福说："引回来咧。"

"在哪达？"马二老汉环顾四周，天禄也张目搜寻。父子俩都有点儿昏头昏脑，以为天福的媳妇在自家哪一处地方隐匿着。

天福笑了一下，道："我把她安顿在县城一家客栈住着，把家里收拾停当了再去接她。"

"这也好，这也好。"马二老汉转身对儿子说，"把地里的活停下，帮你大哥先拾掇地方。"

第四章

天寿决定当土匪的念头是在他被冯家伙计和族里人绑在祠堂立柱上那一刻萌生的。当冯仁乾吆喝陈根柱给他的阳具拴秤锤时,他十分惊愕,以为听岔了耳朵。当陈根柱把那个沉重的生铁秤锤拴在他的阳具上时,他歇斯底里地发出一声痛叫,随着那声痛叫,萌生的念头就在心底生了根,任谁也拔不掉。只要不死,这辈子土匪他是当定了!他知道,自己在这世上,谁也帮不了他,只有当了土匪,才能雪此奇耻大辱!

伤愈后天寿摸着黑进了北莽山,投在袁老七的麾下当了土匪。袁老七是这一带最强悍的匪首,麾下有近百名喽啰,四五十条枪,势力大得使县保安大队也望而生畏。他在疗伤时就打定了主意,要当土匪就当袁老七的部下。他虽生在穷乡僻壤,没有文化,但从小却受过说书人和古戏的熏陶,明白"涝池大,鳖就大"这个理儿。小股土匪奈何不得冯仁乾,只有投了袁老七,才有可能报仇。

天寿的父母早年亡故,天寿无人管束,养成野性,不乏狡黠,但还算纯朴,颇讲义气。可钻进了土匪窝,整天价打交道的都是鼓上蚤、娄阿鼠之辈,纯朴之气日褪,狡黠之心渐增,加之心怀仇恨,更显狡黠凶狠。正所谓:近朱者赤,近墨者黑。他的性格完全变了,比土匪更像土匪。

初到北莽山，天寿手中无枪，只有一把豁口鬼头大刀。他觉得鬼头大刀实在不称手，也显得窝囊。当土匪手中无枪，这个土匪便也失却唬人的威风。他黑黑明明都想搞一把盒子枪。

那一日，天寿独自一个下山，在通往县城的官道上踅摸。说来真是天赐良机，县保安大队队长正好途经此地。保安大队队长骑着一匹乌骓马，腰里插着一把盒子枪，手里摇晃着马鞭，跟身边的副官说说笑笑，几个马弁护兵紧随其后。天寿忽地从崖头跳到官道中央，拦住了保安大队队长的马头。手中的盒子枪直指保安大队队长的大脑袋，枪把上的绸布红得耀眼，那黑森森的枪口却飕飕直冒冷气。

保安大队队长虽说也是玩枪的，可从没经见如此场面，当即就吓呆了，沁出了一身的冷汗。他身旁的副官以及马弁护兵也都惊呆了，不敢轻举妄动。

天寿嘿嘿一笑："害怕吗？"

保安大队队长说话有点儿结巴："害……害怕……"

"那还不滚下来！"

保安大队队长慌忙滚下马鞍，垂首立在一旁。

天寿上前一步，下了保安大队队长腰间的枪，在手中掂了掂，叫了声："好家伙！"随手把自己手中的那把枪插进保安大队队长的枪套，又嘿嘿笑了几声。随即偏腿一跃，跳上了保安大队队长的坐骑，挥拳在马屁股上捶了一下。那马长嘶一声，狂奔起来。

保安大队队长醒过神来，急忙拔枪射击，这才发现手中的枪是一把上了漆的木头枪，气得连连跺脚……

袁老七得知此事后，拍着天寿肩膀赞赏道："你狗日的胆子能给天做楦子！咱山上就缺你这样的干才。”随即就委任了天寿一个头目。

这一带土匪多如牛毛，大多是小股，多则十几个一群，少则六七个一伙。土匪之间经常黑吃黑，火并之事常有发生。真正能与袁老七抗衡的只有北边梁山的王寿山和西边扶眉山的殷玉茂殷胡子。这三股土匪势均力敌，虽然三人之间都存吞并之心，却又都不敢轻举妄动，谁都怕打蛇不死，反被蛇咬上一口；再者，也怕鹬蚌相争，渔翁得利。可谁也没死了吃掉对方的狼子野心，都在等待时机。

机会终于让袁老七等来了。准确地说，机会让天寿等来了。后来跟哥哥天福说起这事，天寿说这是天意。

王寿山手下有个头目叫常种田。常种田的父亲是个地道的庄稼汉，他给儿子起“种田”这个名，是希望儿子能子承父业。常父秉性耿直好胜，凡事都喜出个头。那年土匪劫寨，正值英年的常父带领村里一帮年轻人跟土匪争狠拼命，怎奈匪势太猛，常父被杀。那匪首生性和常父相似，敬重常父是条好汉，临走将他们不知从何处掠来的一个女娃留给常种田，说是让常家传宗，接续香火。那一年常种田十六岁，女娃十五岁。

两年后，常母突患绞肠痧，撒手人寰，抛下了一双少男少女。那年八月十五，月亮很圆很亮，香女(女娃名叫香女)没有点灯，在屋里擦洗身子。一双贼亮的眼睛从门缝偷看，明亮的月光从窗口倾泻进来，把屋里的一切都暴露给贴在门缝的眼睛。屋门被轻轻推开了，香女没有发觉。当她那对白馍馍似的奶头被一双粗糙的大手握住时，她惊呆了。她被抱上了炕，一个强健滚烫的肉体压了上去，她想喊救命，可樱桃小口却被一张四方海口堵住了，这时她也看清压在身上的人是常种田。她勉强挣扎了一下，知道迟早都是他的人，便半推半就地依了他。事毕，她笑骂道："你真是个土匪！"

庄稼汉的日子是黄连泡着苦水，到了青黄不接的二三月更不好熬。常家本来就是穷家，每逢青黄不接的二三月都有揭不开锅的日子。那年又逢灾年，常种田眼看着日渐见底的面缸，急得干搓手。娇妻再好，也不能当饭吃。他一跺脚，咬着牙狠心丢下香女，出外去打工挣钱。没想到被盘踞在终南县的田瑜儿的军队抓了壮丁。仗着膀大腰圆，有一身蛮力，常种田很快当了班长。他生性就不安分守己，喜好拈花惹草。一个夜晚他从酒馆出来，闯入一家民宅，把一个年轻女人强奸了。那女人寻死觅活闹到了田瑜儿的司令部，田瑜儿是终南的土著，不想落个欺凌乡亲的恶名，就责令打常种田四十军棍做处罚。伤愈后，常种田自思在军队上再也混不出个名堂，就开小差跑了。待他回到家，大门上的锁都锈了，隔壁寡居的刘二嫂给她说，香女耐不住寂寞，经不住好日子的诱惑，半年前跟一个做生意的河南客走了。他听罢呆了半晌，一把抓住刘二嫂肥硕的奶子直骂婊子破鞋，说刘二嫂教坏了香女。吓得年轻的寡妇挣脱身子，趔趔趄趄地跑了。

此后，常种田每日借酒浇愁，一喝醉就骂女人不是好东西。一天晚上，他又喝得酩酊大醉，深一脚浅一脚地进了刘二嫂的家门，跌倒在院里人事不省。刘二嫂从屋里出来，见此情景，叹一口气，鼓着劲儿把他拖到炕上。

常种田醒来时，已是第二天中午。他睁开眼睛看看身上的被子，嗅到一股女人的味道，心里一惊，随后环顾四周，是个陌生的地方。他心中正在犯疑，刘二嫂端着一碗面走了进来，见他醒来，笑道:“醉鬼,吃饭吧。”

常种田冲二嫂一笑,挺身坐起,接过碗呼噜噜吃了,将碗丢在一旁,又笑笑向二嫂招招手。二嫂以为他有话要说,把一个肥嫩的身子挪到了他的跟前,侧耳倾听。他却一把揽住了二嫂的腰,按在炕上,又亲又摸。二嫂也不反抗,由着他。他胆子更大了,把二嫂的衣裤剥光,把自己的身体盖了上去……

再后来,常种田嫌种地的行当太困苦也乏味,便做了土匪,可他跟刘二嫂明铺暗盖的关系一直没有断。刘二嫂自从跟常种田有了这种关系,拒绝了其他男人,她把自己的一切都押在了常种田的身上。事实上,常种田让她的日子过得比以前滋润和优裕。可是,好景不长,前些日子,一个蒙面采花贼把刘二嫂强奸了。没想到刘二嫂竟是个烈性女子,悬梁自尽了。常种田得知消息,暴跳如雷,红着眼睛带一伙人马刮旋风似的下了山。那个采花贼挪了一个窝,正在调戏一个良家女子,被常种田当场擒住了。一把鬼头刀架在采花贼的脖子上就要砍,采花贼膝盖一软,跪在地上,鼻涕眼泪糊了一脸,连声求饶:“我叫你爷哩……爷饶娃一命吧……”

常种田怒目喷火,道:“我吃了十一份,你还要吃十二份!”

采花贼一颗大脑袋在脚地磕得如同捣蒜:“好我的爷哩,看在我姐夫的面上饶我一回吧……”

常种田拧着眉毛问道:“你姐夫是谁?”

“殷玉茂。”

“殷玉茂?哪个殷玉茂?”

“就是殷胡子殷玉茂。”

常种田一听是殷胡子,心中平添了一把怒火。当初他去扶眉山投殷胡子入伙,殷胡子见他脸色发黄,断言他是个不忠不义之人,说啥也不收留他。后来,他投了王寿山,对此一直耿耿于怀。没想到这个采花贼竟是殷胡子的小舅子,他顿时怒从心头起,恶向胆边生,冷笑道:“我以为你姐夫是谁哩,原来是殷胡子那个贼屄!他殷玉茂算个锤子!”伸手从身边的一个匪卒手中夺过鬼头刀,把殷玉茂的妻弟一刀一刀地剐了。

殷玉茂得知妻弟被常种田杀了,勃然大怒,当即要出兵去擒拿常种田,以牙还牙,但被他的师爷钱老二拦住了。钱老二捻着胡须说:“那常种田是王寿山的得力干将,咱能进梁山擒住他吗?”

殷胡子瞪着眼珠子道:“那咱的仇不报了?”

钱老二嘿嘿笑道:“仇一定要报,但不能强夺,只能智取。”

“咋个智取法?”

“殷爷可给袁老七写封书信,请他出兵,共同围歼王寿山。”

“袁老七那老狐狸会帮咱的忙?”殷胡子有点儿不相信。

“咱给他甜头嘛。”

“给他啥甜头?”殷胡子疑惑不解。

“攻下梁山,咱只要常种田的人头,其余的东西都归他袁老七。我琢磨袁老七一定乐意出兵。”

“那也太便宜了那个老狐狸。”殷胡子心有不甘地说。

“殷爷,咱后头还有棋下哩。”钱老二俯身在殷玉茂耳边嘀咕了一阵。

殷玉茂哈哈大笑:“老二,你真是我的诸葛亮。就按你的计谋行事。你赶紧给袁老七写封书信,亲自送到北莽山去。”

接到殷玉茂的书信,袁老七大喜过望。他早就想吃掉王寿山,可一直找不到时机。现在殷玉茂要他合伙去打王寿山,而且给了这么大的甜头,这真是天上掉馅饼的美事。可袁老七毕竟是袁老七,他看着书信,却用眼角瞟着钱老二,皮笑肉不笑地说:“钱师爷,你不是诳我吧?你们把好处都给了我,你们打王寿山图的是啥哩?”

钱老二不慌不忙地答道:“七爷,我们殷爷信上写得很清楚,我们为报仇,只要常种田的人头!七爷一定知道,常种田把我们殷爷的小舅子一刀一刀剐了,我们殷爷咋能咽下这口恶气。”

袁老七点点头,道:“钱师爷,那就请你在山寨暂住几日,等我回来你再走,咋样?”

袁老七知道钱老二是殷胡子的心腹智囊,唯恐殷玉茂这个反复无常的老滑头功成之后出尔反尔,跟他平分所得利益,因此要扣下钱老二做人质。钱老二是何等乖觉之人,当然明白袁老七的用心,慷慨应允:“一切听从七爷的安排。”

临出山时,袁老七本想留下天寿看守山寨,二头目孙骡子说他闹肚子,不好上阵,山寨就让他看守吧。袁老七并没起疑心,他知道天寿上阵是个不惜命的角色,此次打王寿山,正好用得着他。当下就让天寿带着一队人马做先锋。随后,他又再三告诫孙骡子要严加防范,提高警惕,千万不能疏忽大意,给敌人造成可乘之机;又反复叮咛,要看守好钱老二,不能让这个老奸巨猾的家伙溜掉。

下山后,天寿对袁老七说:“七爷,我咋觉着钱老二是诳咱们。”

袁老七笑道:“不会的,钱老二是殷胡子的拜把兄弟,他不会拿钱老二的脑袋当球踢的。”

智者千虑,必有一失。袁老七万万没有料到祸起萧墙。

袁老七和殷胡子合兵一起去打王寿山,虽然损失不轻,可捣毁了王寿山的窝巢,缴获了不少枪支弹药和金银财宝,并击毙了王寿山,只是没有抓到殷胡子的仇人常种田。尽管如此,殷胡子也没食言，把缴获的金银财宝及枪支弹药全给了袁老七，他分文未取，只是仰天长叹一声："唉，天不灭常种田那贼㞞！"

袁老七拍着殷胡子的肩膀说："他躲了初一躲不了十五，往后不管在啥地方碰到姓常的，我都要替你送了他的丧！"

"多谢七爷！"殷胡子一拱手，带着他的人马返回扶眉山。走出老远，又回过头朝袁老七意味深长地笑了一下。

袁老七也志得意满地下了梁山。他万万没有想到，迎接他的却是孙骡子等待已久的黑洞洞的枪口。

孙骡子名字叫骡子，其实不是一头老实的骡子，而是一匹凶残的狼。在山上，他早就有篡位之心，只是找不着下手的机会。前些时候他和殷玉茂的师爷钱老二挂上了钩，俩人成了拜把兄弟。孙骡子把心里话给钱老二说了，让钱老二给他出谋划策。钱老二让他先忍着，一旦有机会，帮他除掉袁老七，扶他坐北莽山的头把交椅。机会还真让孙骡子等来了，袁老七扣留钱老二做人质，恰好给孙骡子这匹狼添了一头狈。袁老七下山，钱老二就给孙骡子出谋划策，埋下伏兵等候袁老七归来。

没有料到先上山来的是天寿的一拨人马。原来袁老七在玉龙镇有一个相好。那女人是一个老财东的小妾，那老财东亡故后，小妾一直寡居在家。袁老七和那女人挂上钩后，很快就打得火热。袁老七多次想接那女人上山做压寨夫人，可那女人不愿上山，说山上的日子再好也是土匪过的日子，远不如在家里自在。袁老七知道女人的脾气，不敢强逼，只好经常下山来和女人幽会，以解焦渴。这次打了胜仗，袁老七心情特别好，凯旋之际便想起了老相好，就绕道去了玉龙镇，让天寿先带一拨人马回北莽山。

孙骡子见上山来的是天寿，不禁发了愣。钱老二急忙暗示，让他暂不要打草惊蛇,等袁老七上山来再动手。拾掇掉袁老七,掉头再收拾天寿的人马。

两天后,袁老七上了山。他刚一踏进前寨门,四面就响起爆豆般的枪声,把他和几个贴身马弁打成了筛子底。这个强悍凶残的匪首到死都没明白过来是怎么一回事。

是时,天寿在后寨,听见前寨响枪,急带人马奔了过来。当他看到袁老七那血肉模糊筛子底似的尸体,再看一眼孙骡子还冒青烟的盒子枪,顿时就明白了,切齿大骂:"你狗日的打七爷的黑枪,是活泼烦了?"

孙骡子并不恼,笑道:"天寿,你若归顺了我,这二把交椅就是你的了。"

天寿骂道:"你狗日的是门背后的蝎子!鬼才稀罕你的二把交椅!"

孙骡子变了脸:"天寿,你不听我劝,可别怨我不讲交情!"

天寿怒骂:"谁和你狗日的讲交情!"

孙骡子冷笑道:"那咱俩就比试一下!"

孙骡子小瞧了天寿。天寿打起仗来就把性命忘了,挺着身子往前冲。有这样的冷娃当头目,手下的人也弱不了,都拼着命打冲锋。孙骡子的人马有点儿抵挡不住,他慌了神。他原本也是个不惜命的强悍角色,在此时眼看着山寨首领的交椅就在屁股下面摆着,便把性命看得紧要了,一个劲儿地吆喝喽啰们往上冲,却把自己的头和身子往石头后边缩。这伙喽啰中有许多人对他的谋反有怨恨,见他如此这般模样,哪里还肯替他卖命,只是朝天放枪,不肯往上冲。这样一来,强弱片刻工夫就显示出来。这时,跟随袁老七上山的那部分人马也醒过神来,重整旗鼓加入了战斗。前后夹击,不到一顿饭的工夫,孙骡子的人马就溃不成军,孙骡子死于乱枪之下。

钱老二原以为胜券在握,但却突遭变故,惊得目瞪口呆。眼看大势已去,他慌忙往山下溜。这时有知情者告知天寿,一切都是殷胡子的师爷钱老二作的祟。天寿急令人四处搜查,擒住了钱老二。

天寿提着枪黑着脸问钱老二:“姓钱的,我们七爷跟你们有何冤仇?你为啥要算计他?!”

钱老二仰脸说道:“今儿这事是天不助我,让我小沟里翻了大船。既然落在你手里,就随你发落,废话就不必说咧。”

天寿一怔,怜惜钱老二是条汉子,有心放他一马。侧目一看,众喽啰都虎视眈眈,大有生吞钱老二之意。他一咬牙,冷笑道:“钱师爷果然是条汉子,我就赏你一个全尸!”话音一落,手中的枪响了……

平了叛乱,众喽啰一致推举天寿做山寨首领,这实在是天寿始料未及的,但也是他日思夜想的。事后他暗暗庆幸,幸亏当时打死了钱老二,要不的话,煮熟的鸭子就会飞了。

在这场内讧中,得益最大的是马天寿。

做了匪首的马天寿想做的第一件事,就是报仇雪恨。

他本想立即下山,在光天化日之下回到村子里给冯仁乾点儿颜色瞧瞧,让姓冯的知道狼是个麻的,不是个灰的。却又思来想去,觉着当土匪说到底不是光彩的事,辱没先人祖宗,遭千人万人唾骂,便打消了大白天回村雪耻的念头。

恰在这时,常种田上山来投天寿。

原来袁老七和殷胡子合伙围打梁山时,常种田恰好不在山上。刘二嫂死后,他又没了女人。他是那种离了女人就没法活的男人,手头一有钱就往妓院里钻。前些日子他听说双河镇的翠香楼新来了一个窑姐,长得十分标致,心里痒痒得难受,便悄悄溜下山去双河镇会那个窑姐,他的鸡巴救了他一命。

打扫战场时,殷胡子翻遍了死尸都没找到常种田。殷胡子哪能心甘,派出人马四处搜寻常种田。常种田躲在一个亲戚家不敢露面,后来得知袁老七窝里起了内讧,寨主易人,以手加额,说了声:“天不灭曹!”他自思如此躲躲藏藏不是长久之计,要想活命就得找个强硬的靠山。王寿山灭了,能与殷胡子抗衡的就只有袁老七。袁老七向来与王寿山不和,他是王寿山的得力干将,袁老七岂能容他?现在袁老七亡了,新寨主是马天寿。他跟马天寿往日无冤,近日无仇,前去投奔,马天寿不会不收留他吧。想到此,常种田当即就去投奔马天寿。天寿见常种田生得虎背熊腰,言谈之中颇有江湖义士的豪气,加上山寨正是用人之际,便收留了他,并让他做了个小头目。

常种田不知从哪里知道了天寿和冯仁乾的过节,他善于察言观色,摸准天寿的心思,就献殷勤给天寿出主意,不让天寿出面,由他带着一拨人马下山,把冯仁乾收拾了,把冯的小老婆抢上山给天寿做压寨夫人,一来雪了昔日之耻,二来圆了鸳鸯梦。天寿听后,眼珠子转了半天,拦住常种田,说这是他和冯家的事,最好由他自己来了断,不许其他人插手。常种田摸不透天寿的脾气,不敢多言。

天寿是在一个夜晚回到马家寨的。

那夜星光疏淡,半轮明月高高挂在山峁上,清辉泻地,凉气飕飕,几只野猫子在树梢不住地啼叫,似乎在预兆着什么。

天寿带着十几个人下了山。这十几个人都是山寨剽悍的匪卒，全是黑衣黑裤的紧身打扮，每人手中一支盒子枪，插一把短刀，其中四人抬着一顶小轿。天寿更是卓尔不群，穿一身青衣裤褂，敞着怀，里边的白府绸衫子十分醒目，腰扎一条宽牛皮带，斜插两把短枪，十分剽悍英武。一个小头目上前道："寿爷，要不要把盘子隐起来？"

天寿只不过二十四五岁，远不到称"爷"的年龄。可不称"爷"显示不出做首领的威风。于是天寿就称"爷"了。

天寿一怔。自从上山后，他才知道山上的人大都是从附近村寨来的，所以他们每次下山作案都要用锅灰涂了脸面，以免被认出真面目。用黑道的话说，就是把盘子隐起来。此时天寿哈哈笑道："咱明人不做暗事，用不着隐盘子。"

天寿的人马进入冯家已近子夜，残月高挂中天，清辉泻地，把景物映照得清清楚楚。冯家是深宅大院，门口拴着一条大黄狗，门房住着四五个长工伙计，没有家丁护院。可外边稍有动静，黄狗就会狂吠起来，几个年轻力壮的长工伙计就会拿着家伙冲出来。一般的小股土匪是不敢招惹冯家的。天寿对这一切都了如指掌。他没有走前门，绕到了冯家的后墙外。冯家的围墙高一丈有余，不好翻越，但墙外有棵大柳树，柳树虽在院墙两丈开外，可树枝却伸进了冯家院内。天寿的人马就是爬上柳树进入冯家宅院的。

那晚冯仁乾睡在大老婆屋里。他是想和小老婆睡觉，可跟大老婆有约在先。他娶二房时大老婆就不愿意。大老婆给他生了一女一儿。女儿嫁给曹家堡一个大户人家，女婿是县城的警察局长，很有些权势。儿子也娶了媳妇，掌管着他家在双河镇开的店铺。儿女以及女婿也都反对他再娶。可冯仁乾有借口，说他找双河镇东关的张铁嘴算过卦,冯家要出个七品官。张铁嘴的卦向来灵验。冯家的长男没识多少字,现在管店铺的账务已勉为其难,七品官对他来说恐怕是下辈子的事了。

冯仁乾这一辈就人丁不旺,他的三个哥哥一个比一个矮半头,都长成了半大小伙子,却遭了瘟疫,没出三天,哥仨都夭折了,幸亏他命大,逃过那一劫。他娶妻后,就想给冯家生出一大群儿女来壮冯家的门面。谁知冯洪氏生了一男一女后,下面那个小门门就关住了,不管冯仁乾怎样费力劳神也再生不出什么来。那么冯家的七品官在哪里呢?冯仁乾给大老婆说,他要娶二房,他不能让冯家丢了七品官,也不能让张铁嘴的卦不灵验。再者,冯家只有一个儿子,实在是太少太少了。大老婆说啥也不愿意。冯仁乾一时也找不下合适的茬口,也就暂不提此事。

说来事有凑巧。那天冯仁乾去双河镇赶集,来到街口,只见拥着一堆人在看什么热闹,便也挤进去瞧。人堆中央跪着一个女子,约莫十八九岁,虽然蓬头垢面,着一身孝服,却掩不住天生丽质。再细看姑娘面前的脚地有一张纸,白纸黑字写得明白,她是卖身葬父,谁愿意出资安葬她父亲,她就给谁做妾做奴。

围观者议论纷纷,摇头叹息,却没人援手出资。冯仁乾见那姑娘实在可怜,心头一热,掏出二十块银圆,让跟随的伙计陈根柱帮着姑娘去安葬她父亲。随后又得知姑娘有个十五岁的兄弟,衣食没有着落,就托人把姑娘的小兄弟送到县城的陈家绸布店当相公(学徒)。

几天后,那姑娘挎着蓝花包袱找到了冯家。冯仁乾正跟老婆冯洪氏说道这码事,竟然没有认出来,讶然道:“你找谁?”

也难怪冯仁乾认不出来,姑娘脱了孝服,换了一身女儿装,亭亭玉立,似画里的人儿。姑娘双膝跪地,口里说道:“恩人在上,受小女子一拜。”

冯仁乾恍然大悟,急忙起身搀起她。姑娘起身又道:“往后我就是你的人了,随你牵,随你骑。”

“看你这话说得……”冯仁乾搓着手,一个劲儿地上下打量姑娘,眉里眼里都是笑,心里却暗暗称奇,这女子非同寻常。

这个女子比他女儿的年龄还要小,那天的施舍他是一时心血来潮的善举,就没有想到要纳她为妾。事后他也没有往心里去,万万没有料到,这女子竟然送上门来,而且是如此美貌漂亮。他顿时心猿意马,几乎把持不住自己,冲着姑娘一个劲儿地傻笑。冯洪氏一旁瞧在眼里,妒火中烧。可她不是个傻女人,明白就是吵塌天也拦不住男人了,不如顺水推舟,给男人一个脸面,让男人今后还得顺着她。

当下冯洪氏把一张哭脸换成笑脸,给男人张罗着办婚事。果然冯仁乾十分感动,凡事都依着她。入新房之前,冯洪氏把冯仁乾拉到屋里,跟冯仁乾约法三章:一、不许娶了新人忘了结发;二、往后家里事都得听她的;三、逢双日子必须在她屋里过夜。冯仁乾没说半个不字,满口答应。

吃了晚饭,抽了两袋烟,冯仁乾爬上大老婆的炕,脱光衣服就睡。他刚有了点儿睡意,大老婆的精身子凑了过来,一双少肉多皮的手就在他的光身子上摩挲。他自然明白这个意思。他虽然身子强壮,但毕竟年过五十,对付两个女人有点儿力不从心。他有点儿厌烦大老婆的骚情,但不能表现出来,还得装出高兴的样子让大老婆满意。他翻身把大老婆压在身下,尽力地让大老婆满意。等他翻身下马时,已大汗淋漓,卸了套的牛似的喘着粗气。

大老婆在他额头上戳了一指头，骂道："你个黑孱头，把东西都喂了那个小妖精，拿个软家伙来糊弄老娘！"一扭身，给他了个硬脊梁。

冯仁乾苦笑一声，没有睬大老婆，也转过身去睡。正睡得香甜，忽被一阵响动声惊醒，他刚想坐起身，一个很粗糙的手捏住了他的脖子。他浑身一激灵，睡意顿消，禁不住打了个寒战。他刚想喊叫，一把冰凉的刀已架在他的喉结上，只听一声低喝："老王八，你敢吱哇一声，明年的今日就是你的周年！"

冯仁乾知道遭匪劫了，想拼命反抗，但看见屋外影影绰绰有十多个人，便灭了反抗的念头。

冯仁乾被拉下了炕，赤条条地站在脚地。这时有人点上了灯，匪首走进屋时，两人一对目光，冯仁乾眼里喷出怒火，想往上扑，却被两个匪卒扭住了胳膊。他跺脚骂道："天寿，我当是谁哩，原来是你狗日的！"

天寿冷笑道："姓冯的，你没想到吧。"

冯仁乾大骂："我真后悔那天放了你狗日的！"

天寿没恼，道："你别怕，我不要你的命。"上前一步，一把撩开炕上的被子，把冯仁乾的大老婆赤裸裸地晾在了炕上。大老婆惊叫一声，缩成一团，双手捂住羞处。天寿皱了一下眉，把被子扔到大老婆身上，转脸喝问冯仁乾："人哩？"

冯仁乾一怔，一时没明白过来天寿问谁。

"香玲哩？"天寿又吼了一声。

冯仁乾这才记起自己的小老婆叫香玲。他有点儿明白天寿此行的目的了。一张黄脸涨成了猪肝色，勃然骂道："天寿，你狗日的欺男霸女，要遭雷劈的！"

天寿狞笑道:“雷劈了我,也饶不了你!”转身出了屋。

他看到东厢房有灯光,径直奔了过去。果然这是冯仁乾的小老婆香玲的住屋。香玲听到那边有响动,点灯想看个究竟,她刚要穿衣服,忽然一个黑衣大汉破门而入。她大惊失色,举目一看,认出了来人,顿时浑身筛糠,光着身子软在炕上。

“香玲!香玲!”

天寿连唤两声不见应声。他来不及多想,用被子裹住香玲,一把抱起。出了东厢房,他连被子带人塞进停在院子的小轿中,摆了摆手。四个黑衣汉子抬起轿子,刮风似的走了。

这时,冯仁乾扑出院子,大声怒骂:“我日你八辈先人呢!”

天寿没恼,道:“别骂得那么狠,往上翻四辈,咱就是一个先人呢。”

冯仁乾还要往上扑,又被匪卒扭住了胳膊。他赤条条的身子拼力挣扎着,骂不绝口:“天寿,你狗日的杀了我吧!”

天寿竟然笑了一下:“你又不欠我的人命,我杀你做啥哩。”

冯仁乾骂道:“你狗日的今晚夕不杀我,我迟早就要杀了你姓马的全族!”

天寿道:“那就看你姓冯的有没有那个本事。”说罢,头也不回地出了冯家。

来到十字街口,天寿一眼瞧见了祠堂,停住了脚。月光下,祠堂黑黢黢地戳在那里,门口的一对石狮子冲他龇牙咧嘴。他慢慢闭住了眼睛。他在这个地方蒙受了无法洗刷的耻辱。一看见祠堂,他心头的怒火就忽地燃烧起来,同时也感到全村寨的人都在嘲笑他。

良久,他睁开了眼睛,忽然瞧见翘檐下方有一匾,再仔细瞧,认出是“冯家宗祠”四个大字。原来祠堂有一方匾额，只是刻着“宗祠”两个字。后来遭遇一场大风，那方匾额被风刮落了。因是马、冯两姓的宗祠，两姓族长都不愿去理会这件事。前些时日，冯仁乾出资请人做了一面匾额挂了起来，但在“宗祠”前面加了“冯家”两个大字。马姓人看在眼里，心里很是不平，却慑于冯仁乾的财大势威，没人敢站出来争论高低。此刻马天寿看在眼里，心里当下就明白是怎么回事，一股怒火直往脑门上冲，脸上显出狰狞之色，喝喊一声：“烧了它！”身边持火把的喽啰是马家寨的汉子，以为听岔了耳朵，不知所措地看着他。他见喽啰不动手，十分恼火：“你耳朵聋了?！还不快动手！”

喽啰还有点儿迟疑，一旁的常种田雀跃过来，一把抢过喽啰手中的火把，放火去烧祠堂。

火势由小到大，从里到外，霎时火苗蹿上了房顶，映红了半边天。天寿树桩似的戳在那里，瞪着眼睛看着大火蔓延，直到大火吞没了整个祠堂。他哈哈笑了几声，这才翻身上马，驰进夜幕之中……

轿子抬上山时，东方已是满天朝霞。太阳在朝霞中冉冉升腾，大红灯笼似的高高挂在树梢上。

天寿的马驰上了山。他勒住缰绳，那乌骓马前蹄腾空，旋了一圈，蹄子落下地来，很响地打了个响鼻，缓缓而行。天寿稳坐在马背上，得意之色溢满全身。他没想到这么轻易地得手了。看着前面的轿子，他觉着心头有鸡毛翎子在扫，舒坦得要命。他想吼一吼心头的喜悦，一扬头扯着嗓子唱起了乱弹：

板子打了九十九

出来还要手拉手
老爷堂上定了罪
回来还要同床睡
…………

常种田在一旁笑着说:“寿爷好嗓子!”

天寿放声大笑。

轿子在天寿住的窑洞门口停住了。天寿跳下马来,把缰绳扔给一个喽啰,走到轿子跟前。抬轿的几个喽啰不知好歹地瞪着眼看,天寿有点儿恼火了,挥手喝退抬轿的喽啰。他凝神片刻,撩开轿帘,把裹在被子里的女人抱进窑洞,轻轻地放在床上。他又在床边凝神静立了片刻,伸手去打开被子。他本是个莽汉武夫,干啥事向来风风火火的,此刻却轻手轻脚,似乎被子里包裹的是美玉珍珠,唯恐一不小心打碎了。

被子终于被打开了,呈现在他眼前的是个半裸的女人。女人只穿着红布裹肚和红裤衩,胳膊大腿肥藕般粉嫩白皙。朝阳从窗棂透射进来,映照在女人身上,女人身上红的东西显得更红,白的地方更显白嫩。女人闭着眼睛,长长的睫毛低垂着。天寿轻轻呼喊一声:“香玲!”

女人没有动,似乎睡着了。

“香玲!”天寿又叫一声。

女人还没有动。

天寿伸手去解红裹肚,小心翼翼,似乎怕打扰了女人的美梦。女人还是没有动,似乎已沉沉睡去。

红裹肚除去了,天寿的目光呆了,两个坟堆似的乳房耸立在他眼前,令人炫目。那天在河边,他只顾亢奋地发泄自己,一切还没来得及细细品味就……而此时此刻,女人毫无保留地呈现在他面前,他感到不真实,似乎在梦境之中。心头的烈火在燃烧,却产生不出一种强烈难耐的欲望。他觉得什么地方出了问题。

他跪倒在女人身边,一双手不住地抚摩着女人的胴体,在心底酝酿着一种欲望,他感到自己有了征服女人的力量,便把女人压在了身下。可他没有在河边那天的那种感觉。他惶恐起来,紧紧抱住女人迷人的胴体,不住地在女人身上颠簸,可他知道自己并没有进入女人的身体。

他更加惶恐起来,愈惶恐愈感到力不从心。终于,他崩溃了,趴在女人身上不再动弹。他把头窝在女人坟堆似的乳房之间,呜呜地哭了。那哭声似一匹野狼受了致命一击发出的惨嚎。

女人被他的哭声吓了一跳,睁开了眼睛,不知出了什么事。她已经知道这个曾经强奸过自己的男人当了土匪,落在他手中只能听天由命,无论怎样反抗都是徒劳,所以她就没有反抗。这个土匪男人在她身上折腾了半天,可却进不了她的身子,她感到莫名其妙。她没想到这个土匪男人会哭,哭得那么悲痛欲绝,使人毛骨悚然,更让人不可思议。

女人的目光忽然扫到了男人的胯下,男人的阳物软塌塌的,没有半点儿生气。她有点儿明白了男人为啥在哭。

男人忽然挺起身子,举起双拳破口大骂:"冯仁乾,我日你八辈先人!"之后,又把头埋在女人的乳沟里呜呜大哭。

女人长长叹息一声。是可怜男人?还是为自己的命运感叹?

第五章

天福在外面闯世事，时常想起家。其实他的家只有兄弟天寿。叔父虽是亲叔父，但毕竟隔着一层，又分居多年，不如兄弟亲。他知道兄弟脾气不好，性子又野，啥事都干得出来。

记得十五岁那年夏天（那年天寿才十二岁），他和天寿去河边给牛割青草。天气实在太热，他俩下河洗了一回澡，又觉着口渴，天寿就说弄两个西瓜吃吃。

冯仁乾在河湾种了几亩西瓜。他俩就溜进了冯家西瓜地。刚把西瓜摘到手，冯家的大黄狗就扑了过来，他俩一个都没跑掉。按说天热口渴，摘几个西瓜吃吃不算个啥事。冯仁乾那时三十出头，火气正旺，非要他俩跪下求饶不可。他觉得偷人家西瓜理亏，就跪下说道："四叔，饶了我们这一回，我们再不敢了。"可天寿说啥也不肯下跪求饶。冯仁乾恼得性起，扇了天寿两个耳光。天寿鼻子滴着血，就是不求饶，还梗着脖子拿眼睛直瞪冯仁乾。直到天黑，父亲找来给冯仁乾赔了不是，冯仁乾这才放了天寿。

过了两天，冯仁乾的瓜秧被人拔了不少。冯仁乾跺着脚在大街上叫骂。他心里明白，那是天寿干的。

虽然过去了多年，他一想起这事就替天寿发熬煎。天寿的性子太硬了，太硬易折啊！

那些年在外边他啥都想了，就是没想到天寿去抢人家女人，去钻山当土匪。

夜里睡不着觉，他就想，要是当年自己不被抓壮丁，在家里守着天寿过日子，天寿肯定不会干出傻事，不会去当土匪。可老天爷偏偏不照顾他们马家。

从天福那年被抓壮丁，到今天已经七年过去了。

那是六月的一个中午，天福在原边的地里拔谷苗，太阳火辣辣地当头照着，把脚下的黄土都烤得有点儿发烫。他直起腰来，把一把拔掉的谷苗扔到田埂上，抹了一把脸上的汗水，伸开胳膊舒展了一下有些酸痛的腰。他仰起脸，瓦蓝的天空没有一丝云彩，阳光沉重有力地照着他。他盼着能下场雨，可老天却没有半点儿下雨的迹象。他叹息一声，又猫下腰去干活。

忽听有人喊："快跑，粮子（当兵的）来了！"

他吃了一惊，抬眼一看，官道上腾起铺天盖地的黄尘，一霎时把明晃晃的太阳淹没得暗淡无光。远处有人大声喊叫，几个模糊不清的人影从黄尘中遁出，兔子似的朝村里跑去。他惊疑不定，不知出了啥事，引颈张望，只见那黄尘迅猛地卷了过来，裹着一队人马，少说也有百十人。跑在前头的是一支马队，人喊马嘶，令人胆战心惊。他却并不怎么害怕，心里说："咱是庄稼汉，没招惹谁，怕屎啥。"但是他忽然想起还在家睡觉的天寿，禁不住打了个激灵，起了一身的鸡皮疙瘩，但看见路人和田野里劳作的农人都四散奔逃，便也拔腿往村子里跑。

到底两条腿敌不过四条腿。马队卷着狂风瞬间刮到了前头，随即队形一变，分成两股在飞扬的尘土中冲成一个"人"字形，兜头往回圈,把一伙路人和农夫圈在了一堆。这时,步兵开了过来,围过来一根绳拴一个,把二三十个青壮汉子全都拴住了。

这队兵把他们带到西边一个村子,关在了一个大杂院里,给他们松了绑。马天福揉着发疼发麻的手腕,问身边一个面目白净的小伙子:“兄弟,这伙粮子抓咱们干啥?”

小伙子说:“谁知道哩!我到我姨家走亲戚,走到半道上就遇到了这伙粮子。”

马天福道:“咱没招他们没惹他们,他们凭啥抓咱?!”他抬眼往四下里看,想寻个说理的人。

身旁一个黑衣壮汉道:“这伙粮子抓人还跟你讲啥天理?咱们十有八九被他们抓了壮丁!”

白净小伙子大惊:“不是说独子不当兵吗?我爹我妈就我一个儿,说啥我也不当兵……”说着快要哭了。

黑衣壮汉见他如此这般模样,安慰他说:“我只是猜测,他们也许是拉民夫。”

黑衣壮汉却不幸言中了。一个当官的带着一伙兵来到场院,当官的摆了一下手,那伙兵连推带搡地让这伙汉子站成两排。当官的背着手挨个把他们瞅了一遍,又摆了摆手,几个兵卒拿过来许多军装,一人发一套,命令他们穿上。

没人动弹。

当官的背着手在队列前踱着步,他五短身材,唇厚眼小,嘴角有颗黄豆大的痦子,有几分蠢相,但一身戎装把他装扮得很威风,特别是腰间那把盒子枪,使人望而生畏,不寒而栗。他站住脚步,猛地咳嗽一声。众人都吃了一惊。他扫了一眼队列,厉声喝道:“别磨蹭!穿上衣服就开饭!”

还是没人动弹。

瘩子军官恼怒道:“你们是敬酒不吃,要吃罚酒!”小眼睛露出了咄咄逼人的凶光。

马天福这时感到肚子饿了,他也看出今儿是在劫难逃,心一横,肚里说:“穿就穿,怕个屎。走到哪儿算到哪儿,先混过这一关再说,到时候瞅机会再跑。”心里这么想,就动手穿军衣。那个当官的就冲他满意地笑了一下。

随后队列里接二连三地开始有人穿衣服。白净小伙子不肯就范,只是呜呜地哭。瘩子军官恼了,从腰间的枪套中掣出盒子枪,走了过来,用枪筒敲着他的额头,喝道:“你穿不穿?再淌尿水老子就一枪毙了你!”

小伙子哭道:“长官,放了我吧,我妈就我一个儿……”

瘩子军官狞笑道:“你把裤裆的鸡巴割掉,老子就放了你!”骂着,一脚把小伙子踹倒在地。

瘩子军官抬腿还要踢,黑衣汉子急忙上前赔着笑脸说:“长官,你甭发火。他年龄小,不懂事,我来劝劝他。”

瘩子军官瞪着眼睛看黑衣汉子,收回了抬起的腿。黑衣汉子拍着白净小伙子的肩膀说:“兄弟,甭哭甭哭。男子汉大丈夫,流血不流泪。来来来,穿上。队伍上也好得很,管穿管吃,还管住哩。”

马天福也在一旁说:“这位大哥说得对。咱们已经落到了这一步田地,哭顶屎用。穿上衣服喂饱肚子才是正经事。”

白净小伙子抽泣着,接住了黑衣汉子递过的军衣。瘩子军官哼了一声,把盒子枪插回了枪套。

这一夜,被抓来的壮丁就在大场院露宿,五月的夜晚既不寒冷也不闷热。马天福和衣躺在麦草铺上闭着眼睛却无法入睡,他一边惦记着天寿，一边寻思着怎样开溜。

子夜时分，他睁开眼睛欠起身，搜寻着逃跑的路线。月亮明晃晃地照着，几个哨兵在四周游移，枪刺在月光下闪着冷森森的暗光。一个哨兵走了过来，他急忙躺倒身子。脚步声在耳畔消失了，他又欠起身想趁机开溜，忽然胳膊被人拉住了。他大惊，转脸一看，是躺在他旁边的黑衣汉子。这时只见一队巡逻哨走了过来，他慌忙躺倒身子，闭住眼睛。几道手电光在他们的身上扫来扫去，还有人从头到尾把他们数了一遍。许久，巡逻哨走了，可四周的哨兵依然在游移，手电光不时地扫射过来。他心中叫了声："老天！"打消了逃跑的念头。

他终于迷糊了过去，忽然被一阵枪声惊醒。他猛地坐起身，懵懵懂懂的。壮丁们都被惊醒了，爬起身，面面相觑，不知发生了什么事。

此时天已蒙蒙亮，景物都能看得清清楚楚。壮丁们正在惊疑不定之时，只见一伙兵抓回来一个人。那人瘦筋巴巴的，满脸污血，被倒扭着胳膊。马天福定睛细看，大惊失色，是白净小伙子。

原来他企图逃跑，却被抓了回来。

这时痦子军官来了。他的脸色铁青，嘴角的痦子更紫了。他喝令士兵把白净小伙子吊起来，便有几个士兵把白净小伙吊在场院中央的老槐树上。痦子军官又喝令壮丁们围着老槐树站成一圈，随后又命令两个士兵用皮鞭抽打逃跑者。皮鞭每抽一下，就发出一声凄惨的号叫，壮丁们浑身都是一颤。谁都明白，痦子军官是杀鸡给猴看。

抽完四十皮鞭，白净小伙子已经奄奄一息。痦子军官立起眉毛瞪着眼珠子，狠狠地对壮丁们吼道："谁再敢跑，他就是娃样子！"

在那一刻,马天福心里暗暗庆幸。若是昨晚开溜,这一顿皮鞭也难免掉。他彻底收了逃跑的念头。

后来马天福才知道这伙抓壮丁的队伍是国民党的新二师。当了兵,马天福感到并不像当初想象的那样可怕。每日操练虽说也很苦很紧,但比他在家把日头由东背到西下田出力下苦强多了。再者,当兵也比在家吃得好,隔上几天还要打打牙祭,而且还不用自己戳锅底烧火。在家里他和兄弟两人过日子,一提起做饭就害头痛。他也时常想家,想起自己的兄弟天寿。天寿年龄小,还撑不起门户,自己在家时可照应他,今天到了这步田地,天寿谁来管呢?他又想到叔父一家,心想,好歹还有个亲人在家能操上心,自己也就放心了。再说,兵本来就是男人当的,有啥不好?自己好好干,也许能混得人模狗样。到那时,衣锦还乡,光宗耀祖,也不枉爹娘生养他一场。想到这里,他拿定主意在队伍里好好干,盼着有一天能衣锦还乡。

痦子军官是个连长,姓杨,叫彦贵,人虽凶狠了点儿,可对马天福还不错。可能是那天马天福带头穿上军装,赢得了他的好感。

队伍抓了几次壮丁,兵多了。杨彦贵委任了马天福一个新兵班班长。马天福自然十分喜欢,常常感念杨彦贵的知遇之恩。杨彦贵却对黑衣汉子党玉怀不感冒,把他塞到炊事班当伙夫。白净小伙子汤存后伤好后,被营长要去当了勤务兵。虽然三个人不在一起,却因是一同被抓的壮丁,又是乡党,常来常往,亲如兄弟。

一天,党玉怀来找他闲谝,问他打算在队伍上干多久。他说干着看,能干多久就干多久。

党玉怀笑道:“咋,还想弄个师长军长当当?”

他也笑了:“师长军长没敢想,只想油个嘴混个肚儿圆。”

党玉怀知道他家里的情况，低头抽了一会儿烟，压低声音说："听说陕北闹红军，咱们投红军去！"

他没吭声。

党玉怀又说："这个队伍我算看透了，瞎屄比好人多，干啥都得舔官长的尻渠子。再干下去能有啥出息？"

他知道党玉怀有一肚子的牢骚。党玉怀已经四十出头了，还是个火头军。他早已看出党玉怀是个很有本事很有心计的人，当个火头军实在太委屈他了。可杨彦贵不待见他，老找他的碴儿，还真没个盼头。换上他心里肯定更难受。他同情地看着党玉怀，不知怎样安慰他才好。

"咱要当兵就要找个好队伍。听说红军是共产党领导的队伍，闹得很红火，肯定比这个队伍强一百倍！"党玉怀说得很肯定，也充满了信心。

可马天福却没有挪窝的想法。他也听说过红军，可那不是政府的军队。他本想把这话给党玉怀说出来，嘴唇动了动，却啥也没说。他觉得跟党玉怀争论这个没意思。党玉怀心里憋着窝囊气，往外泄一泄会好受些。

党玉怀急切地问："想不想去投红军？"

他摇摇头："党大哥，刚在这里混熟了，我还真不想挪地方。"

党玉怀把他看了半天，知道再说啥也劝不转他，就闷头抽烟。他感到对不住党玉怀，讷讷地说："党大哥，真是对不住你……"

党玉怀抬起头，笑了一下："别说这话，人各有志，我咋能勉强你？"

分手时，党玉怀拍着他的肩膀说："人心难测，这个队伍瞎人太多，往后不管干啥都得多长几个心眼，防人之心不可无啊！"

他感激地连连点头。

时隔不久，队伍奉命开进终南山剿除土匪。那是一场恶仗，虽然打胜了，可伤亡惨重。马天福所在的连队三个排长牺牲了两个伤了一个。马天福因作战勇敢升任一排排长。让他感到悲伤的是伙夫党玉怀在那次战斗中失踪了。打扫战场时，他仔细搜寻过，翻看过所有能找见的尸体，都没有党玉怀，真正是活不见人，死不见尸。

杨彦贵骂骂咧咧地道："别找了，那狗日的肯定开小差溜了。我早就看出他肚里有鬼，十有八九是共产党那边的人。抓住他，我非毙了他不可！"

他也在心里猜测，估计党玉怀十有八九是开了小差。他真希望自己的猜测没有错。

两年后，队伍扩编，马天福当上了连长。他似乎看到了衣锦还乡的希望，心中好不得意，有时禁不住把这种得意流露在脸上。他十分乐观地想，照这个干法，弄个团长、旅长当当，也不是啥难事。可当他想往营长这个位子上爬时，出了祸事。

痞子连长杨彦贵也有当团长、旅长的雄心大志。可是，生、冷、蹭、倔是当官者的大忌，这四样让他占全了且不说，还秉性凶残、喜怒无常。因此他既不得上司的喜欢，士兵们更是反感他。这些年他一直蹲在连长的位子上没动窝。他眼睁睁地看着被他抓来的壮丁马天福从他扶起的梯子上一阶一阶地爬了上去，跟他平起平坐，心里十分不是滋味。

年初，他们的营长升了团副，位子空了出来。这时从上边传出消息：这个位子不是杨彦贵来坐，就是马天福来坐。马天福是十分看重这个位子的，可竞争对手是杨彦贵，他有点儿心软了。一来他一直感激杨彦贵的知遇之恩，二来也觉得杨彦贵该往上挪一挪窝了。他决定放弃这次难得的机会。可他万万没有想到，这时杨彦贵却打他的黑枪！

…………

那次剿匪战斗在黑夜，仗打得很凶。马天福的连队伤亡惨重，建制全打乱了，官找不着兵，兵寻不着官。这时作为预备队的杨彦贵连冲了上来，马天福的左腿挂了花，伏在杂草丛中。月光下他瞧见杨彦贵带人冲了过来，大喜过望，疾喊："杨连长，我挂了花，快来救救我！"

杨彦贵略一迟疑，跑了过来，俯下身看他，问道："伤在了哪里？"

他说："左腿。"挣扎着要坐起身。

杨彦贵关切地说："别动，我来背你。"说着从身后抱起他，环顾四周，又问，"还有谁在这里？"

他叹了口气，道："打乱了套，只有我在这里。"

杨彦贵脸上显出狰狞的冷笑。夜色中他看不清杨彦贵的脸色，心里十分感激他在危难之中帮他："杨大哥，太谢谢你了……"

杨彦贵道："兄弟，别说这见外话……"手就在他背后使劲。他忽然觉得后背一阵透凉，惊诧地扭脸去看杨彦贵，后背又传出钢铁咬肉的剧痛。他脑子里一炸，身子便软在了杨彦贵怀中。他闭上眼睛之前看到杨彦贵在笑，那笑是恶狼在终于获得猎物后的满足和得意的表露。

杨彦贵拔出了匕首，刚要刺第二下，有人跑了过来，叫道："杨连长，王团副命令你快到他那边去！"

传令兵是汤存后，他说的王团副还兼任着他们的营长。他看清了地上躺着的人，惊叫道："这不是马连长吗？他挂花了？"

杨彦贵道："马连长阵亡了……"声音竟有点儿呜咽，似乎十分悲哀伤心。

汤存后一怔，俯下身要去看马天福。杨彦贵拉住了他，道："别惊动马连长了。走吧，王团副还等着咱们哩。"

杨彦贵和汤存后走了好大一会儿，马天福才慢慢睁开了眼睛。杨彦贵那一刀并没有要了他的性命，这也多亏他身上的棉军装。几年的行伍生涯使他变得警觉成熟，他一遭到暗算就立刻诈死，他明白以受伤之躯去反抗，会死得更惨。刚才汤存后和杨彦贵的谈话，他都听得清清楚楚。可他没有动。他知道自己稍有动作，杨彦贵杀的就不是他一个，汤存后也逃不出他的魔掌。他一时想不明白，杨彦贵为啥要对他下黑手？他从没得罪过姓杨的，反而一直对他心存感激。这是怎么了？

此时容不得他细想，他也不敢再胡乱喊叫，怕惹出杀身之祸。他挣扎起身，想赶快离开这个血腥之地。所幸他的两处伤都不是致命伤，也没有伤着筋骨，可流血不少。站起身来，他就感到头晕目眩，伤口也刀割似的疼痛。他咬紧牙关，折下一根树枝当拐棍，深一脚浅一脚地朝山下摸。

天色渐趋微明，月光却暗淡下去，头顶上出现了密密的繁星。他侧耳聆听，喊杀声已经远去，枪声已稀疏了，似乎远在天边。夜风很强劲，吹在他脸上，凛冽如刀割，可他的头脑完全清醒了。他明白追赶队伍已经无望了，该上哪里去呢？自己身负两处伤，穿着军装，若遇上土匪，性命难保。想到这里，他下意识地摸了一下腰间，盒子枪还在。他胆壮了许多，心里说："先摸出山，走到哪达算哪达……"

黎明时分,他下了山。这时他筋疲力尽,树枝几乎支撑不起他虚脱的身体,每挪动一步,腿伤都疼得他直吸凉气。忽然,他眼前一黑,一头栽倒在地……

一阵冷风吹醒了他。他睁开眼睛,已经天光大亮。他看看四周,身后是黑黢黢的终南山,前面是一条曲曲折折铺满浮土的牛马车道。四周静悄悄的,看不到人影。他不想趴在这里等死,摸起身边的树枝,可身子软得像面条,怎么也撑不起来。他扔了树枝,手脚并用拼力往前爬,伤口痛得他浑身直冒汗,身后留下了一串带血的爬行印迹……

太阳升起来了,浸了血似的鲜红。他似从太阳中爬了出来,又像从尘土中钻出,面目全非,衣裳辨不出颜色。终于,村庄的轮廓出现在他的眼前,随后一个推独轮车的老汉映入他的眼帘。他看到生命在向他招手,便扬起手臂回应,拼尽全身之力呼喊:“老汉叔!……”喊声未歇,头俯在了黄土地上……

马天福醒过来时,发现自己躺在土炕上,身上盖着松软厚实的棉被。他环顾四周,屋子不大,却收拾得十分干净整齐。他依稀记得自己被一个老汉救了。这莫非是老汉的家?

正在疑惑之际,有人进了屋。他转眼一看,是个身材高挑、容貌姣丽的少妇。少妇见他醒来,惊喜道:“你醒啦?”

他叫了声:“大姐!”挣扎着要坐起身。

少妇道:“别动弹,你身上有伤。想吃点儿啥?我给你去做。”

他肚子确实有点儿饿,可不知道自己想吃什么,只是呆眼看着少妇,弄不明白她是谁。

少妇莞尔一笑:“我给你下碗面吧。”转身出了屋。

他呆呆地躺在炕上，猜想着少妇是老汉的儿媳还是女儿。就在这时，院子响起沉重的脚步声，就听见少妇脆生生地叫道："爹，回来啦。"

"回来啦。他灵醒了吗？"声音苍老，但中气很足。

沉重的脚步声响进屋来。他看到了一个年过花甲的老汉，身材高大，背有点儿驼，皱纹堆垒的脸上溢满着忠厚和善。他顿时就明白过来，这就是他的救命恩人。他挣扎坐起身，叫了声："大叔！"

老汉笑道："小伙子，好点儿了吗？"

他点头道："大叔，多亏你救了我……"

这时，少妇端着饭碗进了屋。老汉说："吃点儿饭吧。你两天都没吃啥了。"

他接过碗，汤面片上飘着葱花，香气扑鼻。他心里涌起一股热浪，叫了声："大姐！……"眼圈就有点儿发潮。

少妇微笑道："快趁热吃吧。"

他知道遇到了好人，不再客气，大口吃了起来。

老汉坐在炕沿上，掏出烟锅边抽边看他吃饭，一脸的慈祥。等他吃罢饭，老汉问道："小伙子，你是哪里人？"

他答："关中有郃县人。"

"当几年兵了？"

"七年了。"

"咋受的伤？"

"进山打土匪，被土匪打了一枪。"

少妇在一旁说："背上还挨了一刀哩。"

他这才想起那一刀是杨彦贵刺的。此时身子一活动，伤口还疼得钻心哩。如今回想起那晚发生的事，他不寒而栗。若不是汤存后来得及时，他早就变成鬼了。

老汉在炕沿上磕掉烟灰，说："我请东关的邓二先生给你瞧过了，他说不打紧。邓二先生的手段高，他是我们姜家集的名医，他说你的伤不打紧就不打紧。他给你的伤口上了药，还开了些吃的药。你先在我家住着，好好治伤。"

他连连道谢。

老汉摆摆手："别说'谢'字。不瞒你说，我儿也在队伍上当兵吃粮，他是被拉壮丁去的，一直没个音信，不知是死是活……"两颗泪珠滚出了老汉的眼窝，他挥袖拭去。

他心里沉沉的，鼻子直发酸……

他的枪伤和刀伤都没伤着骨头和筋，治了十天半个月就能下炕走动了。他对这个家有了点儿了解。老汉姓姜，做豆腐卖豆腐为生，老汉的老伴早已下世，儿子被拉了壮丁，少妇是老汉的女儿，叫云英。云英的丈夫出外跑生意去了，公婆待她不好，她一直住在娘家，帮父亲磨豆浆做豆腐。

这一日，他耐不住寂寞，溜达到豆腐房，云英正在推磨磨豆浆，他叫了声："大姐！"

云英抿嘴笑道："你比我还大两岁哩，我该叫你哥哩。"

他笑了笑，没有改口。姜家父女对他有救命大恩，他叫云英"大姐"理所当然。

他要帮云英推磨。云英说："你伤刚好，就歇着吧。"

他说："不打紧。"就挨着云英推起了磨子。

俩人并肩推着磨，边推边说闲话。

云英笑问道："在家你也推磨子？"

他笑着答："常推。"

“也磨豆腐?”

“不。磨麦子,磨玉米。”

“你家里都有啥人?”

“就一个兄弟。”

云英又笑着问:“你没说下媳妇?”

他红了脸:“没。家里穷,说不起。”

沉默。

俄顷,云英感叹道:“那天我爹用推车把你推回家时,你全身都是血,咋叫也叫不灵醒。我只怕你是没救了,没想到你的伤好得这么快。”

天福道:“真不知该咋谢大叔和你哩。”

云英道:“谢啥哩。人生在世谁没个三灾六难,帮人一把是做人的本分。”少顷,又说,“枪伤倒不打紧,那一刀再深一寸,你就没命了。”

天福说:“那一刀是自家人戳的。”

云英惊问:“自家人戳的?为啥?”

天福便把受伤的经过叙说了一遍,临了说:“杨彦贵和我称兄道弟的,关系挺不错的,我就想不明白他为啥要黑我一刀哩?”

云英说:“这有啥想不明白,他嫉恨你哩。”

天福道:“他为啥要嫉恨我?我从没得罪过他,反而还对他好哩。”

云英说:“他当了十几年的兵,才干了个连长。你是他抓的壮丁,只干了五六年就跟他平起平坐。现在营长的位子空了出来,不是你坐就是他坐。他能不嫉恨你?”

其实这一层天福早就想到了,这会儿云英这么一说,越发证明他想得对。他喃喃道："人心真是难测啊！"

云英说："往后干啥事都要留点儿神。害人之心不可有，防人之心不可无。"

在外七年，还从没人对他说过这样关心的话，他心头一暖，感激地点点头。

光阴荏苒，不觉过了一个多月。天福的伤好实在了，他想找队伍去。

这一天，姜老汉出门去卖豆腐。他帮云英推磨时把要走的意思给云英说了。云英一怔，问："你上哪达去？"

他说："找队伍去。"

云英嗔道："你差点儿把命都丢在了队伍上，还去找队伍？是不是还想着营长那个位子？"那咄咄逼人的语气，好像天福是她的什么人似的。

他一时不知说啥才好。姜老汉父女有大恩于他，又待他亲如家人。可梁园虽好，不是久留之地。他一个男子汉大丈夫在别人家吃白饭算是怎么回事。不管世事有多么险恶，他都要闯一闯。当然那个营长的位子能争来更好。

云英见他不语，自知言重了，脸红了一下，垂下头问："几时走？"

他说："明天吧。"

沉默半晌，云英看他一眼，说："把衣裳换下来，我给你洗洗。"

他急忙说："大姐，我自己洗吧。"

云英佯嗔道："咋了，嫌我洗得不干净？快换下来，别婆婆妈妈的，不像个男人。"

下午，姜老汉卖豆腐回来，他又把要走的话给老汉说了。姜老汉半晌无语,最终开口道:“你要走,叔也不能拦你。好男儿志在四方嘛。”又说,“明儿再走吧,晚上让云英给你准备点儿上路的干粮。”

他鼻子一酸,热泪险乎流了出来,双膝跪地,说:“大叔,你的大恩大德我天福今生今世报不了,来世作牛作马报答你……”

姜老汉扶起他:“言重了,言重了……”

吃罢晚饭,云英发了面烙锅盔,他拉着风箱烧火。俩人都觉得有一肚子话要说,可又都觉得不知该说些啥,对视一眼,又都撤开目光,默默无语。一种情愫在厨房飘绕,缠着她,也缠着他。

锅盔烙熟了,云英开口道:“你睡去吧,明儿还要上路哩。”

他说:“你也睡吧,明儿还要磨豆浆哩。”

俩人对视一眼,良久,收回目光,各自回屋歇息。

他回到屋一时不能入睡。他是下定决心要走的,可要走之时心情竟然如此沉重。想到姜家父女待他的种种好处,实在是难割难舍。特别是云英,秀丽、贤惠,善解人意,是个打灯笼也难寻到的好女人。如果将来能娶她为妻,也不枉来人世一场,他也自然不会去找什么鸟队伍,在这里和她相伴着过舒心日子。他忽然又想到云英已为人妻,自己这么想实在太荒唐,也对不起云英,直在肚里骂自己混蛋……想东想西,不知不觉中进入了梦乡。

一阵吵闹声忽地闯入他的梦乡。他翻身坐起,一时弄不明白是怎么回事,半晌,他灵醒过来,侧耳细听,吵闹声是从云英屋里传出的。

“土匪!”云英愤怒的骂声。

“老子当土匪不是一天两天了,你今儿才知道?!”一个陌生男人的声音。

“别碰我!”

“你是我老婆,我想咋就咋!”

他明白了,是云英的丈夫回来了。可他又十分茫然不解。俗话说,久别胜新婚,怎么丈夫刚回来云英就和他吵闹起来,还骂他是土匪?他不由得满腹疑惑。

吵闹声愈来愈大,而且男人似乎还动手打了云英。他心头一颤,想过去看个究竟。可又一想,人家两口子吵架,而且半夜三更的,自己过去插一杠子反而不美。

这时就听见姜老汉开门走了过去,大声斥责女婿:“你这个土匪坯子,快放开云英!”

男人道:“我两口子睡觉的事你也管?你这个丈人管得也太宽了吧。”

“畜生!”姜老汉扬手打了那男人一个耳光。

可能是那男人打了姜老汉一拳,只听姜老汉“哎哟”地惨叫一声。

“爹!”云英带泪的呼叫声。

他不能再忍了,急忙穿上衣服跳下炕,拉开门,朝云英屋里奔去。

云英整洁的屋子一片狼藉,板凳少一条腿,歪倒在一边,柜盖上一堆银圆散乱着,泛着白光,一只水杯滚倒在柜盖角落,一根线似的水流往地上滴落;姜老汉仰倒在地上,嘴角淌着鲜血,人事不省;炕上一条壮汉骑在云英身上,已经扒掉了云英的裤子,云英一头秀发散乱着,两只手拼命抵抗着,毕竟力量悬殊,渐落虎狼之口。

天福一时竟呆住了,不知如何是好。云英仰倒在炕上,正挣扎着一眼瞧见了他,疾叫道:“天福,快救我!”

壮汉急忙回头，看见天福，惊问道："你是谁？"眼里就冒出凶光。

天福怒视着他，反问道："你是谁？"

壮汉大怒："他妈的，老子问你是谁？！"

天福也怒道："快放开大姐！"

"大姐？"壮汉冷笑一声，满脸虬髯，令人望而生畏，"我×我老婆，你管得着吗？滚出去！"

天福一怔，迟疑起来。云英高声疾呼："天福，你要拿我当姐看，就打这个贼土匪！"

天福不再犹豫，拳头猛挥过去。壮汉见势不妙，急忙松开云英，低头避开天福的拳头。天福一把抓住了壮汉的衣领，壮汉也揪住了天福的头发。俩人扭成了一团，打得难分难解。天福在队伍上练过拳脚功夫，放开手单打独斗，壮汉根本不是他的对手。可屋里太窄，施展不开，俩人扭在一起，功夫再好也用不上。加之壮汉膀大腰圆很有蛮力，而天福伤刚好，身体还没有完全复原。渐渐地，壮汉占了上风，把天福压在了身下，两只手掐着天福的脖子，要置他于死地。天福只觉得呼吸越来越困难，吭哧吭哧地拉风箱，憋得满脸通红，而且浑身上下越来越没力气，急得他两脚乱蹬，两只手胡抓乱挖，把壮汉的一张脸抓得血糊糊的，显得十分狰狞怕人。可壮汉不管不顾，死死掐住他的脖子就是不松手。天福眼前转起了金灯银灯，脑子也有点儿模糊了。

忽然，壮汉很奇怪地哼了一声，两只手突然就松开了，随后身子一斜，倒在了一旁。天福长吐了一口气，脑子灵醒过来，爬起身来。只见云英赤着下身，双手握着一个捶布棒槌站在他面前，神情有点儿惊愕。他明白了，是云英救了他。

天福伸手探了一下壮汉的鼻息，喃喃道："他还没死……"

云英扑过来，举起棒槌对着那颗淌血的头砸了下去，直到手软无力，才扔了棒槌。天福一直呆呆地看着这一幕，既没动手帮她，也没有阻拦她。那颗头变成了一个软柿子，红的白的东西把脚地涂染得令人作呕。天福从炕上拿过一条裤子，叫了声："大姐！"递了过去。

云英这才发现自己赤着下身，脸泛羞涩，急忙躲到门后穿上裤子。天福又拿过衣服，给她披在身上。

俩人去看姜老汉。老汉还没有苏醒过来，云英哭喊着和天福一起把老人抬到炕上，一摸胸口，还有气，就把他嘴角和身上的血擦拭干净，云英端了碗热水给父亲灌下去。一会儿，老人苏醒过来，用昏花的眼光瞟一眼天福，有气无力地说："把那狗日的……往死里打……"

天福看了一眼倒在地上的壮汉，道："贼㞞死了！"

云英也颤着声说："爹，我……我把他打死了！"

姜老汉努了一下嘴，似乎想笑，却没有笑出来："死了就好。"忽然他像要干什么似的挣扎着要起身，转脸对天福说，"天福，叔求你帮个忙。"

天福连忙让老人平躺下："大叔，有啥话，你尽管说吧。"

"村东有个枯井，把这贼㞞撂到那达去。"

天福一想，也对。他让云英帮忙，扛起壮汉的尸体就奔向村东的枯井。

返回姜家，姜老汉见天福回来，问道："弄利索了吗？"

天福说："大叔，你放心，弄利索了。"

姜老汉看着天福，喘息半天，说："天福，叔对你怎样？"

天福说:“叔对我有再造之恩。”

姜老汉道:“叔拜托你件事。”

天福说:“叔,你说吧,我就是拼了这条命也要给你办成。”

姜老汉又喘息了一阵,说:“叔看你是个厚道实诚人,还没有成家。叔就想……想把云英托付给你……你不会嫌弃她嫁过人吧?”

天福叫了声:“叔!……”不知说啥才好。

“你听叔把话说完。叔以前给你说云英的女婿出门做生意去了,那是假话。叔不是有意哄你,是不想家丑外扬。那贼是个瞎屃!是个土匪!他原本是镇上一个街楦子,谁也惹不起。他看上了云英,三天两头往家里跑,要我把云英嫁给他。叔不答应,他就叫了一伙狐朋狗友整天价寻衅闹事,闹得叔连生意都做不成了。没奈何,叔就答应了他。没料到,云英过了门,那瞎屃不但不改邪归正,反而进山当了土匪。叔虽是个鳖(软)人,可说啥也不能让云英嫁给一个土匪,受窝囊气,遭人唾骂。叔就把云英接回了家,可那瞎屃一回来就寻上门来闹事,啥瞎事都干,刚才的事你都看见了……唉,都是我害了云英啊……”姜老汉说到这里老泪纵横。

云英早已泪流满面,抱住老人大哭:“爹……”

天福也只觉得鼻子发酸,眼里噙满了泪水。

“天福,叔说的事你答应吗?”

天福泣声说:“只怕委屈了大姐……”

“你只说你答应不答应?”

“答应,答应!”

姜老汉长长嘘了一口气,随即又咳嗽起来。半晌,止住咳嗽,抹了一把老泪,道:“今晚上除了这个瞎屃,给叔出了一口气。可人命关天,这个家你们不能再待了。天福,你带上云英远走高飞吧,走得越远越好。”

“爹!”云英叫了一声,泪如泉涌,“我不能把你撂下……”

天福也流泪道:“叔,我们咋能撂下你不管哩……”

姜老汉道:“我是大风里的一盏灯,说灭就灭了。你们还年轻,正活人呢。那瞎屄有一伙狐朋狗友,说不准哪一天会找上门来的。”

云英泣声道:“爹,说啥我也不能扔下你不管。这祸事是我闯下的,要死咱们父女死在一达……”

姜老汉急道:“看你这娃,咋不听话哩……”他连声咳嗽起来,云英急忙给父亲捶背。好半天,姜老汉才止住咳嗽。喘息半天,他摆手说:“你们歇息去吧。”

云英和天福都不肯离去,要陪着他。姜老汉说:“你们睡去吧。我没事,也想合合眼。”

俩人这才起身离去,各自回屋去睡。

翌日清晨,天福被一阵哭号声惊醒,他慌忙起身,奔到姜老汉屋中。只见姜老汉直挺挺地躺在炕上,双目紧闭,面色青紫,炕头放着装卤水的狗头陶罐。满满一罐卤水被老人喝光了。

云英扑在父亲的遗体上失声痛哭。天福目睹此情此景,先是一呆,随即扑通一声,双膝跪地,叫了声:“叔!”泪水流了一脸……

草草安葬了老人。天福和云英都觉得这个家再也无法待下去了,俩人思之再三,就回到了马家寨……

这段往事,天福对谁都没有说。他只想着回到家和兄弟和和美美地一起过日子,却没想到兄弟天寿竟然当了土匪。在云英家打死了一个土匪,自己家里却又冒出了一个土匪,还是自己的亲兄弟。这话怎么对人说?天福心里很不是滋味。

夜静更深,天福辗转反侧,无法入睡。云英问他怎么了,他说没什么。他不想把心里的难受说给云英听,怕云英听了也发熬煎。他翻了个身,很快打起了呼噜,那呼噜声有点儿异样,是装出来的。

第六章

冯仁乾住在西街。冯家家大业大，是深宅大院。宅院是三间门脸，门房为砖木结构，三梁六柱，两面山墙有通天柱支撑脊檩。房面为单行仰瓦，瓦檐雕莲花式花纹，脊头有砖雕镂空桃形“福”字徽标。门口有一对石狮子，虎视眈眈，威风凛凛。

走进门，西房有一座大照壁，照壁上有一个砖砌的神龛，供奉着土地神。绕过照壁是客房。客房也没什么特别之处，只是门框上的雕刻不同凡响。那雕刻为二兽戏珠，二兽极像狮子，却长着一对翅膀，摇头摆尾，憨态可掬。雕刻纹理清晰，刀法精致严谨，栩栩如生，显然出自名匠之手。

客房之后有一小庭院，紧挨庭院的是一明两暗的三间上房。上房也是砖木结构，四梁八柱，两山七檩，圆山起脊。房顶比一般民宅高出一米多，犹如鹤立鸡群。房面为合瓦，瓦檐为蝙蝠式花纹。房基台阶三层，全是青石所砌。

据说冯家的宅院二三十个匠人干了快一年。冯仁乾常对人说，他这一辈子就干了两件事：一是闹红火了铁匠铺子，二是修盖了一座宅院。他还真不是夸口，冯家的宅院别说在马家寨，就是在方圆十村八寨也是数得着的。

冯仁乾家大业大，却人丁不旺，仅有一儿一女。夜静更深，他睡不着觉，常为此叹息不已。冯洪氏生养是不行了，但冯仁乾觉得自己还不老，雄风犹在，就想着再娶一房再生两个儿子来。天上掉馅饼，他还当真娶了个如花似玉的黄花闺女，可万万没料到被天寿那狗日的抢走了。一想起这件事，他就心头冒火，七窍生烟。

四月廿是冯仁乾五十岁生日。家里出了事，他不打算过生日。可女儿改秀和女婿曹玉喜还是来给他祝寿，儿子留根和媳妇也从双河镇赶了回来。冷冷清清的大宅院顿时热闹起来。

酒宴摆在客房的明间，十分丰盛。冯仁乾坐在主位上，脸色不怎么好看。天寿抢走了小女人，除了冯仁乾，其他人都把这事不当一回事，特别是冯洪氏还有点儿幸灾乐祸。女婿曹玉喜知道岳父的心思，便想着法制造欢乐的气氛。他起身给冯仁乾斟了一杯酒，举杯说道："爹，今儿是你的五十大寿，我先敬你一杯。"

曹玉喜在县上当警察局长，手卜管着七八十号人，在有部县地面也算是个人物。冯仁乾很器重女婿，向来高看他一眼。今儿女婿专程从县城回来给他祝寿，他真有点儿感激。他强颜欢笑，端起酒杯仰脸干了。

儿子留根起身也斟了一杯酒："爹，我也敬你一杯。"

冯仁乾阴沉着脸，吃了一口菜，没动酒杯。他对这个独生子又疼又恨，疼不必说，恨儿子太懦弱。他曾跟老婆冯洪氏说："留根就不是我的种。"冯洪氏骂道："那是驴日下的！"给他塞了一肚子腌臜气。

冯留根对他老子也不满意。老子娶了个比他年龄还小的女人，简直就没把他这个儿子往眼里搁，他都不知道该咋称呼那个小女人。一气之下，他把媳妇接到了双河镇，轻易不回家来。前些日子,他听说那个小女人被天寿抢走了,先是一惊,随后又是一喜。今儿是父亲的生日,他便带着媳妇回来了。给老子了一个热脸,没想到老子却回敬了他一个冷屁股。他端酒杯的手僵住了。

冯洪氏替儿子打抱不平:“你给留根撒啥歪!没了那个小妖精你像把魂给丢了,瞧你那熊样子!”

当着儿女、女婿、媳妇的面遭老伴数落,冯仁乾感到十分难堪,勃然道:“你成心找打!”抬手就要揍老伴。

女儿改秀慌忙拦住老子:“爹,你这是弄啥哩嘛!为那个女人你值得这样嘛!”

女儿改秀因女婿而荣。她在老子面前说话是很有分量的。冯仁乾垂下了手:“你听听你妈说的叫啥话!”

改秀说:“我妈也没说啥嘛。”

曹玉喜也说:“爹,你消消气吧。”

冯仁乾强按下心头的火:“玉喜,我知道你们都反对我娶小,可已经娶了,还能咋样?我也不是舍不了她,可她是让马天寿那狗日的抢走的,这话好说不好听啊!你爹我好歹也是个有头有脸的人,往后还让我咋在人前说话哩?!还咋在人前走哩?!再说,你是县警察局长,也是个人物哩,又让人咋看你哩?!”

冯洪氏咂嘴道:“你就说你,甭给玉喜使激将法!”

冯仁乾朝老伴瞪眼睛。改秀急忙劝母亲:“妈,你少说几句,我爹那话也在理。那个女人不值个啥,可我爹和玉喜的脸没地方搁。”

曹玉喜也说:“屎难吃,气难咽啊!”

冯仁乾一拍大腿:“我就是咽不下这口窝囊气!”

冯留根在一旁嘟囔道:“不咽有啥办法?咱能是天寿的对手?

他是土匪哩！”

冯仁乾恨声道：“他是土匪你就怕了？”

冯留根小声说：“我怕……”

冯仁乾气得直瞪眼，扬手要扇儿子的嘴巴。

曹玉喜慌忙拦住：“留根兄弟是有点儿胆小懦弱，这是人的秉性，你也强求不得。”

“唉……”冯仁乾长叹一声，“我咋养了这么个不争气的后人。玉喜，留根要能跟上你一个角角就好咧。”

冯留根见老子一味地指责他，也来了气，一拉媳妇的胳膊就往外走。冯洪氏和改秀硬是没拦住。冯仁乾气得直跺脚，冲着儿子背影吼道：“你崽娃子有种，就再甭进这个家门！”

丰盛的生日酒宴没吃几口，就不欢而散了。冯仁乾坐在太师椅上，呼呼直喘粗气。曹玉喜递上一根雪茄烟，划火给他点着，劝慰道：“留根还年轻，不懂啥，你甭跟他计较。”

冯仁乾抽了一口烟，叹道：“那崽娃子我是指靠不住了。玉喜，你看这事不能这么算完吧？”

曹玉喜呷了一口茶：“不能算完！”

冯仁乾把头朝女婿伸了伸：“那咱该咋办？”

曹玉喜沉吟道：“我手下也有七八十号人，可北莽山在乾州地界，不归有邰县管辖，我师出无名哩。”

冯仁乾摇头：“就算师出有名，你那点儿人马恐怕不行。那狗日的在山上，你在山下。他在暗处，你在明处，吃亏的肯定是你哩。硬碰硬不行，不行！”

曹玉喜道：“我也觉得不行。”

翁婿俩一时无话，都闷头抽烟。屋里烟雾缭绕，呛得冯洪氏咳嗽起来。改秀剜了丈夫一眼，曹玉喜捏灭了烟头。改秀数说丈夫：“你也人五人六的，就不能想个好法子给爹出出这口窝囊气?!”

曹玉喜悠悠吐了口烟，道：“我也想了几个法子……”

改秀催促说：“你快说给爹听听。”

曹玉喜说：“马天寿的匪势现在很大，灭他不是件易事。如果乾州和有部两县的保安大队联合出兵，那他就是瓮中之鳖了。”

改秀急不可待地说：“那你就赶紧让他们一起出兵吧。”

曹玉喜瞅了老婆一眼：“你以为我的官有多大！别说两县的保安大队，就是有部县的保安大队也不尿我这个警察局长！要调动两县的保安大队需省府的命令。”

改秀嘟囔道：“那你说这话跟没说一样……”

冯仁乾拦住女儿的话头：“你别插言。玉喜这不是跟我商量哩嘛。”

曹玉喜接着说：“还可以去请终南的田瑜儿出兵。他灭马天寿也不成问题。不过那个草头王见钱眼开，无利可图的事省府也调不动他。”

曹玉喜说的这两个法子实在是跟没说一样。冯仁乾闷头抽烟，忽然抬起头来：“玉喜，明着咱不行，咱暗着来！”

“咋暗着来?”

冯仁乾压低声音说：“咱找个枪手打狗日的黑枪！”

曹玉喜一怔说：“这也是个办法。可这个人上哪达找去?”他看岳父的脸色渐渐难看起来，也觉得自己这个警察局长女婿也太无能了，便安慰岳父：“爹，君子报仇十年不晚。你也别为这事气不顺，这事交给我，一定要替你出这口恶气！”

冯仁乾脸上这才有了笑模样。

这几日天福一直在忙着收拾屋子。几间瓦房实在太颓败了，又低又矮，睡在炕上能看得见天上的星星，若遇大雨不塌才怪哩。天福让天禄请来几个泥瓦匠，又请来族里的几个小伙子帮忙。房屋很快修葺一新，颓败之气荡然无存，兴盛之气无所不在。完工那天，天福院里院外走了两遭，左看右瞧，喜上眉梢。

吃晚饭时，天福对叔父说，他想把媳妇接回来，老住在客店里怎么行。马二老汉连说好，又出主意，说是房子修盖好了，就该把媳妇引回来；又说，最好趁这个机会把族人和亲戚朋友都请来热闹热闹。马家好多年都没有过喜事，应该好好庆贺庆贺。天禄在一旁跟着起哄。天福笑着表示赞同，他拿出十块银圆，让叔父和天禄去筹办这一揽子事。

翌日，天福离开了村子。两天后，一辆双套轿车驰进了马家寨，牲口脖子上的串铃叮当直响，招引来　街两巷的乡亲看热闹。轿车在天福新翻修的高门楼前停住。轿车帘子一挑，天福钻了出来，随后下来了一个年轻女人。众人的目光顿时直了。年轻女人的衣着倒也平常，是她这个年纪该穿的衣裳，红袄绿裤，艳而不俗。招惹目光的是她那不俗的姿色和神韵。她满月似的脸庞上镶嵌着两颗星星似的眼睛，一双眉毛墨染似的浓黑，嘴角微微上翘，挂着平易可亲的微笑。这里出嫁的女人都盘头绾发髻，可这个女人没有盘头绾发髻，一头乌发在脑后梳成一根镢柄粗的独辫。随着她的走动，辫梢便在柔韧的柳腰间摆动，拨弄出许多迷人的风韵来。

众人都看得呆了。有两个壮年汉子在偷声说话。一个说：天福这狗日的把哪家大户人家的俊俏丫鬟拐回来了。一个说：马大老汉的两个后人都是好妻命，媳妇一个比一个长得漂亮。言语之间流露出诸多羡慕和嫉妒。

马二老汉父子早就站在了门口,此时也看呆了眼。天福把女人引到马二老汉面前介绍道:"这是咱二爸。"

女人身子欠了欠,叫了声:"二爸。"

马二老汉连声答应,一张脸笑成了老菊花。

天福又给女人介绍:"这是咱兄弟天禄。"

女人冲天禄盈盈笑道:"兄弟好!"

天禄醒过神来,急忙招呼道:"大嫂,快进屋。"

天福和媳妇在马家族里人的簇拥下进了屋。在天福的安排下,屋里摆了酒席,请了亲戚和族里的老人来喝酒。天福这样安排,一是乡俗如此,二是借此机会来感谢对他家有过帮助的乡亲。他特别登门请来了金大先生,请他坐了首席。屋里挤满了人,笑语声声。天福和媳妇挨桌给大伙敬酒。酒席间不断有人问天福这些年在外头干啥,天福说卖豆腐。可没人相信。众人都看得出,天福的行事作为不一般,肯定做了大生意。单看那如花似玉的媳妇,他也绝不会在外头卖豆腐。不妨想一想,这个美若天仙的女人岂肯嫁给一个卖豆腐的?鬼才相信!

可还真没有料到,天福当真开了个豆腐坊。

马家在西街有一处闲置的宅子。这宅子紧挨着冯仁乾的铁匠铺。天福跟叔父说,他想在闲置的宅子开个豆腐坊。马二老汉说:"那个闲宅子本来就分在了你和天寿的名下,你想干啥就干啥。"

于是,天福请来匠人把临街的门房修葺一新,又买来水磨、水瓮等做豆腐的家什。就在豆腐坊开张的前一天出了一桩事,这桩事说起来实在不足挂齿,却使本来就十分紧张的马冯两家关系雪上加霜,也埋下了祸根。

冯家的铁匠铺生意很红火，每天送货取货的客户络绎不绝。

冯家伙计每日清晨都要把铺子内外打扫得干干净净，迎接客户上门。垃圾积少成多，却堆在了马家的宅子门前。马家的宅子原先闲置着，倒也没有什么。可现在马家要开豆腐坊，那堆垃圾有碍观瞻，就不能在门前再堆了。天福每天忙里忙外，实在顾不过来，就把豆腐坊这一摊子事交给了天禄。天禄得此信任，高兴自不必说，勤谨得很，生怕出了什么差池惹得大哥不高兴。

这一日，天福出门去办事。天禄想着明天豆腐坊就要开张，环境卫生最为重要，便拿起扫帚把豆腐坊由里往外仔细打扫一遍。打扫到门前，他看了看那堆垃圾，都是些炭渣铁屑，肚里有了气，眉毛一拧，就把那堆垃圾铲到了冯家那边。冯家的小伙计柱成瞧见了，大声喊道："天禄，你咋把垃圾铲到这边来了！"

天禄道："这是你冯家的东西，还给你们！"

柱成喊道："咋的是冯家的东西？"

天禄道："你睁大眼窝往清白地看！"

柱成走过来一瞧，不吭声了。

如果事情到此为止，也就罢了。偏偏天禄得理不饶人。他原来就对冯仁乾有气，一直找不着出气的地方，此时，冯家的伙计把撒气的地方给了他。天禄瞪起眼睛，冲着冯家的伙计柱成撒气："你咋不吭气了？驴把嘴踢了！"

柱成也是二十啷当岁，血气方刚。平日里冯掌柜也没这么数说过他，天禄算个啥东西，竟敢用这种声气数说他。他当下就冒了火："天禄，你骂谁哩？嘴放干净点儿！"

天禄的火气更旺，手指似一柄钢叉直指柱成的鼻子："就骂你哩！你能把我的锤子咬了！"

柱成勃然大怒:“我叫你崽娃子今儿认得狼是个麻的!”就恶狼似的扑了过来。

天禄见柱成来得凶猛,举起手中的铁锨迎上去,骂道:“你过来,看我送了你狗日的丧!”

这一下倒真把柱成震慑住了。天禄也只是手拿家伙给自个儿壮胆,没想去铲对手。柱成却吃了一吓,他是外村人,摸不透天禄的脾气。只怕他手中的家伙真敢往他身上放,不敢往上扑了。这时冯仁乾从铺子里走了出来。

冯仁乾是铁匠出身,后来日子过得红火了,当了掌柜的,就不再干这力气活了。他是靠打铁发家的,对铁匠铺情有独钟,一有闲空就来铁匠铺瞧瞧,兴致高时,还要拿起榔头打打,过一过瘾。

这天,冯仁乾恰好来了铁匠铺。近些日子他心里憋闷,想解解闷,顺手拿起了一把铁榔头,掌钳的师傅见掌柜的拿起了榔头,笑着脸让开位子去当下手,当下手的伙计便去拉风箱,拉风箱的伙计便去干杂活。

风箱呼嗒呼嗒地响,火苗在炉上蹿来蹿去。冯仁乾围上皮围裙,拿起铁钳夹着一个铁块在炉上烧,红了,放到一个狗头大的铁砧上,举起榔头砸。他砸在哪儿,掌钳师傅的大榔头就跟着砸在哪儿。叮叮当当,火星乱溅。他们配合默契,忙而不乱。铁块变了形,渐渐由红变黑。冯仁乾停了锤,掌钳师傅也跟着歇了手。冯仁乾把变了形的铁块又钳进炉子,红了,钳出再打,如此三番五次,铁块变成一把斧头。冯仁乾持钳往水桶里一捅,水桶里刺啦啦乱响,水面上冒起了一片白烟。

冯仁乾把打成的斧头举到眼前仔细端详。掌钳师傅恭维道:“掌柜的好手艺!”

冯仁乾喘了口气，笑道：“老了，不行了。”他确实感到很有些力不从心。

掌钳师傅道：“三十如狼，四十如虎。掌柜的今年才四十八，正值英年哩。”

其实，冯仁乾已到了知天命之年。掌钳师傅把他年龄说小了两岁，是奉承他哩。他是个明白人，笑笑摆摆手，扯过搭在铁丝上的毛巾擦了一把额头的汗。就在这时，他听见了门外的争吵声，扔了毛巾，大步流星出了铁匠铺。

冯仁乾侧耳一听，便明白了事情的原委。他没料到天禄竟然如此凶狠地对待他的伙计。按说，他这个年龄不该有这么大的火气。可天禄是天寿的堂兄，看见天禄他不由得想到了天寿。一想到天寿他的气就不打一处来，心头的怒火一下子就蹿了起来。他疾步上前，厉声喝道：“天禄，打狗也得看看主人面，你崽娃子胡撒的啥歪！”

平日里天禄很少与冯仁乾搭言，特别是出了天寿那件事，他就跟冯仁乾没招过嘴。说实话，他还真有点儿怯火这个老家伙。冯仁乾虽说已年到五十，可长得人高马大，虎背熊腰。他从小打铁，练出了一身的好力气，仅那满脸虬髯就让人望而生畏。可这一天天禄吃错了枪药，火气大得很。他瞥了一眼冯仁乾，说道：“姓冯的，你别仗势欺人！你把眼窝擦亮，我马家不是好欺负的！”

这句话把冯仁乾的怒火撩拨得更旺。他猛一挥胳膊打掉了天禄手中的铁锨，抢前一步，扬手打了天禄一个耳光。这个耳光打得很重，天禄的脸颊马上印上了鲜亮的血印，鼻血也流了下来。天禄怒骂着，抡起铁锨要铲冯仁乾，但离得太近，铁锨施展不开，反而占着他的一双手，又挨了冯仁乾两拳。这时冯家的几个伙计过来把主人拉开了,给马家干活的几个匠人也把天禄拉开了。天禄吃了大亏,一跳三尺高,破口大骂:“冯仁乾,我日你先人!”

冯仁乾铁匠铺的几个师傅和伙计都是外乡人,但都知道马冯两姓的根源,在一旁偷笑。天禄日谁家先人哩,日来日去还不是把㞗戳到了自家窝里去了。

天禄还在怒骂:“冯仁乾,你狗日的打我,我叫你不得有好果子吃!我打不过你,可我马家有人能收拾你狗日的!”

掌灯时分,天福才回到家。他的屁股还没坐稳,天禄就鼻青脸肿地来找他,脸色很难看。他一怔,忙问天禄有啥事。天禄便把和冯仁乾打架的事给他诉说,说着说着就哭了。天福笑着安慰道:“兄弟,一个大小伙哭得一把鼻涕一把泪的,像啥样子。这事是冲着大哥来的,自有大哥挡着。这口气不能就这么咽了!你放心吧!”天福心里十分不好受,心头当下燃起了怒火。

天禄抹着眼泪说:“冯仁乾那个老㞗仗着有几个臭钱就欺负人。你要不治治那狗日的,往后他要骑在你的脖子上拉屎哩。”

天福心头的火苗子直往上蹿,一拳砸在桌子上,忽地站起了身。就在这时,云英端着茶水进了屋。

“喝点儿水吧。”声音柔柔的,一杯茶水递给天禄,一杯茶水送到天福手中。

天福接过茶杯,看了云英一眼。云英示意他不要发火。他端着茶杯慢慢坐下了身。一杯茶水落肚,灭了他心头的怒火。他起身拍着天禄的肩膀,好言安慰,让天禄先回家去歇着,他会向冯仁乾讨个公道。

送走天禄,天福的脸色很不好看,闷头抽烟。云英又倒了一杯水给他。他接过杯子,呷了一口。云英挨着他坐下,忧心忡忡地问:“冯仁乾是啥人?咋这么不讲理。他不会是土匪吧?”

天福笑了一下:“他是财东,不是土匪。”

“你真的要跟他去讨个公道?”

天福没吭声。

云英叹了口气:“财东咱也惹不起,能忍咱就忍了吧。”

刚才听了天禄的诉说,天福的火气就不打一处来。冯仁乾欺人太甚,简直就是骑在他的脖子上拉屎。依他的秉性当即就要去找冯仁乾讨个公道。幸亏云英及时拦住了他。加之他究竟在外头历练了几年,处事有了几分谨慎。天寿抢了冯仁乾的女人,他肯定心存深仇大恨,打天禄说不定是找碴儿寻事哩。人家心头窝着火、存着气,也该发一发,泄一泄。这么一想,他心头的怒气消了一大半。

天福点点头。

俄顷,云英说:“天禄有点儿孱弱,怕支撑不了这个门面。”他们原先商量过由云英主内做豆腐,天福主外跑生意,让天禄在铺面上卖豆腐。今天出了这事,云英有点儿担忧。“你不是有个兄弟吗?把他叫回来吧。”

云英刚到家就问起过天寿,他撒了个谎,说天寿出外给人扛活去了。此时云英又说起天寿,他面泛难色,真不知说什么才好。

云英又说:“把兄弟叫回来吧。别扛活了,咱家也缺人手。在家千般好,出门万事难啊。”

“唉!”天福叹了口气,欲言又止。

“你叹啥气?”

“我真不知该给你说啥才好……”

“你心里有啥话就说啥话嘛。咋,你还信不过我?”

“不是这话……说出来伤先人的脸哩!天寿他,他当了土匪咧……”

真是出乎意料。云英大吃一惊。

“天寿抢走了冯仁乾的小老婆。我寻思,他今儿打天禄是找碴儿寻事哩。云英,这话让我给你咋说哩……”

云英脸色发青,默然无语。

天福一惊:“你咋了?”

半晌,云英喃喃地说:“我咋这么命苦,净和土匪打交道……”两串泪珠从长长的睫毛上滚落下来。

天福揽住她的肩头,安慰道:“你别熬煎。天寿虽说当了土匪,他不会把咱咋样。我是他的亲哥哩。天寿的秉性我知道,不是个瞎尿,他当土匪是事出无奈……”便把天寿如何强暴冯仁乾的小老婆,冯仁乾如何整治天寿的事给云英说了一遍。

云英惊呆了,半晌,说:“天寿真是太荒唐了,可那个姓冯的也太镵火了,把秤锤拴吊到男人那地方,亏他想得出来!”

天福叹气道:“唉,说来话长,我们马冯两族原本是一个先人哩……”又把老话给云英述说了一遍,临了说,“我们这是窝里斗哩。”

云英担忧地说:“这么斗下去咋得了哩!”

天福把她的肩头搂得更紧一些:“你甭怕,凡事都有我哩。说啥我再也不会让你担惊受怕。”

云英把头靠在了天福宽厚结实的胸脯上,似乎靠住了一座大山,俊俏的脸上露出了舒心的微笑……

第七章

天寿实在没有想到自己成了一个废人。以前他有牙没锅盔，现在他有了锅盔，却掉了牙。牙怎么说没就没了？可他正值英年，远远不到掉牙的时候啊！

这些天，天寿每晚都要把他抢来的女人折腾一番。他渴望在心仪已久的女人身上显示出自己男子汉的雄风，可不管怎样努力，他都失败了。

夜阑人静，四周的灯火早已熄灭。只有天寿的屋里还亮着灯光，犹如夜的眼，在探索着什么奥秘。

女人一丝不挂地躺在床上，似一条置放在案板上的美人鱼，令人馋涎欲滴。床头一盏清油灯吐着薄雾般的清辉，沐浴着床上的美人鱼。

天寿跪在女人的身边，目不转睛地看着自己的猎物，只觉得一阵目眩。他无法承受难耐的煎熬，扑过去趴在女人身上，使出他能想到的办法去玩弄，但胯下的阳物终不能勃发而起，不能进入他向往已久的神秘天地。

天寿闭上眼睛，泪水从眼角涌出。

俄顷，天寿爬起来，又跪在女人身边。他一双手不停地抚摩着女人的身子，小心翼翼，似乎在抚摩一件精美绝伦的玉器，爱不释手，生怕碰碎了她。

女人一直睁大眼睛看着这一切，一动不动，好像这个男人做的这一切与她无关。她有点儿弄不明白，这个年轻汉子是怎么了？他想干什么？

终于，女人有点儿明白了。她完全感觉得到，这个当了土匪的年轻汉子是真心喜欢她。她定睛凝视着男人，男人浓眉大眼，四方海口，脸上棱角分明，嘴唇生着黑森森的短须，竟然十分英俊，一点儿也不凶恶。男人的体魄十分健壮，宽厚的胸膛泛着古铜色，如椽的胳膊上腱子肉突起了两串疙瘩，胸脯上长着一溜毛直往下身延伸。年轻汉子忽然哭了，像个无助的孩子似的哭了，哭得那么伤心。她从没见过一个大男人如此这般地哭，十分惊讶。半晌，她终于完全明白了男人哭的原因，心一下子软了，有点儿同情男人，可怜男人。她第一次主动地伸出嫩藕似的粉臂，勾住了男人的脖颈，把男人拥到自己软绵绵的怀中。果然，男人激动兴奋起来，女人立即觉察到了，也激动兴奋起来，并腾出手来握住男人的阳物做引导。但最终男人还是没有成功。

男人大汗淋漓，拉风箱似的喘着粗气。女人轻轻叹息一声，松开了男人。

“冯仁乾，我要杀了你狗日的！”男人怒吼一声。

女人这时才醒悟过来，是冯仁乾把这个年轻汉子废了。再一想，自己是罪魁祸首。女人顿时不安起来，感到对不起这个男人，赎罪似的抱紧了男人的躯体，温存着男人。男人的身子战栗起来，他没想到女人会主动地拥抱他。他把女人紧紧箍在怀中，喃喃道：“香玲，你喜欢我了？……”泪珠滚落在女人肥美的胸脯上。

女人不回答。她被男人箍得太紧,呼吸急促起来,任凭男人粗糙的脸在她嫩白的脸和胸脯上磨蹭。

男人道:“我知道你恨我,嫌我抢了你,让你失了贞节……我是不如冯仁乾,我是个穷光蛋,是个遭人唾骂的土匪,可我打心眼里喜欢你哩……我把心掏出来让你看……”又一串泪珠落在了女人的脸和胸脯上。

女人完全被感动了。她实在没想到这个威猛剽悍的土匪汉子竟然是个情种,竟然如此哭诉衷肠。和冯仁乾相比,这个土匪汉子更有男人味。冯仁乾出钱埋葬了她的父亲,又送她的兄弟去做学徒。她是心甘情愿给冯仁乾做小妾的。可是冯洪氏把她当作眼中钉肉中刺,处处刁难她。她是女人,自然能够体会到冯洪氏的心情,并不跟冯洪氏计较。她只希望冯仁乾能够对她好,拿她当人看,她也就心满意足了。对冯仁乾她一直是敬畏的,唯冯仁乾之言是从。可在冯仁乾眼里,她只是一个心爱的玩物,是一个传宗接代的工具。冯仁乾从不把她的话当话,跟她说话时像逗一个三岁娃娃。跟冯仁乾睡觉时,冯仁乾只想着他的快活,并不珍爱她,更不管她的感觉如何。完事后,冯仁乾倒头就睡,从不和她说贴心的话。她心里有苦,无处去诉说。出事的那天晚上,她独自一个在东厢房睡着。冯仁乾有点儿怕冯洪氏,去陪冯洪氏睡觉。虽然没有男人的屋子有点儿空荡荡,可没有人骚扰她、烦她,她很快就睡着了。忽然,她被外边的响动声惊醒,刚要穿衣服,一个黑衣大汉破门而入。借着灯光她认出了黑衣大汉就是那个马天寿。她早就听说这个年轻汉子当了土匪,土匪进了她的屋能有啥好事,她当时就吓蒙了……她万万没有料到这个年轻的土匪汉子竟对她一往情深。在这个男人眼里,她是天上的仙女,是美玉珍珠。这个男人尽管是个土匪,可她完全看得出,他待她是一片诚心。他视她为掌上明珠,捧在手上怕摔了,含在嘴里怕化了。他看她时的目光是灼热的、滚烫的、多情的、温存的。她感受到了做女人的幸福、自豪和满足。

女人把男人抱得更紧了。

男人立刻觉察到了,惊喜道:“香玲,你真的喜欢我了?”

女人默不作声,温软的身子变得滚烫滚烫的,似乎着了火,燃烧着男人的身体。女人的手十分温柔地抚摩着他的身体,把他心头的欲火撩拨得更旺更猛烈。他再也按捺不住,跃然起身,压在女人身上……

然而,他又一次失败了。

连这样的事都干不成,还算什么男人!

“冯仁乾,我要杀了你狗日的全家!”男人似一匹绝地苍狼,发出一声凄惨的嚎叫。

女人一把捂住了男人的嘴,开口说了她进匪窝的第一句话:“再甭干伤天害理的事了。”

男人一怔,绝望、凄惨、凶狠的目光死死地盯着她,连那英武的脸也慢慢地扭曲了,他突然恶狠狠地怒吼道:“你个婊子客,敢替冯仁乾那狗日的说话!”

女人没有畏惧,也拿眼睛瞪他。

半晌,男人有点儿泄气:“你说我算是个男人吗?都是那狗日的毁了我呀!”

女人冷冷道:“那是你自找的。”

男人恶狠狠地瞪着女人,气喘如牛。

女人并没有避开他的目光,顺着她的话往下说:“当初你若不强暴我,他能毁了你？是你先造的孽。”

男人举起了钵子般的拳头,半晌,嘿了一声,砸在自己的身上。

女人的目光温柔下来,说道:“他下手也太黑了点儿。”少顷,又说:“其实他不是个瞎人。若要公道,打个颠倒。如果我是你的老婆,被他强暴了,依你的脾性,还不送了他的丧。我说得不对吗?”

男人眼里的凶光收敛了,头也垂了下去。半晌,男人又抬起头说道:“你还向着姓冯的说话。”

女人道:“我向着理说话。”

男人说:“这个世道还有啥理。”

女人叹了口气:“唉,你这话也有点儿理哩。”

男人不吭声了。

半晌,女人说:“我求你件事。”

男人说:“你跟我说,别说‘求’字,我不爱听。”

女人说:“往后再甭寻冯家的事了。”

男人又瞪圆了眼睛,看女人。

女人说:“你答应这件事,我就是你的人了。”

男人说:“你现在就是我的人!”

女人说:“人是你的,心不一定是你的。”

男人怔住了。

女人说:“你依了这件事,我这身肉这颗心就都是你的了。不管你能不能干那事,我都一心一意伺候你。”

男人有点儿恼怒了:“你为啥要这么护着姓冯的?”

女人说:“他对我有恩。”

男人问:“他对你有啥恩?”

女人说:“我妈死得早,是我爹把我抓养成人的。前不久我爹得了绞肠痧,殁了。家里穷,没法安葬爹,我就自卖自身……”

男人惊问:“你是自卖自身到了冯家?”

女人点头道:“人穷了,有啥就卖啥。冯仁乾给了我二十块银圆,帮我料理了我爹的后事。”

男人愤愤不平道:“你只值二十块银圆!”

女人说:“这是我给自己叫的价,就是这个价都没人愿出。他可是二话没说就拿出了钱,还让他的伙计陈根柱帮我料理我爹的丧事。他还托人把我兄弟送到县城一家杂货店学相公。我一直记着他的好处哩。”

男人叫道:“当初你为啥不找我?”

女人道:“当初我知道你是个光脸,还是个麻脸?再说,那时就算我找着你,你拿得出二十块银圆吗?”

男人哑然了。

沉默许久,女人问道:“你答应我吗?”

男人很不情愿,但还是点了点头。

时世造就英雄,也造就枭雄。天寿扔下锄把子,突然握起了枪把子,而且命运之神把他推到了“首领”的位子上。这个突如其来的变化虽然让他措手不及,但他并没有惊慌失措。他觉得自个儿叫花子捡了个大元宝,兴奋异常,竟然无师自通地把“首领”当得出类拔萃,连他自己也没想到他竟然这么能干。他整天价在山寨四处奔走,像一个真正的将军那样,指挥着自己的兵马布阵防御,重修山寨。

北莽山在天寿的操持整治下,内讧造成的巨大疮口很快地愈合起来,日渐恢复了元气。

乾州的保安大队得知北莽山发生内讧的消息，立即出兵，想趁机剿灭这股杆子。保安大队队长亲自率领两个中队前去围剿北莽山。天寿用木头手枪缴了他的马匹枪支，使他颜面威名尽失。他早就想雪洗这夺马丢枪之耻，可慑于袁老七的威名，加之北莽山易守难攻，一直找不到机会。现在北莽山发生内讧，袁老七丧命，肯定元气大伤。谅他马天寿一个乳臭未干的毛头小伙子能有多大能耐。上次失手实在是事出意外，这一回一定要报仇雪恨！

保安大队队长踌躇满志，志在必得。他万万没有料到，他的人马刚进北莽山，就遭到伏击。沟沟峁峁都响起了枪声，闹不清马天寿有多少人马。队伍当时就乱了套，四散溃逃。他的右臂也中了一枪，若不是几个马弁护兵拼命保着，一条命就丢在了北莽山。

自此，北莽山威名大振，马天寿的名字也远近传扬。乾州不敢再出兵去征讨，有邰县虽有地理之便，也不愿自找苦吃。天寿的人马却扩展起来，拥有好马几十匹，职业喽啰五六十，加上业余的，超过了百。天寿一般不在本地骚扰，他时而去西边的岐凤，时而去东边的泾原，时而南渡渭水去终南。遇到官军，打得赢便打，打不赢便走，如行云流水，飘忽不定。

时值四月，正是青黄不接之季。加之前两年连遭旱灾，周围村寨有半数人家断了炊烟，马家寨也不例外。马家寨的穷户大多是马姓人家。饥寒交迫之时，有人想起了天寿，说是饿肚子受活罪还不如去投天寿吃香的喝辣的。天寿的一个族弟叫天祥，当下跳起身说："这是个好主意！天寿在北莽山当首领，咱去投他，他能不给咱一碗饭吃！"

当天晚上，天祥就勾引了马姓族中天字辈的几个弟兄天瑞、天富、天狗等人去北莽山投天寿，冯、刘、杨、金几姓的一伙不安分守己的小伙子也跟随而去。天寿见一下子来了这么多人来投他，而且还有天祥一伙自家兄弟，大喜过望。常言道："上阵不离父子兵，打虎还要亲兄弟。"有这么多马家族里的兄弟，他马天寿"首领"的位子坐得更稳当了。当下他就让天祥、天瑞帮他整治山寨，天富、天狗做他的贴身马弁，马家寨的其他人都有重用，真是皆大欢喜。

常种田见天寿如此重用自家人，心里很不是滋味，肚里狠狠骂道："狗日的天寿，欺负人哩。骑驴看唱本，咱走着瞧！"却在脸上不敢流露出不满。他已看出天寿是个镶火手，威名不在袁老七之下，凡事都迎合天寿，因此也取得了天寿的信任。

山寨的人骤然增多，吃用开销便也大增，库存锐减。天寿打算下山一趟，吃几家大户，筹集粮饷。到底去吃哪家，他还没拿定主意。

天祥在一旁说："天寿哥，吃冯仁乾，那狗日的肉肥着哩。"

天寿坐在太师椅上，大口抽烟，没吭声。

天富也说道："那狗日的满到处寻人要打你哩！"

天寿眉毛猛地一扬："真个？"

天富急道："兄弟咋能哄你哩。你把他的小老婆抢了，他心里能好受？他还说他迟早要灭了你哩！"

天寿突然哈哈大笑起来，笑得一伙人都发愣。天寿忽然收住笑声："他狗日的想灭我？是做梦吧！我要灭他不跟捏死个雀儿一样！"

天祥说："那就干脆灭了他，除了这个后患！"

天寿猛地甩掉烟头，忽地站起身，说了声："准备出山！"

就在这时，里屋的竹帘一挑，走出一个俊俏的丽人，挡住了天寿的去路。一伙人举目一瞧，都认出来了，是冯仁乾的小老婆，不，是天寿的压寨夫人！大家立马噤若寒蝉。

“你要干啥去?”香玲面冷如霜。

桀骜不驯的天寿怔住了,竟不知如何作答。

“你要吃冯仁乾的大户？你要灭了冯仁乾?”

“那天你给我咋说的？你说话还算不算数？你还是不是个男人？嗯?”

一连串诘问使天寿瞠目结舌,面如猪肝。

“你说,你说呀!”

一伙人都眼睁睁地看着天寿。天寿恼羞成怒,吼道:“冯仁乾那狗日的满到处寻人要灭我哩！你知道吗?!”

“冯仁乾也许有这个心,可他没这个能耐。”

“你咋知道他没这个能耐?”

“你是山大王,手里有上百的人马,他能灭了你？他那么说是图心里好受,图嘴上痛快哩。”

天寿一时语塞。他觉得香玲的话不无道理,他自信谁也灭不了他。

香玲逼着他的目光说:“我还是那天的话,你不再给冯家寻事,我就死心塌地跟着你。你若要再给冯家寻事,我这会儿就死给你看!”说着,从发髻上拔下金钗,对准喉咙要戳。

慌得天寿一步抢上去,夺下香玲手中的金钗,软声道:“我答应你还不行嘛,我不再给冯家寻事了。”

“你说话算数吗?”

“我反悔时你再死也不迟嘛。”

“那好,我就再信你一回。”香玲扫一眼四周,“今儿当着你马家这么多兄弟的面,我给你句实在话,只要你马天寿说话算数,往后我活是你马家的人，死是你马家的鬼。"她从人窝中找出冯仁乾一个远房侄儿，说道："旺娃，你立马下山，给你四伯传个话。就说我说了，天寿抢了我，他整治了天寿，这笔账两清了。天寿不会再给冯家寻事，叫他也不要给天寿寻事。天寿是土匪，他惹不起。我已经是天寿的人了，叫他再甭想我了，安分守己地过他的日子。就算他有能耐灭了天寿，我也不会活着再进冯家门。"说罢，转身进了里屋。

一伙人都呆怔着。天寿最先醒过神来，对旺娃说："你明儿下山把香玲的话传给冯仁乾。"

天祥这时走过来。他和天寿一般大，从小玩尿泥一块儿长大，他俩又是叔伯兄弟，说话便不讲分寸。他拍着天寿的肩膀嬉笑道："我的乖乖，这个女人好厉害，晚上在炕上可要当点儿心哩。"

天寿打了他一拳，苦笑道："你挨尿的是没有媳妇，等你有了媳妇就知道是咋回事了。"

当天晚上，冯仁乾家突遭匪劫，这实在出乎意料。

臭行也有个臭规矩。这一带的土匪从来不在一个月内连续在同一个地方行劫，除非那地方是银行，且防范不严。

那些日子冯仁乾很少出门，连铁匠铺也不去。天寿抢走了他的小老婆，等于给他的头上扣了一盆子屎尿。他冯仁乾也是响当当硬邦邦的一条汉子，在这一方土地上也是有身份有头脸的一个人物，却连个女人都看守不住。往后还让他怎么出门去见人？让他还怎么在人面前说话做事？都是天寿那狗日的造的孽，把他的脸皮扒光了！

冯仁乾整天价窝在屋里，黑丧着脸闷头抽烟，似乎满世界的人都欠着他的钱。老婆冯洪氏却一扫愁容，整天价喜眉笑眼的，摇摆着肥硕的大屁股扭出扭进高声粗气地吆喝这个指使那个，时不时地发出一阵阵刺耳的笑声。天寿抢走了那个小妖精，拔了她的眼中钉肉中刺，给她出了一口窝囊气，怎能不让她兴奋异常？如果可能的话，她真想提上两瓶西凤酒去谢谢天寿。冯仁乾自然明白她心中的小九九，心里烦，懒得和她计较。

那天在屋里实在憋闷，冯仁乾便去铁匠铺散心。听见铁锤叮当响，窝在肚里的火果然散了不少。技痒难耐，他便拿起一把锤子轮了起来。锤子砸在烧红的铁块上火花乱溅，也泄走了他肚里的火。

就在这时，天禄和柱成在铺子门口吵了起来。冯仁乾没想到平日里见人低眉顺眼的天禄竟然那么张狂，不把他姓冯的往眼里搁。这崽娃子凭啥敢撒歪？不就是有个当土匪的兄弟吗？他冯仁乾的老婆被土匪抢了，可他的老命还在！他按捺不住心头的怒火，扑上去就抽了天禄一记耳光。

晚上，冯仁乾回到家还怒火难息。老婆端来饭，他一口都没吃，只是端着水烟袋一袋接一袋地抽，闹腾得屋里着了火似的。老婆见他脸色十分难看，就问出了啥事。

冯仁乾便把白天发生的事给老婆说了，临了骂道："天禄那个孱头也敢跟我撒歪！还不是仗着那个贼土匪给他撑腰！"

冯洪氏道："天福回来，咱冯家又多了一个对头。"

冯仁乾骂了一句："他狗日的能把我尿咬了！"

冯洪氏道："你甭小瞧他。我看他也不是个平处卧的。"

冯仁乾狠狠说道："他不是平处卧的，我也不是吃素的！"

冯洪氏拿过他的水烟袋，吸了一袋烟，磕掉烟灰，不屑地说：

“你能吃几碗干饭我还不知道。”

冯仁乾瞪起了眼珠子：“你说我不是那崽娃子的对手?!”

冯洪氏用鼻孔哼了一下，说：“听说天福引回来个女人漂得很，你有本事就把那女人也×一回?”

这才真是哪壶不开提哪壶。冯仁乾被老婆揭了疮疤，肚里的火腾的一下就上来了，脸色变得铁青，扬手打了老婆一个耳光，骂道：“你个老×客以为我不敢!”

冯洪氏并没有怯火，一只手捂着疼得发麻的腮帮，冷笑道：“你敢？那个小妖精被人抢跑了咋没见你放出个臭屁来？你就敢在我跟前撒歪，你有本事做出来，我就服你!”

冯仁乾气哑了。这一辈子就这事让人看了他的笑话，结发妻也常拿这事讥讽他，让他没法挺直腰杆活人。他不愿和老婆再斗嘴，倒头背过身子去睡。

不知过了多久，冯仁乾被一阵响动声惊醒，忽地坐起身，睡意顿消。他侧耳细听，外边在刮风，风在树梢上响动。

冯家在双河镇开了一个铁匠铺和一个粮油铺。冯仁乾把权交给了儿子，让儿子操持料理双河镇的一摊子事务。儿子春节前刚娶了媳妇，年轻人阳气壮，丢舍不下媳妇，把媳妇也带了去。前院门房本来住着两个伙计，这几日地里活少，冯仁乾把两个伙计打发到铁匠铺去帮忙。偌大的一个庭院就剩下了冯仁乾夫妇。

上次天寿带着人突袭冯家，冯家不仅吃了大亏，也丢尽了脸。至今一想起这事，冯仁乾的气就不打一处来。他仔细琢磨，天寿袭击冯家不过二十来天，不会再来吧。除了天寿，其他小股土匪不摸冯家虚实，是不敢贸然下手的。这么一想，他突突乱跳的心安定了下来。“一朝被蛇咬，十年怕井绳。”他在肚里嘲笑自己。

冯仁乾躺倒身子，刚想再去睡，忽听风声中还夹杂着其他响动声；细听，是绵软的脚步声。他头皮立时一麻，头发也竖了起来，一脚踹醒炕那头的老婆。冯洪氏还记着那一耳光之恨，以为他要干那事，嘟囔道："×硬了，日马天福的女人去，别找老娘。"翻个身又去睡。

冯仁乾又一脚踹下去，低声怒喝："有土匪！"

冯洪氏浑身一激灵，打了个寒战，睡意全无，光着膀子坐起身，惊问道："土匪在哪达？"

冯仁乾疾声道："快下窖子！"一把拉开炕头的木箱，窖子口就在木箱下面，冯洪氏情知不好，精着身子慌忙往窖子里钻。冯仁乾急忙穿上衣服，顺手又把一团衣裳扔进了窖子。

冯洪氏在里边喊："你也快下来！"

打发老婆下了窖子，冯仁乾长嘘一口气。他真怕老婆又被土匪抢走，到那时他就真的没有个暖脚暖腿的人了。这时他听见脚步声已到了窗前。他刚要下窖子，转念一想，自己下了窖子，窖子口谁来盖？土匪要给窖子里灌烟咋办？前些日子，李家堡的李老七家遭了匪，一家六口被活活熏死在窖子里。想到这里，他起了一身的鸡皮疙瘩。

冯仁乾把伸进窖子口的腿又拔了出来，盖住窖子口，放好木箱。刚下到脚地，屋门就被踢开了，一道雪亮的手电光照在了他的脸上，晃得他睁不开眼睛。几个土匪扑了上来，不容他反抗，就扭住了他的胳膊。只听一个粗哑的声音说："扭紧点儿，这家伙不好对付！"他听着这声音有点儿耳熟，想回头去看，可扭他的几个土匪手头加了劲儿，他的头转不过去，只觉得骨头快要断了，咬紧牙硬挺着。

冯仁乾被土匪扭到了院子。一个土匪将一把笤帚在明间置放的清油瓮里一蘸，当作火把点燃，院里顿时亮堂起来。他这才看清土匪有七八个，都是黑衣黑裤，脸上涂抹着锅灰，只能看出高矮胖瘦，丝毫辨不清眉目。

一个瘦高个走过来，冷森森地说："冯掌柜，我们是干啥的，不说你也清楚。快拿出来，免得皮肉受苦！"看神气，他是匪首。

冯仁乾一双眼睛不住地扫着面前的土匪。他觉得似曾相识。匪首道："你看啥哩？给你说实话，我们是寿爷的人。"

原来是马天寿的人马。冯仁乾肚里的火一下子蹿上了脑门，破口大骂："狗日的马天寿！你抢了我的老婆我没找你算账，你又上门来找碴儿！你狗日的迟早要挨枪子儿！"

匪首笑道："冯掌柜，你省点儿力气吧，寿爷这次没来，你骂的声再大，他也听不见。"又说，"冯掌柜富甲一方，寿爷让兄弟来跟冯掌柜借两个钱使使。"

冯仁乾骂道："天寿瞎㞞有本事就亲自上门来跟我讨要，让你来要这一手，我㞘毛也没一根给他！"

匪首变了脸色，冷笑道："早就听寿爷说冯掌柜是铁嘴钢牙，今儿我倒要看看，是你的牙硬还是我的手硬。"说罢，猛地一摆手。

几个匪卒一齐上手把冯仁乾推搡过去，捆绑在院中的一棵老楸树上。身陷此种境地，冯仁乾新仇旧恨一齐涌上心头，豁了出去，虽然浑身动弹不得，却骂不绝口："狗日的土匪，你把爷杀了吧！再过二十年，你爷我又是一条汉子！"

匪首走过来，一张锅灰脸看不出表情，嘿嘿冷笑道："杀了你我跟谁借钱去？冯掌柜，我劝你好汉不吃眼前亏。我们也不给你为难，凭你的家底，两千块银圆总能拿出来吧。"

冯仁乾一听他狮子大张口，眼睛瞪得滚圆，骂道："我凭啥给你两千块银圆？你狗日的是我孙子吗？"

匪首脸色陡然一变："冯掌柜，敬酒你不吃，偏要吃罚酒。你可别怪我不仁不义。我再问你一句，你给不给？"

冯仁乾厉声道："不给！不给！就是不给！"

匪首一声冷笑："那我就不客气了！"随手拿起一把竹扫帚，在油瓮里浸蘸一下，又伸向身旁匪卒擎着笤帚做的火把上。

油浸过的竹扫帚见火就着，一股烈焰冲天而起，绚丽夺目，而且夹杂着爆竹的声响，颇为惊心动魄。匪首一张锅灰涂抹的马脸在火光的映照下显得十分滑稽，很是可笑。可院里没有一个人敢笑。

匪首拿着带火的竹扫帚当梭镖，朝冯仁乾身上没头没脑地戳过来，每戳一下，冯仁乾都发出一声凄厉的惨叫。

"你给不给?!"匪首停住了手。

冯仁乾的胸脯和大腿被竹扫帚戳得如同筛子底，衣裤上冒出缕缕青烟，发出一股脂油烧焦的腥味。

"土匪，我日你八辈先人！……"冯仁乾依然骂不绝口，可骂声远不如先前洪亮。

竹扫帚燃烧到中部，匪首的双手难耐火烤，扔在脚地，又找来一把竹扫帚，如法炮制，再烧冯仁乾。如此两次三番，冯仁乾被折磨得奄奄一息。

匪首见得不到东西，恼羞成怒，又换了一把竹扫帚，浸了油点燃，刚要施法，就听一声女人哭喊："好汉爷，快住手！"

众匪都一怔，转眼一看，从屋里踉跄奔出一个女人，是冯仁乾的老婆冯洪氏。

冯洪氏手捧着几封银圆，递到匪首面前，哭求道："好汉爷，快放了我娃他爹……"

匪首接过银圆，一看是五封，冷笑道："五百块银圆买冯掌柜的命也太便宜了点儿吧。"随手把燃烧的竹扫帚塞给身边的匪卒，说道，"再给冯掌柜上点儿火色！"

那匪卒端着竹扫帚又去往冯仁乾身上戳，冯洪氏扑过去抱住了他的腿，一张糊满眼泪鼻涕的黄脸对着匪首，泣声道："好汉爷！别动手！我给……"

匪首一摆手，那匪卒停住了手。匪首瞪着冯洪氏，声色俱厉道："别跟我玩藏猫猫，快往出拿！"

冯洪氏挣扎起身，带着匪首到院子左侧一棵石榴树下，颤声说："下面有烟土，你们挖吧……"

匪首一挥手，几个喽啰拿着镢头铁锨就挖。挖了两尺多深，一个狗头黑罐露了出来，用白蜡封着口。几个喽啰大喜，起出狗头罐抱到匪首面前，匪首一手捏着手电筒，一手启开白蜡封口，眉里眼里都露出了笑。少顷，他转过身沉下脸对冯洪氏道："冯掌柜开了好几个铺子，有良田两顷半，骡马一大群，不会只有这一罐烟土吧。再拿些银圆来！"

冯洪氏道："真个没有了……"

匪首对身边的喽啰使了个眼色，那喽啰吓唬着又要给冯仁乾施法。冯洪氏赤白着脸，连声说："好汉爷，别动手……"又指出一处地方让土匪挖。

这伙土匪又得了五百块银圆，喜不自胜。匪首并不肯善罢甘休，他抓住了冯洪氏的弱点，又要给冯仁乾用刑。冯洪氏跪爬过去，抱住了匪首的腿，泣不成声："好汉爷，真个没有了……"

匪首猫下腰，一把抓住冯洪氏的发髻，逼住她的目光："真个没有了?!"

"真个没有了……再要啥就把我带走吧……"

一个匪卒嬉笑道："要你干啥？也不撒泡尿照照，黄皮囊肉的，两块银圆也不值。"

另一个匪卒说："再年轻二十岁，带回去给我当个压寨夫人也能将就。"

众匪卒哄笑起来。

匪首确信再也榨不出油水来，狮鼻哼了一声，踢开冯洪氏，让喽啰给冯仁乾松了绑，扬长而去。

冯洪氏这时全身瘫软无力，跪爬过去抱住丈夫，连声呼唤："他爹，你醒醒！……"

半晌，冯仁乾徐徐睁开眼睛，眼珠子滚了几滚，看清是老婆，问了一句："土匪走了?"

冯洪氏噙着泪点头道："走了。"

俄顷，冯仁乾又问："把白货黑货都给人家了?"

冯洪氏哇地哭出了声。

冯仁乾长叹一声，不再说啥，闭上眼睛，眼角滚出两颗泪珠来……

冯仁乾的烧伤不轻，可一来救治得及时，二来金大先生有祖传的专治烧伤的秘方，性命倒也无虞，只是吃苦受罪不少。

改秀得知父亲被土匪烧伤的消息，和丈夫曹玉喜赶紧来看望。冯仁乾躺在炕上，下身盖着被单，赤裸着上身，涂满了药膏，其状惨不忍睹。父女连心，改秀一看父亲这般模样，泪水潸然而下。曹玉喜也觉得岳父可怜兮兮的，心里很不是滋味。他俯下身关切地问："爹，疼吗？"

冯仁乾咬牙道："玉喜，你可得给我出出这口恶气！"

"是哪股杆子干的？"

"是狗日的天寿干的！"

"又是马天寿！"曹玉喜切齿道，"爹，这口恶气我一定替你出！不过，你也别太心急，容我想个好法子。"

冯仁乾点点头。

冯洪氏在一旁怒气不息地说："那挨刀的还抢走了咱一千块银圆和一狗头罐烟土，叫他全给我吐出来！"

冯仁乾又咬牙道："钱不算个啥，要以牙还牙，叫狗日的受一回罪，心里也难受着！"

曹玉喜说："狗日的给咱下毒手，咱也给他下毒手！"

"这就好，这就好！"

曹玉喜忽然想起什么，问道："听改秀说，马天寿的哥哥马天福从队伍上回来了？"

冯仁乾点头。

曹玉喜又问："他是咋回来的？"

"听说他是半道上脱离了队伍，不知咋弄了个俏女人，回来做豆腐生意。"

曹玉喜以拳击掌，说了声："好咧！"

"你有主意了？"

曹玉喜附在岳父耳边低语了几句，冯仁乾阴沉了多日的脸上泛起了笑纹："真是个好主意！这回要把狗日的整治美！"

临走时，曹玉喜拿出一把盒子枪给岳父："爹，这把枪给你。再有土匪来，你就往倒打，打死了我给你兜着。”

冯仁乾摸着盒子枪，脸上的笑纹更密了，一时间觉得伤痛也减轻了许多……

一个月后，冯仁乾可以起身下炕了，但出门上街还不行，每天都是金大先生上门去给他换药。

这日换罢药，照例冯洪氏双手把水烟袋恭敬地递给金大先生。金大先生坐在太师椅上吸了一袋水烟，冯洪氏又殷勤地递过一杯酽茶，他接过茶杯，身子靠在椅背上，心安理得地细细品茗。

金大先生有个怪癖，他从不和患者计较医资的多少，若是患者家贫拿不出医资，他绝不去讨要。可人家敬给他的烟茶，他从不拒绝，特别是那些被他医好的人家的烟茶，他从来都是心安理得地享用。他觉得他无愧于人，也就无须谦恭拒绝。

冯仁乾倚在被垛上看着他心安理得的神气，心里很不是滋味，眉头微微皱了一下，他有点儿怨恨金大先生，却只能窝在肚里。

出事的第二天，在天寿手下吃粮的旺娃突然回来了，把香玲的一番话传给冯仁乾。冯仁乾愣了半天，随即破口大骂，让旺娃赶紧滚出去。说破天他也不相信旺娃传的话，他认定昨晚的事就是天寿的人干的。他在肚里发誓，一定要报仇雪恨！一山不容二虎。这个世上有马天寿，就没有他冯仁乾；有他冯仁乾，就不能有马天寿！

可这个仇究竟怎样个报法，冯仁乾感到十分茫然。旺娃传来的话也有道理，天寿是土匪，他不是那狗日的对手。那天女婿曹玉喜来看望他，说出了个主意，他大喜过望，感到雪耻之日为时不远。他又想到，应该把天寿的所作所为说给金大先生，到时候事情出来也别怨他下手太黑。

望着金大先生，冯仁乾忽然叹道："大先生，都是你把兄弟害到了这一步田地！"

金大先生一怔，端茶的手僵住了，大惑不解："老四，你说这话是啥意思？"

冯仁乾道："想当年，若不是你大先生从中讲情，马天寿那崽娃子焉能有今日！"

金大先生更是丈二和尚摸不着头脑，愕然道："老四，你这话让老哥越听越糊涂了。"

冯仁乾道："大先生当真不清楚？"

金大先生道："你给老哥往明白地说。"

冯仁乾长叹一口气："唉！那晚的土匪是天寿那崽娃子的人马。"

金大先生一惊："不可能吧？"

冯仁乾说："咋不可能。那伙贼土匪一进门我就觉得眼熟，后来被我识破了，他们也就自报了家门，说是'寿爷'差来的。"

金大先生问道："寿爷是谁？"

冯仁乾咬牙骂道："就是天寿那狗日的！那崽娃子也称起'爷'了！"

金大先生默不作声。前些日子，天寿抢了冯仁乾的小老婆，消息传到他的耳朵，他当时心里就是一震，觉得对不住冯仁乾。他真没想到仅仅隔了二十来天，天寿又让人来抢冯家。冯家丢了老婆，折了钱财，冯仁乾又差点儿丧了命。天寿这狗日的心也太黑了，自己当初真不该救他。想到这里，金大先生面上有了愧色："老四，大哥真是对不住你。这里我先向你赔个礼。"说着，放下茶杯，起身给冯仁乾施了一礼。

慌得冯仁乾直摆手:“大先生,你这不是折我的寿嘛。快坐下,快坐下。我这条命还是你从阎王爷那里抢来的,我该谢你才是哩。”

金大先生重新坐在太师椅上,感叹道:“真是珠宝好识,肉蛋难认。我看天寿那娃倒也本分,就豁上这老脸求你放他一马,没想到他竟变成了个瞎屄土匪。是我瞎了眼窝哩。”

冯仁乾道:“天福回来了,你知道吗?”

金大先生点头。

冯仁乾又道:“你知道他这些年在外头干啥事哩?”

金大先生道:“那一年他是被抓了壮丁。听人说,他从队伍上跑了,在外头做豆腐生意哩。”

冯仁乾冷笑道:“大先生,这话你也信?”

金大先生一怔,道:“他把豆腐坊都开起来了。”

冯仁乾连连冷笑:“他是给咱们眼窝里揉沙子哩。他在外头当刀客,他那个女人是拐来的!”

金大先生心中一凛,道:“你听谁说的?可不敢信口乱说,传扬出去不得了。”

冯仁乾道:“他的底子我已经摸得清清楚楚。你看看他那个贼势子,像个卖豆腐的?你再看他那个女人的眉眼,是个正经女人吗?”他不知从哪里得来的这些消息,说得神神秘秘的,不容你不信。

金大先生不吭声了,暗自思忖,觉得冯仁乾说得有些道理。

冯仁乾又道:“天福肯定和他兄弟有勾搭。他回来是专门找我的茬来了。出事的那天,天禄跟我干了一仗,我打了那崽娃子一个耳光。那崽娃子骂我,叫我不得有好果子吃。还说,他打不过我,有人能吃我这个麻核桃。到了晚上我家就遭了匪劫。你说说，有这么巧的事吗？”

金大先生沉吟道：“骂人无好言。凭天禄这几句骂言也不能断定是天福勾引天寿来抢劫你冯家。”

冯仁乾道：“凭这几句骂言我也不敢断定是天福勾引了天寿。可我在那伙土匪中认出了一个人。”

金大先生问：“认出了谁？”

“天禄。”

金大先生大惊。在他的印象中天禄是个胆小怕事的实诚人，说啥也不会去当土匪。

“你没认错？”

“咋能认错？白天他跟我干了一仗，那天晚上他脸上虽说抹了锅灰，可那说话声又粗又哑，我一听就听出来了。”

金大先生有八分信了。村里有十几个小伙子都投奔天寿当了土匪，听说天寿的族弟天祥、天富、天瑞、天狗都是天寿的左膀右臂，天禄留在村里当眼线是很有可能的。当下他脸上很不是颜色，说道：“这么说来，当年我真不该救天寿，以致铸成大错。”

冯仁乾道：“大先生有好生之德，只是不该救这个瞎尿。只怕从今往后，咱们马家寨再无平安日子过了。”

金大先生抬眼看着冯仁乾，问道：“这话又从何说起？”

冯仁乾道：“天寿是个土匪，天福是个刀客，这俩兄弟搅和在一达，咱们能有平安日子过吗？”

金大先生一怔，半晌，放下茶杯，站起了身。冯仁乾看他脸色不好看，欠起身道：“大先生，我的话说错了？你生气了？”

金大先生道：“老四，你的话没错，我是生自个儿的气哩。我这就找天福去,让他告诉天寿,他崽娃子再敢胡来,我能救他的性命,也就能要了他的性命!”说罢,出了屋,脚步响得很沉重。

金大先生出了冯家,径直朝天福家走去。

一路上他心里很不是滋味。难道当初他真的不该出面救天寿?这崽娃子也太胡作非为了。抢走了冯仁乾的小老婆也就罢了,怎么又能劫人家的钱财,烧伤人家呢!他也知道黑道上的规矩,劫财不伤人,伤人不劫财。天寿怎能又伤人又劫财?看来这个崽娃子当土匪也当得不地道。再者,如果真像冯仁乾所说,天福是个刀客,这兄弟俩搅和在一起,这一方百姓那真的就没好日子过了。马大老汉在世时和他关系不错,天福和天寿也是他眼看着长大的,这事他不能袖手旁观。他要去找天福,晓之以理,劝他们兄弟俩金盆洗手,好好做人。

金大先生来到马家,天福正准备出门。他看到金大先生虽感诧异,可脸上却堆满笑容,嘴里大叔长大叔短地把金大先生迎进屋,又是让座,又是敬烟。金大先生立而不坐,也不接天福敬的烟。天福不免有点儿尴尬,可脸上笑意更浓,转脸喊云英,快倒茶。

天福结婚那天,人多手杂,闹闹嚷嚷的,金大先生没有好好看看这后生,今儿他上下仔细打量了天福几眼。在他的印象中天福是个乳臭未干的毛头小伙子,几年不见,他的个头比自己高出半头来,披挂雄壮,长成一条威武的汉子。他暗自思忖,难怪别人说他当了刀客,看他的模样谁会信他是个豆腐客。

这时里屋门帘一挑,云英走出来,端着茶盘,轻移莲步,如风吹浮萍般飘游过来。她放下茶盘,双手捧起一杯茶递到金大先生面前,满面含笑道:“大叔,请喝茶。”

金大先生行医一辈子，阅人无数，一般不会看走眼，在云英给他端茶时，又重新打量了这个女人几眼后，他心中还是着实吃了一惊。这个女人端庄秀丽，通情达理，绝非冯仁乾说的那种女人。金大先生知书达理，为人谦和，别人敬他一尺，他就敬人一丈。当下他接过茶杯，说了声："谢了。"自觉口气还温和。

天福又再三让座。有道是"立客难打发"，金大先生见他们夫妇如此热情礼让，觉得自己再干站着就有点儿不近人情，便落了座。

天福这时开口道："大叔，你来找我有啥事？"

金大先生呷了一口茶，道："听说你快当掌柜了，来向你道贺来了。"

天福惶恐道："大叔这么说，就折杀我了。按理我应当去看看大叔，可家里实在太忙乱，一时抽不开身，实在是失了大礼。"

金大先生摆摆手，沉思片刻说："天寿的事你二爸给你说了吧？"

天福点头道："天寿干下这没名堂的事，真是给先人丢尽了脸哩。听我二爸说，多亏你出面救了他。大叔，我真不知该咋谢你哩。"

金大先生道："'谢'字就别说了。前些天冯仁乾家又遭了匪，你知道吧？"

天福点头。

金大先生直言道："听说又是天寿的人干的。"

天福大惊："大叔这话可是真的？"

金大先生道："我是听别人说的，若真是他干的，我当初就不该救他。"

天福的额头鼻尖沁出了冷汗，嘴里不住地说天寿太不知道天高地厚，太胆大妄为。金大先生一直冷眼看他，忽然问道："天福，你这些年在外头干啥事？"

天福道："先是当兵，后来离开了队伍。我是个笨人，也干不了啥，学了个做豆腐的手艺混饭吃。"

金大先生看他一眼，哈哈一笑，道："你这披挂，咋看也不像个卖豆腐的。"随即收了笑，道，"天福，我听说你在外头当刀客，是真是假？"

天福先是一怔，继而又大声笑道："大叔，说实在话，我也不想去卖豆腐，倒想去当刀客，可有那个贼心没那个贼胆。"

云英也在一旁笑着说："天福去当刀客，只怕会饿死。"

金大先生不吭声，一双眼睛审视地打量着天福，似乎要把他的五脏六腑看个一清二楚。天福坦然地迎着他的目光，说道："大叔听到啥闲话了吧？"

金大先生道："天福，叔来给你说几句掏心窝子的话，你爹和你二爸都是本分的庄稼汉好人哩。你和天寿都是我眼看着长大的娃娃，可我没料到天寿能……唉，当初我都是看在你爹和你二爸脸上才向冯仁乾求情放了他一马，可他回过头来咬了冯仁乾一口。这不是拿着屎盆子往我头上扣哩嘛。让我咋有脸去见人家冯仁乾！"

天福垂下目光，满脸愧色，无颜面对金大先生。

金大先生呷了几口茶，平了平心中的气，说："天福，你回来了，成了家立了业，叔真为你高兴。可叔要叮咛一句，千万不要和你那兄弟搅和在一起。"

天福终于听出点儿名堂来，惊问道："大叔，是不是有人怀疑我和天寿搅和在一起祸害人？"

金大先生点点头。

天福激愤起来:"大叔,天寿已经把我马家先人的脸丢尽了,我天福还能再去丢先人的脸!"说着,一把撕开衣衫,露出古铜色的胸脯,"大叔,要不要我把心掏出来给你看看?!"

金大先生站起身,拍着他的肩膀说:"天福,你甭上气。叔说这话是为你好,叔根本就不相信那些传言。叔也看得出,你跟天寿不是一路人。"

又说了几句闲话,金大先生起身告辞。他走出几步又回过头来,沉默片刻,说:"天福,叔给你说个事。"

天福道:"大叔,有啥话你尽管说。"

"你能不能去找找天寿,劝他金盆洗手,别干那丧良昧心的勾当了。从古到今为匪的几人有过好下场?至于他和冯仁乾结的冤,你给他说,只要他不再当土匪,这事由我出面一定给他摆平。让他放心。"

天福大喜,连声道:"大叔,我忙完这一阵子,就去找天寿。"

第八章

太阳刚刚斜过头顶，马家寨突然来了一队警狗子(民国时当地民众对警察的蔑称)。他们也没有打问，径直朝天福家开去。

是时，天福和天禄正在家中拾掇做豆腐的家什。那伙警狗子闯进门来，俩人都吃了一惊。天禄上前问道："你们是干啥的？"

为首的是个车轴汉子，腰里挂着盒子枪，打量了一眼天禄："你是马天福？"

"我叫马天禄……"

车轴汉子一抬胳膊，把天禄拨拉到一旁，眼睛盯着天福。天福放下手中的家什，拍了拍手，站起身来。

"你是马天福？"

天福点点头，疑惑地看着车轴汉子："你们找我有啥事？"

车轴汉子又问了一句："你是从队伍上回来的？"

天福又点点头。他不明白车轴汉子问这话是啥意思，心里直纳闷。

车轴汉子猛一挥手，吼道："把他抓起来！"

立即扑上来几个警狗子扭住了天福的胳膊。天福拼命挣扎，喊道："你们抓我干啥？我犯了啥法？"

天禄想上前帮大哥，却被几个警狗子抵在了墙角。云英见此情景，哭喊着往上扑，也被两个警狗子拦挡住了。

天福被警狗子五花大绑起来，动弹不得，气得脸色乌黑，跺着脚喊道："你们青天白日地绑人，还有没有王法！"

车轴汉子冷笑道："马天福，你别喊叫，你就是喊破嗓子也没用！"

"你们凭啥绑人？"

"凭啥绑人？我问你，你是不是从队伍上跑回来的？哼，这叫逃兵！"

天福喊道："我不是逃兵！队伍打散了，我找不着队伍才回了家。"车轴汉子冷笑一声："这话你到警察局说去！带走！"

一伙警狗子推搡着天福往外就走。马二老汉扑进门来，急忙求情："老总，有啥话咱慢慢说……"就把手中的香烟往车轴汉子手中塞。

车轴汉子一把就把香烟打飞了，瞪着眼睛喝道："你是啥人？敢妨碍我们执行公务！"

"我是马天福的叔父，把娃放了吧，有啥话你们跟我说吧。"

"跟你说个鸡巴毛，让开道！"

马二老汉还是连连拱手求情。

车轴汉子恼得性起，一把将马二老汉推搡到一边："滚开！再胡搅蛮缠就连你一块儿绑到警察局去！"

云英和马二老汉父子眼睁睁地看着警狗子们把天福推推搡搡地拉走了。好半晌，云英叫了声："天福！"禁不住号啕大哭。

马二老汉父子急忙安慰云英。云英泣声道："二爸，这可咋办呀？……"

“甭急甭急，”马二老汉嘴里安慰侄媳妇，心里也没主意，急得不住地干搓手，“天福回来这么长时间都没事，咋的就突然上门抓逃兵来了？”

天禄在一旁道：“我看是冯仁乾使的坏。那驴不日的女婿是警察局长。这伙警狗子就归他管哩。”

马二老汉说：“明儿我去县城打探打探情况。”

第二天一大早，马二老汉就去了县城，傍黑带回了消息。天福现在警察局押着，如果定上逃兵罪，少说也要判个七八年。云英一听又哭开了。

马二老汉说：“天禄猜得没错。冯仁乾是报仇哩，让他女婿给咱寻事找碴儿哩。唉，都是天寿那崽娃子招惹的祸！”

“这可咋办呀……”云英直抹眼泪。

马二老汉也没主意，圪蹴在脚地不住地长吁短叹。

天禄突然怯怯地说道：“要不，我去找找天寿……”

马二老汉眼前忽地一亮，看着儿子，喃喃道：“我咋就没想到天寿呢……”

老汉对当了土匪的侄子很不待见，凡事都不愿提及天寿。可现在家里出了这种事，没处挖抓，不去找天寿又能找谁呢？老汉虽是个老实的庄稼汉，可也明白如今这个世道天寿这号人还真的能解决大难事哩。冯仁乾倚着他的警察局长女婿做靠山，敢青天白日地绑人，那他也就倚着当山大王的侄儿要一回威风。想到这里，老汉稳了稳了神，埋怨儿子：“你咋不早说哩？”

天禄说：“我怕你骂我……”

马二老汉叹道：“我骂你做啥！都火烧眉毛了，只有这条路了，这时求谁都不如求天寿顶用！”

天禄说:“我立马就去找天寿!”

马二老汉把腰带往紧勒了勒,对儿子说:“天禄,咱爷俩一达去找天寿。”他对儿子一人单身出门不放心,再则,更怕出了意外,坏了天福的性命。

天禄突然想起他早上出门的时候看见天祥回了家,他还跟天祥打了个招呼,就说:“天祥回来了,我让他带我去找天寿,你就不要去了。”

马二老汉大喜过望,叮咛儿子:“你快去找天祥,让他赶紧带你去找天寿。”

天禄答应一声,急急出了家门。

马二老汉回头安慰侄媳妇:“这下你就放一百二十个心,天寿一出马,这事真的就没麻达了,就肯定百不咋的!”

云英松了一口气,可一颗心还在嗓子眼悬着。

晚饭云英没吃一口,就和衣躺在了炕上。

云英做梦也没想到天福会被警察局抓去。豆腐坊眼看就要开张了,却出了这码子事。真是天有不测风云,人有旦夕祸福。如果天福真被判了逃兵罪,今后的日子还怎么过?想到这里,她不禁悲从中来,泪水打湿了枕巾……

不知过了多久,泪水慢慢干涸。迷迷糊糊之中,她似乎听见院子有什么响动声。她睁开眼睛,月色很好,月光从窗口流淌进来,清辉泻满一屋,把屋里的景物映照得一清二楚。她侧身聆听,风在树叶上响动,哗哗飒飒。

她又闭上了眼睛。

突然,门闩咔嗒响了一声。她一惊,急睁眼睛,只见一个黑影闯进门来。她大惊,忽地坐起身来,张口就要喊,那黑影猛扑过来,把她压倒在炕上,一把堵住了她的嘴。她感到窒息,急了眼,张口就咬黑影的手。黑影忍不住叫了一声,却没松开手,不管不顾地扒她的衣裳。她明白黑影要干什么,又气又恨又惶又恐,拼命挣扎。屋里月光如霜,她想看清黑影是谁,可黑影用锅灰涂抹了面目,根本就看不清眉目。她只能感觉到黑影很有蛮力,且有一股邪气。

由于她拼命反抗,黑影很难得手。黑影想速战速决,两只手一齐上,扒她的衣裤。刚才黑影是一只手作战,现在是两只手一齐上,她的衣裤很快被扒掉了,而且衬衫也被撕碎了,两个乳房裸露出来。黑影一句话也不说,骑在她身上呼呼喘着粗气,望着两个白馍馍似的乳房狞笑起来,伸手就抓。她又羞又恨,喊了起来:"救命啊——"

黑影慌了,急忙又去堵她的嘴,一时又无法得逞……

是时,马二老汉还没有睡。上了年纪瞌睡本来就少,加上侄儿天福又出了事,老汉就更睡不着了。他没有点灯,斜倚在炕头一锅接一锅地抽烟。他也听到响动了,以为是风在作祟,没有动弹。云英的那一声喊叫,他听清楚了。他心里暗叫一声:"出事了!"起身就奔侄儿这边。

街门上了闩,老汉怎么推也推不开。老汉大喊:"云英,快开门来!"却无人应声。

老汉急了,又翻身折回家中,搬来梯子放在院墙上,顺着梯子就上。上到墙头,老汉听见侄媳妇房内有打斗声,就不管不顾地跃身往下跳。

黑影人早已听见马二老汉闹出的动静,心中大慌,自知不能得逞,急忙抽身往外逃,刚出屋门就与马二老汉撞了个满怀。黑影人身坯壮力气大，双手猛地一推，把马二老汉推倒在墙根，拔腿就往后院跑。

马二老汉挣扎起身，往后就追，黑影人翻过后院墙逃得无影无踪。

马二老汉折身回来，云英坐在炕上嘤嘤地哭，急问是怎么回事。云英只是哭。老汉见侄媳妇破衣烂衫，裸身露体，心里明白了是咋回事，长叹一声，退到屋外。云英自知失态，点亮灯，找出衣服，穿戴齐整。马二老汉这才进了屋，半晌，问道："云英，没咋着你吧？"

云英摇头，眼里噙满着泪水。

马二老汉圪蹴在脚地，抽了一袋烟，又问："你没看清是谁吧？"

"他把脸用锅灰抹了……"

"他没说啥？"

"他一声都没吭……"

"我看那人的后影像是冯仁乾。"

"冯仁乾？"

"十有八九是他！那驴不日的尽出损招，让他女婿绑了天福，晚夕又来欺负你，真个是一肚子坏下水！"

半晌，云英抹了一把眼泪，叫了声："二爸！"

马二老汉从嘴里拔出烟锅，仰脸看着侄媳妇。

"姓冯的把我也没弄啥，这事你就甭给天福说了，也甭跟天寿说。他兄弟俩脾气都不好，知道了又要跟姓冯的闹事。咱和冯家本来就有仇，要一闹，不是仇上加仇吗？这么闹来闹去啥时候是个完哩？"

"这就让你受委屈咧。"

“我受点委屈也没啥，只要日子能过得平平安安就好。听天福说，咱马家和冯家本是一个先人哩。”

“可不是嘛，从我这一辈往上翻上三辈就是一个爷哩。如今却闹得水火不相容了……”

“是窝里斗哩……”

“是窝里斗……”

这一夜，马二老汉圪蹴在脚地陪着侄媳妇一直到天亮。

冯洪氏睡醒一觉，发现身边不见了老汉，一惊，急忙点着灯。屋里空荡荡的，不见老汉的影子，她有点发慌，喊了一声：“他爹！”

没人应声。

冯洪氏披上衣裳出了屋，看见厨房亮着灯光，便挪步去厨房，冯仁乾正在洗脸。她感到诧异：“黑天半夜的，你洗脸干啥？”

冯仁乾已经换了一盆水，可脸盆的水还有点儿发黑。他见老婆来到厨房，一惊，随即镇静下来，说道：“我头有点儿疼，用凉水冰一冰。”

冯洪氏忽然瞧见他的手上有血迹，惊问道：“你的手咋啦？”

“刚才有个老鼠钻进了厨房，我用手去打，那东西竟咬了我一口。”

“快回屋去，我给你包包。”

回到屋，冯洪氏一边给冯仁乾包扎手上的伤口，一边说：“这个老鼠还不小哩。”

“是不小。”

“玉喜昨儿这一步棋高，把天福当逃兵拉到警察局去，够他小伙子喝一壶的。”

“我给玉喜说了，判他个十年八年的，出出我心口的窝囊气。”

冯洪氏包好了伤口，嬉笑道：“天福判了刑，那个带回来的俏女人就成了小寡妇咧。”

一提起天福的女人，冯仁乾就想起刚才的事。

昨儿警察局的人绑走了天福，他就打定主意晚夕去奸天福的老婆。狗日的天寿把他的小女人抢走了，他就要弄一回天福的女人，以牙还牙，方显男子汉本色。他原以为以他这身力气征服一个女人不是啥难事，没想到那女人死命反抗，让他不能得逞。后来又惊动了马二老汉，若不是他跑得快就让马二老汉捉住了。如果真的让马二老汉捉住了，那可就丢了大脸。现在回到屋里，他的心还怦怦乱跳。刚才老婆问他，他支吾了过去。如果刚才得逞了，他就会给老婆实话实说，吹一吹他的本事。可没得逞，他就得瞒着老婆，不然的话老婆不仅会笑掉大牙，今后也会拿这事当笑柄拿捏他。

冯仁乾拿起桌上的水烟袋，呼噜噜地吸起来，自个儿给自个儿压惊。冯洪氏见他心不在焉，有点儿不高兴了：“你想啥哩？”

“没想啥啊。”

“我看你咋不高兴？”

“我咋不高兴？我高兴得很！这回让玉喜把天福那狗日的美美收拾一顿，千万不能手软！……”

俩人一直说话到鸡叫，才吹灯去睡。冯洪氏一时难以入睡，睡不着便滋生出欲望，就给老汉骚情。冯仁乾这时心神安定下来，见老婆给他骚情，立即兴奋起来，翻身上马……

第二天，日上三竿，冯仁乾才睡醒。吃了老婆给他做的荷包鸡蛋，他消消停停地坐在太师椅上抽水烟。就在这时，陈根柱慌慌张张地走进来，脸上很不是颜色："四舅，少奶奶回来了……"

陈根柱话音未落，留根媳妇芳娃就跷进门槛，放声大哭。冯仁乾吃了一惊，站起身来，忙问："怎么了？"

"爹，快救救留根……"

这时冯洪氏从厨房跑过来，急问道："留根咋啦？"

"留根让人绑了票子……"

冯仁乾浑身一颤，起了一身鸡皮疙瘩："是谁干的……"

"是天寿……"

"天寿？到底是咋回事？"

芳娃边哭边说：一大早，来了几个汉子闯进铺子，没问青红皂白，就把留根拉走了。临走时他们说是北莽山马天寿的人，还说让曹玉喜赶紧把马天福放了，若是动了马天福一根毫毛，冯留根就算活到头了。

冯仁乾跌坐在椅子上，额头鼻尖直冒冷汗。他虽说有点儿恨儿子，可那是恨铁不成钢。他是打心底疼爱儿子，他只有这么一个宝贝儿子，若真的失去儿子，他活着还有啥意思。天寿这狗日的下手真黑，往他的致命处打哩。

冯洪氏浑身瘫软，跌坐在脚地，哭得一把鼻涕一把泪："留根……我的儿呀……这可叫我咋活呀……"

芳娃在一旁也哭天喊地的，闹得好像家里真的死了人似的。

冯仁乾站起身，猛地一跺脚，黑丧着脸喊了一嗓子："甭哭了！哭顶个屎用！"转脸又朝陈根柱喝喊，"你赶紧备马，上县城去找玉喜！"

陈根柱应声就要出屋，又被冯仁乾喝住："还是我去吧。你在家里多操心！"

冯仁乾一路快马加鞭，中午时分赶到了县城。改秀见父亲来了，就忙着递烟沏茶。冯仁乾摆手拦住女儿，喘着粗气问道：“玉喜哩？”

“在警察局哩。”

“叫他赶紧回来！”

改秀一惊，忙问：“出了啥事？”

冯仁乾坐在椅子上呼呼直喘粗气：“你赶紧去叫玉喜，回来咱再说。”

改秀见父亲如此这般模样，不敢怠慢，急匆匆出了门。

时辰不大，曹玉喜回来了。冯仁乾见面就急不可待地说：“玉喜，出事了！”

“出了啥事？”曹玉喜倒不慌不忙，给岳父递了一根烟。

冯仁乾接住烟，但没有抽：“留根让天寿那狗日的绑了票。”

曹玉喜着实吃了一惊，划火柴的手在半空僵住了：“啥时候？”

“今儿一大早。那狗日的还留下话，说是动天福一根毫毛，就要留根的命。玉喜，你说这事咋办呀？”

曹玉喜没吭声，点着烟闷头吸着。

改秀一听兄弟被绑了票，当下眼泪就涌出了眼眶：“你快拿个主意吧。”

曹玉喜吐了一口烟，道：“只有用马天福换回留根了。马天寿是逼着咱走这步棋哩。”

冯仁乾叹道：“狗日的天寿下手真黑，往咱的致命处打哩。”

曹玉喜也感叹道：“马天寿这步棋还真高哩。”

冯仁乾忽然又问：“玉喜，你们没打天福吧？”

“狗日的嘴硬，打了几下。”

冯仁乾迭声叫道:“瞎(坏)了瞎(坏)了,留根没命咧……”

曹玉喜和改秀忙问怎么了。冯仁乾说:“狗日的天寿说了,要动天福一根毫毛,他就要留根的命……”

改秀泣声道:“这可咋办呀?……”

曹玉喜安慰父女二人:“你们甭急。马天寿话是那么说,我谅他不会把留根咋样的。他绑留根的票,无非是要换回马天福。他要伤了留根,马天福还能活吗?”

冯仁乾见曹玉喜说得在理,心中稍安,叹了一口气:“唉,咱打雁不成,反让雁鸽了眼睛。”

曹玉喜也说:“谋事在人,成事在天。这是老天不助咱。”

“那咱就用天福换回留根?”

曹玉喜点头:“只有这一步棋可走了。”

改秀插言道:“咱放了天福,天寿要不放留根咋办哩?”

曹玉喜说:“这事我也想到了,咱得找个可靠人从中说和这事。”

“找谁呢?……”冯仁乾沉吟着,猛一拍大腿,“有人咧!”

“谁?”曹玉喜问。

“金大先生。”

曹玉喜以拳击掌:“能请动金大先生,这事就妥了!”

“我这回去就请金大先生。”

改秀要留父亲吃饭。儿子被天寿绑了票,冯仁乾心急火燎的,哪里坐得住,说啥也要走。改秀见留不住父亲,就塞给父亲两个肉夹馍,送他上了路。

冯仁乾走进永寿堂时,金大先生刚刚送走最后一个病人,坐在太师椅上喝酽茶。冯仁乾进门就说："大先生，兄弟求你来咧！"

金大先生放下茶杯，问道："谁病了？"

"没病……"

"没病求我干啥？"

"唉……"冯仁乾叹了口气，"说起来真让人伤心，留根让狗日的天寿绑了票！"

"真有这回事？"金大先生不动声色。其实他已经知道了这件事。他这个地方人来人往，消息非常灵通。

"是今儿一大早的事。"

"你找我干啥哩？"

"求金大先生出面说和这事……"

"天寿有啥条件？"

"他说放了天福，他就放了留根。"

金大先生呷了口茶，佯装不知，捋着胡须道："你也绑了天福的票？"

冯仁乾急道："天福是逃兵，警察局把他抓走的，与我无关。"

"你女婿不是警察局长嘛！"

"唉，这事我是跳到黄河也洗不清白了。大先生，不管咋样，你得出面说和这事。我给你作揖了。"冯仁乾躬身给金大先生作了个揖。

金大先生摆摆手："老四，甭这样。我欠着你的人情还没还哩。这事我给你去说和，可不一定能成。"

"大先生出面，一定能成。"

吃罢晚饭，金大先生就去找马二老汉。他想先摸摸底细，再想法说和这件事。

马二老汉屋里灯火通明，除了马二老汉父子和天福的媳妇云英,天祥和天富也在。听说这两个小伙子上北莽山跟天寿吃粮去了,几时又回来了?

金大先生的到来并没使马家人感到意外,似乎在意料之中。马家人热情地把金大先生让到了上座,云英双手捧上一杯酽茶。马家人都含笑看着金大先生。

金大先生啜了一口茶,抬头看了看众人,心中有几分明白,笑道:"笑啥哩,有啥喜事说给我听听。"

马家人只是笑,并不吭声。

金大先生又笑道:"天福让警察局的人绑走了,你们还笑。"天禄忍不住说:"我大哥明儿保准回来!"

金大先生笑道:"你敢肯定?"

马二老汉笑着说:"你大先生是救星哩。你一来,我家天福就有救咧。"

"二哥,你这是抬举我哩。"金大先生环顾四周,"天寿没回来?"

众人都摇头。

"那你们谁主事?"

天祥说:"大先生有啥话就说吧。"

金大先生打量了天祥一眼,知道他是主事的,略加思索,说:"冯仁乾找过我,说是警察局愿意放天福一马,不知天寿肯不肯放留根。"

天祥说:"只要他们放了我大哥,我们就放留根。"

金大先生盯着天祥:"人家要放了天福,你们要不肯放留根咋办?"

"大先生是信不过我们?"

"我是说万一。"

上次他出面替天寿求情,没料到天寿当了土匪抢走了冯仁乾的小女人，至今他都觉得愧对冯仁乾。这一次他不能不慎重考虑。

天祥略一迟疑，说道："大先生，你看这样行不，我们把人交给你，等他们放了我大哥，你再让冯家去永寿堂接他们的人。"

金大先生忍不住打量了天祥一眼，心里说，马家又出了个人物，当下点头答应了。

云英却不无担心地说："天祥，咱把人交给大先生，人家要不肯放你大哥咋办哩？"

天祥咬牙道："大嫂放心，他们如果说话不讲信用，咱能绑他冯留根一回，也能绑他第二回！"

金大先生摇头，指责天祥："别说这斗狠的话，冤家宜解不宜结，还是和为贵的好。"

第二天中午，一辆轿车从县城驶进了马家寨，前呼后拥着七八个警察，个个都背着枪。轿车里坐着天福，他有生以来还没享过这样的福。曹玉喜想得倒十分周到，他怕万一路途上天福出了什么事，那就毁了妻弟的性命。

天福走进家门的时候，冯仁乾也进了金大先生的永寿堂。金大先生亲自把冯留根交给冯仁乾："老四，你看看，留根可没少一根毫毛。"

冯仁乾对儿子说："快谢谢你大叔。"

留根却咧着嘴哭了，仅一天半时间就把他原本不壮的胆气夺了。冯仁乾不禁皱起了眉。

金大先生把他们父子俩送出家门，拍着冯仁乾的肩膀头说："老四，听哥一句劝，冤家宜解不宜结，再斗下去就会两败俱伤。更何况你们冯马两姓本是一个宗室，何必争强斗胜哩。"

第九章

天福的豆腐坊就要开张之时,却被一伙警狗子当逃兵抓走了。这才真是:无事家中坐,祸从天上降。到了警察局他才明白过来,是冯仁乾的女婿曹玉喜给他寻事找碴儿。曹玉喜逼着他承认是逃兵,他怎么肯承认?那家伙就用皮带抽他,让他吃了一顿皮肉之苦。幸亏天寿下黑手绑了冯留根的票,曹玉喜才放了他。

回到家,天福歇息了几天,寻思豆腐坊还得开张,半途而废还不让人笑掉了牙。这时,天寿又让人捎回了话,说他过些日子就回家来,家里该干啥就干啥,甭害怕,凡事有他撑着。天福虽然没有见天寿的面,可有天寿这话,就壮了几分胆气。他和云英一合计,决定豆腐坊赶紧开张。

第二天双河镇逢集,天福叫上天禄一同去赶集。临出门时,他让天禄带上一副牲口笼头,他想买匹骡子拉磨。豆腐坊一开张,每天要磨百十来斤黄豆,叔父家那头毛驴脚力不行,必须换掉。牲口交易市场有个规矩,只卖牲口不卖缰绳笼头。兄弟俩相跟着出了门。云英追了出来,再三叮咛他们早点儿回来。一朝被蛇咬,十年怕井绳。出了一回事,云英很是担心。再则,这世道不太平,土匪常来骚扰绑票,闹得人心惶惶。

天福让云英放心，买下牲口他们就赶紧回来。

马家寨东去十里之遥是双河镇。

雍水西来，漠河北来，两河在此交汇，往东南流去，在川道画了个大大的“丫”字。双河镇位于雍水北岸漠河西岸，隶属乾州管辖，却距乾州县城八十里地，倒是距有郃县城近一些，有三十来里地。

由于所处的地理位置特殊，双河镇显得与众不同。两河交汇，带来了它的繁荣也带来了它的混乱。每逢双日有集，两县的人都来赶集，做啥生意的都有，大街小巷到处都闹哄哄的。乾州县鞭长莫及，难以管理它；跟前的有郃县不辖制它，管不着它。因此，街楦子、地痞、流氓颇多，打架斗殴、坑蒙拐骗的事时有发生。有时，土匪也来趁火打劫。对此，人们早已司空见惯，但并不因噎废食，该赶集的还去赶集，只是处处留神。

兄弟俩来到双河镇，已近正午时分。

集会上无非是扯布的、卖菜的、算卦的、耍把戏的、卖狗皮膏药的……大街小巷都是人，营造出闹哄哄的热闹气氛。天福无心瞧热闹，带着天禄专拣人稀的地方走，径直奔东河滩的牲口交易市场。

东河滩是片滩地，四周长满树木。牲口交易市场设在这地方还真的不错。这里的牲畜简直比人还多，牛哞、驴叫、马打响鼻、骡子撒欢……夹杂着人的吵嘴声，一派“太平盛世”的繁华和热闹。

卖主们有的两手掰开牲口的嘴，让那带着肉红色的口腔和白牙露出来，用吵架的嗓门向买主夸着牲口的口腔如何干净，牙齿如何整齐，说是任怎么耳背的人隔五里地都能听得见牲口吃草料的声音；有的使一只胳膊搂着牲口的腰背，另一只手指着腿脚和毛色，夸他的牲口是天下第一；有的两手爱抚地摸着牲口的头和背，兴奋而又带着伤心地给旁边的人诉说着牲口的光荣历史和英雄气派,说他是怎么也不忍让这头本领高强的牲口出手,好像他不是来卖牲口,而是拉来一个宝贝让大伙参观欣赏的;有的一手拉着买主的手,一手对着牲口指指点点,粗着脖子红着脸,嘴里的唾沫星子乱溅,赌咒喧天,甚至为说他的牲口如何如何好而不惜咒爹娘老子……

买主们却不管卖主们怎样夸自己的牲口天下第一,只是一个劲儿地仔细察看牲口的嘴、腿、蹄、毛色、体形,专门挑剔缺点和毛病。他们好像与买牲口无关,似乎是政府派下来的检查人员专门挑牲口毛病的。就是真有一头完美无缺的牲口,他们也能挑出一百样毛病和缺点。

对这些天福早已司空见惯。他带着天禄在交易市场转了一圈,有几个能看上眼的骡马,一问价,都高得吓人。

来到东北角,只见围着一群人。天福便也凑了过去,透过人缝往里一瞧,他的眼睛忽地一亮,看到一棵大槐树上拴着一匹马。那马浑身赤红,没有一根杂毛,四条腿修长,蹄大如碗,双耳如削竹,一双大眼顾盼有神,透着灵性。他在队伍上干了七年,见过不少好马。这匹马还真的罕见。他脱口叫道:“好马!”

周围几个汉子都拿眼睛看他。天福自知失态,不好意思地笑了笑,不再吭声。

马的主人是个中年汉子,听见天福叫好,目光转了过来,冲他笑了一下,脸上神情颇为自豪。

有几个买主上前问价。中年汉子撩起宽大的衣襟,神秘地给他们捏了个价码手势。买主们脸上都显出吃惊之色,其中一个壮汉叫出声来:“你是胡侃哩!”

中年汉子哈哈笑道:“一分钱一分货嘛。”

壮汉道:“你的牲口是不错,可你要的是天价,谁能出得起!”

这时人丛中挤出一个老汉。老汉五十出头,个头不高,身子瘦削,戴一顶旧草帽,一张瘦脸棱角分明;他穿一身半新不旧的黑衣裤,腰里系着一条蓝粗布腰带,肩头挑着一个粪筐,粪筐装了大半筐牲口粪;他嘴里噙一管尺把长的白铜旱烟锅,吸一口,吐出三股白烟来。老汉放下粪筐,在鞋底上磕掉烟灰,把烟锅插进腰带,拍了两下手掌,把右手伸向马主人,笑着脸道:“这匹马要的啥价,我听听。”

中年汉子见是个拾粪的老汉,一脸不屑的神色:“你买吗?”显然带着讥讽。

老汉笑道:“不买就不能问问价吗?”那只手依然向中年汉子伸着。

中年汉子冷笑道:“不买就甭瞎凑热闹,我没那么多闲工夫。”

老汉脸上闪出一丝不快,但稍纵即逝。这时,天福挤出人窝,对马主人说道:“掌柜的,我听听价。”把手伸向中年汉子。

中年汉子认出了天福,脸上显出了笑意,撩起衣襟捏住了他的手指,说:“这个整,这个零。”

三百五十块银圆!

天福着实吃了一惊,这真是个天价。一块银圆能买三袋半白面,三百五十块银圆要买多少袋白面哩?恐怕能垒一座小山!他虽然对牲口懂一些,却因刚回来,不了解牲口的行情。这匹马也许真能值三百五十块银圆,可他哪来这么多的钱!他衣兜里只有二十块银圆,他伸进衣兜,捏着那几块银圆,心里直叫:“惭愧!”就算他真的有钱,也不打算买这匹马去拉磨。这匹马做当官的坐骑,或者给财东家拉轿车才不委屈它。

拾粪老汉并没因马主人的冷落而恼火。他看出天福面有惊愕之色,上前笑道:“我听听价码。”把手伸到天福的衣襟下。

天福心里也有点儿瞧不起拾粪老汉,可神色不露,微笑着把价码捏给他。老汉笑道:“牲口是好牲口,可也值不了这么多,这是一顷地的价哩。”

中年汉子在一旁冷笑道:“依你看能值多少?”

老汉转眼又把马仔细看了看,道:“三百块吧。”

中年汉子又是一声冷笑:“三百块太多了。你给一百块,这马就是你的了。”

老汉看了他一眼,笑眯眯地说:“你甭要笑我老汉了。”

中年汉子道:“我看你连一块银圆也掏不出来哩。”说着,发出一阵嘲讽的大笑。

围观的众人也都哈哈大笑。老汉似乎也很尴尬地笑着,但慢慢收了笑,声音沉沉地说道:“掌柜的,你说话算数吗?”

中年汉子笑道:“我姓杨的吐摊唾沫砸个坑,说过的话从来没有不算数的。”他把手伸到老汉面前,“大家伙做证,你拿一百块银圆,这马就是你的了!”

老汉眼里闪出一道狡黠的冷光,转脸冲着人窝里喊:“大旺!大旺!”

人窝里应声出来一个伙计模样背褡裢的小伙子。老汉道:“给杨掌柜点一百块银圆。”

叫大旺的小伙子从褡裢里取出两摞银圆,递给中年汉子,说道:“杨掌柜,这是一百块银圆,你过过数。”

中年汉子顿时傻了眼,周围的人也全傻了眼,都怔怔地看着拾粪老汉。老汉不卑不亢，面无表情地从粪筐拿出缰绳、笼头，走到那匹马跟前。那马见了生人，昂首嘶叫起来。老汉伸手在马脖子、耳朵背后不住地挠。马渐渐安静下来。老汉手脚麻利地给马换上了手中的笼头缰绳。

“大旺，牵回去！”老汉把缰绳交给了年轻的伙计，挑起粪筐冲着中年汉子狡黠一笑，转身走人。

中年汉子欲上前拦老汉，口张了张，却叫不出声。那模样真像哑巴吃黄连，有苦说不出。

突然，从围观的人窝中挤出七八条壮汉，每人手中提着一支盒子枪，其中两个扑向拾粪老汉的伙计，一个抢了他肩上的褡裢，一个抢了他手中的缰绳。人群顿时大乱，作鸟兽散。天福大惊，知道遭了匪。刚想撤身躲避，只觉眼前一黑，一条麻袋似乎从天而降套住了他的身子。他什么也看不见，心中又急又惊，挥拳乱打，以求自救。可拳头触到的是软囊囊的麻袋，似大水牛掉进了水井，空有一身力气没处使。

天福正在惊急之中，有人扳倒了麻袋，一条绳索紧扎住了口，把麻袋缠绕了个结实。随后麻袋被人抬起急急奔走。不大的工夫，停了下来，只听抬他的汉子齐喊一声：“一二三！”他只觉得腾空而起，随即重重落下，砸在了一块宽大的木板上，后脑勺不知磕在了什么物件上，顿时起了个生姜疙瘩，疼得直钻心。

天福还没弄明白是怎么回事，忽又听一声赶牲口声：“驾……”身下的宽木板移动起来，耳畔响起了辚辚的车轮声。他明白过来，自己被装进麻袋扔到了大车上。他感觉到身旁还有软囊囊的物件，猜测是和他一样的遭厄运者。

马车时疾时徐，路也不好走，颠簸得很厉害。天福竭力稳住身子，免得又被磕着碰着。一路上，他一直猜测这股土匪是什么来头，竟敢在光天化日、众目睽睽的集会上抢劫，真是吃了熊心豹子胆！他当兵七年，见识过不少悍匪，可敢在集会上抢劫的土匪还没遇到过。难道是天寿的人马？如果真是天寿的人马，这家伙还真把土匪当出了名堂。可他推翻了自己的想法，天寿的手下有不少马家寨的人，他们难道认不出他是天寿的哥哥天福？看情景，这伙土匪是有备而来的，刚才他就发现围观的人群中有几个神色诡异的汉子目光灼灼，有点儿不对劲，却也没放在心上，上前跟中年汉子捏了价码。那几个汉子显然把他当成了有钱的主，以致遭此厄运。唉，真是大意失荆州！前些日子被曹玉喜的人抓了一回，这才过了不几天就又遭了匪劫。自己的命运怎么就这么不济！唉，老天咋就不睁眼哩！他又想到天禄，不知天禄被这伙土匪捉了没有？倘若没有，此时天禄一定跑回家告知了云英。云英不知急成了什么样子……

正在胡思乱想，大车忽然停住了。就听有人发问："得手了吗？"

大车跟前有人回答："得手了。"

那人赞道："大胡子，可真有你的！"

"我大胡子出马，是裤裆里抓鸡巴，手到擒来。"

一阵得意的大笑，肯定是大胡子的笑声。

"李副官，这货咋处理？"

"先关起来。别伤着他们，这两个货成色不错哩。"

天福心里着实吃了一惊。难道土匪也有"副官"这个职位？莫非又遇上了拉壮丁的队伍？拉壮丁也不能是这么个拉法嘛！把人塞到麻袋里，出气吸气都困难得很，还要不要人活了！

这时只听大胡子答应一声，随即吆喝人上车。天福只觉得身子忽悠一下，又飘在了空中，没飘多久，身子砸在地上。比扔上车时手脚轻了许多，显然多亏了姓李的关照。随后是一阵折腾，捆缠麻袋的绳索被解开了，他被颠倒腿倒在地上。眼前一片模糊，只觉几个人影一片晃动。下意识地揉了揉眼睛，又听门响了一下，杂乱的脚步走远了。

半晌，天福才看清了景物，发觉自己被关在一个窑洞里。他爬起身去拉门，门上了锁。他走到窗前，往外张望。外边是个大场院，院中停放着一辆铁轱辘大车，就是这辆车把他拉到了这个鬼地方。对面和左边都是排房，大门在右边，有两个当兵的持抢站岗。场院有人来来往往，都穿着军装，还有几个腰里插着盒子枪。他心里直纳闷，这地方不像是土匪窝，倒像是部队的指挥部。

忽然，耳边有人说道："我就说谁吃了熊心豹子胆，原来是田瑜儿这贼尿！"

天福着实吃了一惊，扭头一看，身后站着一个人，竟是那个拾粪老汉。他依稀记得，在集会上有两个汉子抢了老汉伙计的那装钱褡裢和马，没想到老汉也遭了厄运。刚才在车厢上身边那个软囊囊的物件肯定就是老汉了。老汉在牲口交易市场上的不凡表现已经令他刮目相看。他隐隐感到这个拾粪老汉绝非等闲之辈。

天福口气十分恭敬地问道："老汉叔，这伙人是兵还是匪？"

老汉说："是兵，也是匪。"

天福大惑不解，呆眼看着老汉。

老汉说："田瑜儿的人马，穿上黄皮子是兵，脱了黄皮子就是匪。"

天福虽然回来时间不长，“田瑜儿”这个名字却听得如雷贯耳。田瑜儿的部队驻扎在终南县的白龙镇，是个杂牌子。不足一个团的人马，却自称“师长”，三天两头在这一带抓壮丁，闹得人人自危。

当下，天福心中又是一惊，自己刚刚从队伍上回来，没想到又被抓了壮丁。在队伍里闯荡了几年，他已经心寒了，不再想穿那身老虎皮。至于当田瑜儿的杂牌兵，他连想都没想过。再说，他已经有了云英，自己若再去当兵，云英咋办？他怎么对得起对他恩重如山的姜大叔？他思忖再三，无论怎样，都要逃离虎口。

老汉忽然问道：“小伙子，你是哪达人？”

天福答：“东乡马家寨的。老汉叔，你家在哪达？”

老汉道：“我家在北乡吴家集。”

天福问道：“田瑜儿的人抓咱来干啥？是拉壮丁吗？”

老汉叹气道：“拉啥壮丁。你能扛枪当兵，我都是黄土壅到下巴上的人了，还能扛得起枪？咱是被绑了票！”

田瑜儿的部队是杂牌子，上面不给拨发军饷，他的人马就吃大户筹军饷。这一带的商家富户提起田瑜儿无不胆战心惊。田瑜儿本名叫田瑜，可背地里众人都叫他田瑜儿。憎恨之情，由此可见一斑。

天福听说不是拉壮丁，心里稍宽了些。可他想不明白，他是个卖豆腐的豆腐客，田瑜儿的人绑他的票图啥呀？哦，在牲口交易市场上他伸手问了那匹骏马的价钱，田瑜儿的人误认为他是有钱的主。今儿落在了这贼㞞手中，不死恐怕也得脱层皮哩。想到这里，他的神情十分沮丧。

这时门响了一下，一个伙夫模样的人端来了两碗饭，放在他俩面前，啥话没说，转身就走。老汉道：“吃吧，咱俩一人一碗。”说着端起饭碗就张口，显然，他不是头次遭遇这样的事，竟能随遇而安。

天福虽说肚里早已唱起了空城计，可他没有一点儿食欲。突如其来的厄运让他愁眉不展。老汉看了他一眼，劝道："小伙子，不管咋样也要吃饭。就是死，咱也不能落个饿死鬼。"

天福觉得老汉的话在理。寻思饭也没得罪他，便端起了碗。

吃罢饭，天黑了下来。天福趴在窗口看了看，大门口增加了两个岗哨。他知道这叫加了双岗，关押他们的窑洞门口也加了一个岗。想要逃脱是难上加难。他垂头丧气地回到麦草铺上坐下。老汉问道："加岗了吧？"

天福点点头。

老汉取出烟锅，装上烟，又掏出火镰火石打着，慢悠悠地抽起了烟。天福呆呆地看着老汉抽烟，暗自思忖：看他那精神气，莫非有脱身的妙法？

老汉抽了一锅烟，磕掉烟灰，斜倚在麦草铺上，闭上了眼睛。天福忍不住问道："老汉叔，咱咋办？"他这时把老汉当成了圣人，认为他一定有绝处逢生的锦囊妙计。

老汉睁开眼睛："啥咋办？"

天福打了个逃跑的手势。老汉吃惊地瞪起了眼睛："咋，你想跑？"随即叹了口气，道，"唉，跑不出去，这是贼窝哩！"

天福一怔，顿时心里一凉。

老汉又道："听天由命吧，该死落个屎朝上，不该死算咱福寿长。"说罢，又闭上了眼睛打盹。

天福原寄希望于老汉，没想到他摆出了个死娃不怕狼吃的架势。天福呆了半晌，也觉得无法可想。唉，豁出去了，先好好睡一觉，明日的事明日再说吧。车到山前必有路。

第二天早晨,伙夫又送来了饭菜。天福和老汉毫不客气地填进了肚里。

近晌午时分,来了一位军官。听声音,天福知道他就是李副官。

李副官皮笑肉不笑地说:“把二位请来,招待多有不周,还望海涵。”

老汉一副木呆呆的样子,似乎没听明白李副官在说啥。李副官对他道:“吴百万,别装傻了。我们再糊涂,也不会去集市上绑一个拾粪老汉的票。”

天福当下着实吃了一惊,怔怔地看着身边的吴老汉。虽然他早已觉察吴老汉不是个寻常的人,可万万没有料到,这个貌不惊人的蔫老汉就是财压三县的吴百万。真是人不可貌相,海水不可斗量。

吴老汉却脸上波澜不起,还是一副木呆呆的神情。李副官看着他,嘿嘿笑道:“真是真人不露相,露相不真人呀。吴掌柜真让我钦佩。”

吴老汉还是面沉似水,一声不吭。李副官朝外摆摆手,一个年轻汉子被推搡了进来。天福定睛一看,是吴老汉的伙计大旺。大旺看到吴老汉,咧开大嘴几乎要哭了:“老爷,他们要五万块银圆哩!”

吴百万的腮帮子抖动了一下,牙疼似的对李副官说:“你们当银圆是土坷垃?!”

李副官给嘴角叼上一根烟,笑道:“在你吴掌柜家里,银圆跟土坷垃差不了多少。”

吴百万道:“你是胡侃哩。”

李副官道:“吴掌柜能拿出多少?”

吴百万道:“两千。”

“两千?”李副官冷笑道,“你吴掌柜的一条命只值两千块银圆?也太便宜了吧。”

吴百万说:“那就三千吧。”

李副官脸色陡然一变:“你当这地方是双河镇的集会,还能讨价还价? 五万块银圆,一块也不能少!”转脸又对天福说,“还有你,拿一万块银圆来!”

天福大惊,可嘴里说道:“你放了我,我回家给你取钱去。”

李副官冷笑道:“你当我是个傻瓜,放了你,我跟谁要钱去?”

天福说:“可我家里没来人哩。”

原来,田瑜儿的人到集会是绑吴百万的票,看到天福一身装束不俗,又伸手问骏马的价,便认定他是个有钱的主,把他顺手牵羊了。

李副官眼珠子一转,一指大旺,说道:“你让他给家里捎个口信,拿一万块银圆的赎金来。”转脸对大旺说,“你看到了,两个票都完好无损。三天内拿来赎金领人,三天后死活我就不保了。走吧!”

大旺还想说啥,进来两个士兵拽着他的胳膊往外就拖。大旺扯着嗓子喊:“老爷,咋办呀?”

吴百万黑着脸,咬着牙根说:“回去跟太太说,别管我,我豁出这条老命了!”

窑门咔嚓一声上了锁。天福和吴百万灰着脸坐在草铺上,面面相觑。他俩都没想到李副官竟然狮子大张口,漫天要价。天福自思，一二百块银圆也许拿得出，李副官一张口就要上万块银圆，狗日的真把银圆当成了土坷垃。看来，这条命要断送在田瑜儿的手中。

吴百万失却了先前的镇定自若，不住地长吁短叹。经历这样的事，他已经是第三遭了。前两次他舍了三千块银圆和一百两烟土，保住了性命。他想这一次再折五千块银圆买条老命回去，万万没想到那个贼副官一开口就是五万块银圆，兵比匪黑得多！他不是把一块钱看得比磨盘还大的守财奴，更清楚命比钱贵重。可五万块银圆，白花花的一大堆，让他拿出来实在是比割他身上的肉还让他难受啊！

吴百万心疼难忍，禁不住开口向天福要主意："小伙子，你说咱们该咋办哩？"

天福这时倒平静下来。杀了他剐了他，他也拿不出一万块银圆来，他也就死猪不怕开水烫了。吴百万开口跟他要主意，他心中倒是一喜，说："吴掌柜，这话该我问你才对哩。"

吴百万叹气道："那狗日的胡侃哩，把我气糊涂了。"

天福说："五万块银圆你不是拿不出来，给狗日的就是了。"

吴百万瞪起了眼珠子："你看我这把老骨头值五万块银圆吗？"

天福瞅了他一眼："咋不值？命比钱值钱哩！"

吴百万愤声骂道："那狗日的把银圆当土坷垃哩，想要多少就要多少！"

天福劝道："你就当把钱给你儿子咧。"

"可他不是我儿嘛！"

"你就心里想他是你儿，他就是你儿咧。"

"唉……"吴百万长叹一声，泄了气，把一个没点火的烟锅咂得吧嗒吧嗒响。

天福看了他一眼，动了一个念头，想向他借钱赎自己，可又一想，这个念头实在太荒唐，一万块银圆吴百万凭啥借给他，再说，吴百万就是肯借，他拿什么还人家？他长叹一口气，闭目去养神。

这一天伙夫送来的饭菜吴百万没吃几口，只是闷头抽烟。天福倒吃了不少，他不愿落个饿死鬼。

夜幕又降临了。天福和吴百万都趴在窗口向外张望，他们都不甘心坐以待毙。可外边的情景对他们更不利，关押他们的窑洞门口又加了岗，其中一个疤瘌眼儿哨兵瞧见他俩在窗口往外张望，厉声呵斥道："看啥哩！狗日的想跑？老子的枪子儿可不认人！"骂着，把手中的枪栓拉得咔嚓响。

俩人都垂头丧气地回到麦草铺坐下，在黑洞洞的窑洞里大睁着眼睛，不知在看什么。

天福已在心里做了死的准备。他在队伍上闯荡了几年，对死并不害怕，而且有过一回"死"的经历和感受。死的确很可怕，可一旦想开了也就什么都不怕了，只是在这个世上还有两个人他放心不下，一个是老婆云英，一个是兄弟天寿。他感到他死得太早了，没有把云英和天寿安顿好。想到这时，他不禁潸然泪下。

吴百万也在想"死"。他已年过花甲，死了，也算长寿之人。可他不想死，他丢不下他创下的那一份大家业。因为这一份家业，他好几次差点儿丢了性命，也正因有了这一份家业，他好几次用金钱买回了性命。钱这东西不知是个啥东西，能送掉人的性命，也能买回人的性命。他突然骂了一句："钱这狗日的！"还是在心中打定主意，舍财保命！

他俩啥都想到了，可都没想到有人要救他们，而且救他们的那伙人已埋伏在了附近,待到子夜时分就突然袭击。

田瑜儿的人更是没想到这伙人吃了熊心豹子胆,竟敢在鹞子窝里掏雀吃。可这伙贼人硬是从鹞子窝里掏走了雀,田瑜儿的人马竟然摸不清他们是什么来路。

第十章

天福做梦也没有想到又是天寿救了他。他被绑票的恶信是天禄报知天寿的。

那天牲口交易市场上突如其来的灾祸，当时就把生性懦弱的天禄吓呆了。等他醒过神来，天福和那个拾粪老汉已被匪徒们装进麻袋扔在大车上拉走了。集市上乱成一锅粥，众人顿作鸟兽散。他顾不得多看多想，拔腿就往家里跑。

跑进家门，天禄惊魂未定，不住地回头往后看，似乎身后有人在撵他。云英从屋里出来，看他丧魂落魄的样子，惊问道："二弟，你看啥呢？你回来了，你大哥呢？"

天禄嘴一咧，哭了。

云英大惊："你大哥咋了？"

天禄哭道："我大哥被土匪绑了票……"

云英似乎没听清楚，追问一句："你说啥？"

"我大哥被土匪绑了票……"

好像挨了一闷棍，云英身子打了个趔趄，靠住了墙，可不听使唤的身子却顺着墙往下软。天禄慌了，一把扶住她，连声叫道："大嫂！大嫂！……"

马二老汉隔墙听见这边动静不对劲儿，慌忙奔了过来，惊问道：“天禄，出了啥事?”

天禄把云英扶进屋里，结巴着把天福被绑票的事说了一遍，马二老汉的脸上顿时不是颜色，半晌，问道：“是哪股土匪绑走了你大哥?”

天禄摇头。

云英泣声说：“前几天被警察局抓了一回，回来没几天，咋又被土匪绑了票……这可咋办呀!”

马二老汉安慰侄媳妇：“你别急，土匪绑人无非就是为了钱。咱拿钱去赎天福，百不咋的。”

云英点头，可眼泪还如断了线的珠子般地往下掉。她现在一听见“土匪”这个字眼，就想起了前夫，她真怕天福落到前夫的狐朋狗友的手中。

马二老汉嘴里虽然安慰侄媳妇“百不咋的”，心里却惶恐得不知所措，连是哪股土匪绑的票都没弄清楚，这上哪里去赎人？他经历过这种事，土匪有时变脸比脱裤子还快，弄不好就会把票撕了。事到如今该咋办哩？老汉在脚地转磨磨，额头鼻尖都冒出虚汗，如同热锅上的蚂蚁。

天禄说：“这事还得找天寿，说不定还是天寿的人马绑的票哩。如果真是天寿的人马干的，那是大水冲了龙王庙，只不过是一场虚惊。如果是其他土匪干的，由天寿亲自出马去解救，也会逢凶化吉。在这一块地方天寿的势力最大，哪股小杆子土匪敢在太岁头上动土，那他真是活烦了！就是扶眉山的殷胡子也得让天寿三分。”

马二老汉一拍大腿：“我咋就把天寿忘了！你赶紧上北莽山叫

天寿赶紧想法子,千万不能耽搁!”

天禄答应一声,急急出了门。

得到大哥被绑票的消息,天寿十分震惊。前些日子已有人送来消息,说大哥天福回来了,还带着一个如花似玉的女人。当时天寿就想回家看看。他们兄弟分别七年了,他心里一直念着大哥,可他却没有回家,他想到自己已经当了土匪,咋说也不是个体面事。这会儿回家去见大哥,该咋给大哥说呢?现在大哥回来了,还带着女人,看来还混得不错,他也就放心了。不回家也罢,往后找个合适的机会,再和大哥相见也不算晚。没想到没过几天,天禄跑上山来,说是冯仁乾的女婿把大哥绑走了,要定个逃兵罪。他明白是冯仁乾那驴不日的找碴儿寻事哩。他跟天祥等人一合计,就绑了留根的票。这一着果然将了冯仁乾一军,大哥安然无恙了。又是没想到,才过了几天大哥又被人绑了票。他震惊之余勃然大怒,哪个狗日的吃了熊心豹子胆,竟敢绑他马天寿大哥的票?他瞪着眼睛问天禄:“天禄哥,你没看清是谁的人干的?”

天禄摇头,把当时的情景说了一番,临了带着哭腔说:“天寿,要赶紧呢,迟了,只怕大哥就没命了……”

天寿当即就派了十几个探子打探消息,一定要弄清楚是哪股杆子的人干的。他要亲自出马踏平他的山头!

很快,探子报回消息,周围的几股杆子不敢来老虎嘴里拔牙,绑票的是驻扎在终南县的田瑜儿的人马。天寿不禁一怔,这个消息出乎他的意料。田瑜儿打着国军的旗号,在这一带横行霸道,口碑都不如他这个土匪。他十分清楚田瑜儿那个“师长”是胡吹冒撂的,可兵力还是比他强出几十倍。要到田瑜儿的窝巢去救人,简直跟到鹞子窝里掏雀儿一样冒险。他有点儿犹豫了。

在一旁的常种田察言观色道:“寿爷,田瑜儿可是不好惹的主,闹不好咱得赔上老本。”

天寿黑丧着脸不住地来回走动,似一头困在笼子的狮子。

天禄哭道:“天寿,去晚了大哥就没命咧……”

侧立一旁的天祥也说道:“你快拿主意吧,咱就是拼上性命也要救出天福大哥。”

常种田又道:“咱这可是去鹞子窝里掏雀儿哩。”

天寿猛地站住脚,一拳砸在桌子上:“这‘雀儿’是我的亲哥,再冒险也要掏!天祥,传令下去,今晚出动!”

天寿虽说没受过正规军事培训,也不懂孙子兵法,却完全懂得出奇制胜的道理,加之胆大心细敢冒风险,在实践中把这一套把戏玩到了炉火纯青的地步。仅从这点看,天寿可以说是一个天才。

那一夜月黑风高,正好出奇兵。天寿倾巢出动,人衔枚马摘铃偷袭了田瑜儿的营寨。田瑜儿的人马自以为是国军的牌子,横里生骄,把这一方生灵全不放在眼里。他们万万没有料到土匪会偷袭营寨,当下大乱,官寻不着兵,兵寻不着官。天寿未折一兵一卒,救出了天福,捎带着也救出了吴百万。撤兵时,天寿又布了个迷魂阵绕道折向终南山,把横行终南山的杆子杨子烈作为谜底留给田瑜儿。

归途中,天寿仰天哈哈大笑道:“我以为田瑜儿是个麻核桃,不好吃。今儿一看,那屌是个肉包子,好吃得很。”常种田在一旁赔着笑道:“都是寿爷英明,胆识过人。”

天福最初不知道是天寿的人救了他。月黑风高,这伙人又都用锅灰抹了脸面,根本无法识破庐山真面目。他们先是放火点着了东边的草料场,等到场院的官兵失急慌忙地去救火,这伙人突从天降,砍杀了守在窑门口的哨兵,打开了窑门。是时,天福正在昏睡,惊醒过来,只见一伙黑衣人冲进窑洞,其中一个说道:"里边有两个人!"

"马天福!"

有人叫了一声。

天福弄不清出了啥事,不敢贸然应声。

"马天福!"那人又叫了一声。

天福还是没吭声,只是在黑暗中大睁着眼睛。

"咋办?"先头的那个急声问。

"都带出去!"

几个黑衣人把天福和吴百万架起往外就走。走出不多远,有人牵来了马,黑衣人便把他俩扶上了马背,随后都跃身上马,簇拥着往南奔去,再后又折身北撤。

黎明时分,到了一座山前,上山的路经过了开凿修补,虽然弯弯曲曲,倒也不怎么陡峭险峻,到了山顶,是个平坦的开阔地。这时天已放亮,只见有片稀疏的林子,隐着许多茅屋瓦舍。

在一排瓦舍前,黑衣人们下了马。天福惊疑不定,举目四望,不知是何去处。忽然一个黑衣人来到他面前叫了声:"大哥!"

声音十分耳熟。天福一怔,翻身下马,细看面前的黑衣人,尽管黑衣人用锅灰把脸涂得面目全非,他还是认出来了,讶然道:"天禄,咋是你?这是啥地方?"

天禄说:"这是北莽山,天寿的窝巢。"为了救出天福,天禄也业余当了一回土匪。

"天寿?"天福又是一怔,"他在哪达?"

天禄说:“在后头哩。”

这时一阵马蹄疾响。众人扭头去看,只见十几个黑衣人骑着马飞驰而来,为首的彪汉正是天寿,他在后边断后,唯恐田瑜儿的人马追杀而来。

天寿勒住马,几乎是从马背上跳了下来。他疾走几步奔到天福面前。兄弟二人面对面站着,两对目光互望着对方。七年不见,天福看到天寿完全变了模样,身坯壮了一大圈,个头比他还高出半拳来,上唇留起了短髭,一双豹眼灼灼生光,腰里插着两把盒子枪,不怒自威,完全不是他记忆里那个带着几分腼腆的纯朴兄弟了。

“天寿!”天福叫了一声,声音有点儿哽咽。

“哥!”天寿双腿一软,跪在天福面前。

天福扶起天寿,鼻子一酸,泪水禁不住滚出了眼眶。

天寿道:“哥,我来迟一步,叫你受苦了。”

天福摆摆手,问道:“你咋知道的?”

“是我天禄哥给我送的信。哥,没伤着吧?”天寿摸着大哥的肩膀、后背。

“没伤着,没伤着。”

“哥,你比在家时瘦了……听说你回来了,我就想回去看看你,可山上事多老是脱不开身。”

“我也想来看看你,也一天到晚地穷忙活。”

兄弟俩手执着手,感叹不已……

忽然,天寿瞅见缩在大哥身后的老汉,问道:“哥,他是谁?”

天福回头看一眼吴百万,说:“他是北乡吴家集的吴百万。”又给吴百万介绍道,“吴掌柜,这是我兄弟马天寿。”

天寿上下打量着吴百万,脸上溢出了笑意,半晌,道:“你就是大名鼎鼎的吴百万,久仰、久仰!”

吴百万面如灰土,额头沁出了冷汗,急忙说道:“我只是浪了个虚名,其实就是无百万啊,都是众人的舌头害了我。若不是好汉出手相救,老汉这回就把命丢了,多谢,多谢了!”他躬着腰拱手连声道谢。他没想到面前这个年轻剽悍的汉子就是赫赫有名的土匪头子马天寿。才离狼窝,又入虎穴。他不禁胆战心惊,冷汗湿透了后背。

吴百万又对天福说:“你们兄弟相见不易,好好叙叙家常,老汉不便久留。”转脸冲天寿一拱手,“救命之恩容当后报。老汉告辞了。”抽身就要走。

天寿只是笑,并不说话。两个匪卒拦住了吴百万的去路,吴百万禁不住打了个寒战,拿眼睛直看天福,那目光分明是向天福求助。天福先是一怔,随即上前对天寿说:“天寿,放他走吧。他家里人都快急死了。”

天寿敛了笑,对吴百万说道:“吴掌柜,能见你一面可真不易。本想留你在山上住几日,可我哥不想留你,那你就走吧。”

吴百万冲天福兄弟俩深深打个拱:“多谢二位好汉。”急匆匆下山去了,生怕有人追来。

望着吴百万惶惶如丧家之犬的背影,天福暗自思忖:在田瑜儿的窝中,老汉还镇定自若,只是后来田瑜儿的副官胡砍价,老汉才乱了方寸。可这会儿一见天寿,老汉就惊慌不安,难道天寿真成了恶魔?想到这里,他心里不是个滋味。

这时天祥走了过来,亲热地跟他打招呼:“天福哥!”

马家寨的汉子都围了过来,这个叫“叔”,那个喊“哥”,人人都透着十二分的亲热。天福不知该答应谁才好,只是脸上堆满了笑。

天寿笑道:“你们他妈的别尽瞎嚷嚷了,进聚义厅去,摆宴给大哥接风洗尘。”

众人便拥着天福进了聚义厅。说是“厅”,其实是孔大窑洞。窑洞罕见的大,几十号人进去也不显得拥挤,四周点着几十盏清油灯,把窑洞照得亮堂堂的。天福环顾四周,大窑上方正中间是一张黑漆长桌,桌后是一把很大很高的雕花太师椅,椅背上搭着一张兽皮,有斑斓的花纹,像是豹皮(这一带没听说有老虎)。太师椅后边是窑壁,窑壁上挂着一幅猛虎上山图。猛虎图两侧有一副对联:

深山出猛虎

人间有俊杰

笔迹狂草,力道有余,韵味不足,不知出自何人之手。下方摆着两排木椅,再下方便摆着许多桌椅板凳,杂而不乱。天福心里说:“这崽娃子还真闹出了点儿名堂。”

当下就摆了丨几桌酒席,天寿和几个头目陪着天福坐了首席,其余的人依次落了座。天寿端起一碗酒,道:“哥,咱兄弟俩在此相见是天大的喜事,先干了这头一碗!”

天福仰脸喝干了酒。接下来几个头目都一一敬酒,他推辞不得,都喝了。再后,马姓族中的汉子都纷纷过来敬酒,天福已经喝滑了口,来一碗便喝一碗,不等酒席散,已酩酊大醉,瘫如烂泥。

次日醒来,已经日上树梢。天福刚刚起身,一个小喽啰就端来了洗脸水,毕恭毕敬地说:“福爷,请洗脸。”

天福还略带睡意,脑袋有点儿发晕。他环顾四周,屋里除了他没有别人,便有点儿发懵。

“福爷,请洗脸。”小喽啰又毕恭毕敬地说了一声。

天福到底明白过来,“福爷”就是他。他下意识地摸了一下下巴颏,知道自己这个“福爷”是沾了兄弟“寿爷”的光,冲着小喽啰笑了笑。

刚洗罢脸,又进来一个喽啰,垂手说道:“福爷,寿爷请你过去用饭。”

天福便跟着小喽啰来到一个小客厅,饭菜已经摆好,依然是丰盛的酒宴,大碗盛肉,大坛子装酒。天福有点儿呆了。他在军队上也混到了连长的位子,可从来没有上顿下顿地吃过酒宴。他本来酒量还行,几十杯酒把他喝不倒。可昨天实在喝得太多了,现在还有点儿昏头昏脑。此时看着这一桌丰盛的酒宴,他不仅没有一点儿胃口,反而还有点儿作呕。他心中自叹:真是不能享福,只吃了一顿酒肉就成了这模样,实在是个穷鬼。

天寿这时走了进来,笑道:“哥起来得好早。”

天福道:“都半晌午了,还早!昨儿喝得过了头,这会儿头还发晕。”

天寿吩咐喽啰:“让夫人做碗醒酒汤送来。”

喽啰答应一声,退了出去。兄弟俩说着话坐下用饭。天福说吃了饭他要赶紧回去,免得家里惦记操心。天寿说,他已经打发天禄回去报信了,不必着急。天福宽了心,便陪着天寿吃喝。天寿大筷头夹肉,大口喝酒,吃得狼吞虎咽。天福只浅浅抿了一口酒,拿起筷子只拣清淡的蔬菜吃。

天寿忽然笑问道:“哥,听我天禄哥说你娶了嫂子?”

天福“嗯”了一声。

“几时带来,让兄弟见见嫂子。”

天福皱了下眉说:“这地方是她来的吗?”

天寿笑道："有啥来不得的，我媳妇就在山上。嫂子来了，她们妯娌俩正好是个伴儿。"

天福不吭声，脸色难看起来。

天寿见哥哥不高兴了，便换了话题："听我天禄哥说，你这些年在外头做豆腐生意？"

对亲兄弟天福不想隐瞒什么，便把自己在外头的遭遇一五一十地叙说了一遍。天寿脸上变了颜色，把酒碗蹾在桌上，道："哥，那个姓杨的现在在哪达？我去送了他狗日的丧，替你出出这口恶气！"

天福说："出事后我也没了队伍上的消息，鬼知道那狗日的在哪达。唉，此事不提也罢。"

这时只听一阵轻盈的脚步声，一个女人端着一碗醒酒汤走了进来。天寿笑道："哥，这是你兄弟媳妇，叫香玲。"

天福抬起眼来，只觉屋里忽地一亮。女人一身红衣衫，艳而不俗，脑后绾着高高的发髻，发髻斜插着步摇。她的眉毛似弯弯的柳叶，双目如皓月般妩媚，恰到好处地嵌在那张桃花色的脸蛋上。她轻移莲步，步摇上的垂珠便轻轻晃动，有说不尽的风情神韵。他当下心里明白，这就是冯仁乾的小妾，果然是个尤物。难怪天寿为她当了土匪。

天寿给女人说道："香玲，这就是我常给你说起的咱哥，刚从外头回来。"

"哥！"女人叫了声，声音清脆甜润，微笑着脸，双手把醒酒汤恭恭敬敬地递给天福。

天福慌忙接住碗，不知说啥才好，一时神情有点儿尴尬。女人却落落大方，冲天福微微一欠身，说道："哥，你和天寿慢慢吃喝，我就不陪了。有啥事就喊我一声。”腰肢轻扭，步履轻盈，款款而去。

天福喝了一口汤，抬眼看着天寿，问道：“她就是冯仁乾的小老婆？”

天寿一怔，道：“你都知道了？”

天福点头道：“你让我咋说你才好哩。咱们人老几辈都是良善人，你咋能干出这种事来！”

天寿说：“他冯仁乾都是五十岁的老汉了，老婆娶了一房还嫌不够，还要娶十八九的黄花闺女。我一个钢板板小伙子却打光棍，我他妈的不是太亏了嘛！”

天福道：“那是人家的老婆，你不该抢。”

天寿说：“我是抢了。可我不抢能有啥法？”

天福又说了一句：“你不该抢人家。”

天寿说：“不抢行吗？那老屄镳火得很，要不是金大先生求情，我的命早就丧在那老屄手里。”

天福道：“君子不夺人之美，你咋能下这手。”

天寿说：“我不是君子，是土匪。”

天福道：“不管咋说，是你先对不住人家的。”

天寿不吭声了，埋头吃菜喝酒。

天福喝了两口汤，说：“你抢了人家的小老婆也就不说了，可咋又抢人家的财宝？折人不折财，你咋能坏了道上的规矩？”

天寿一怔，道：“哪来的这事！这段时间我的人马没下过山。”

天福说：“上月初三晚上，冯家遭了劫匪，说是你的人马干的。”

天寿勃然道：“是哪个毛客坏我的名声！天祥！”

天祥应声进来，天寿道：“你去查查，看是哪个毛客冒充咱的人抢了冯家，给驴日的点儿颜色看看！”

天福忙说："事情已经这样了，就算了吧。"

天寿说："哥，这事你别管。臭行也有个臭规矩，谁坏我的名声我就要谁的命。天祥，你马上就去。"

天祥走了。天福忽然又问："你咋把祠堂烧了？"

天寿说："我一瞧见祠堂就怒火攻心。"

天福说："那是祭祀祖宗的地方。你放火烧了，一村人都骂你哩。你看看你弄的都是啥事嘛！"

天寿愤声说："你不知道，冯仁乾那老㞞给祠堂挂了个'冯家宗祠'的匾额。祠堂凭啥成了姓冯的宗祠？这不是明摆着欺负咱姓马的。我咽不下这口窝囊气！"

天福说："不管咋说，你不该烧祠堂。你好歹也是先人的后人。"

天寿不吭声，闷头喝酒。

天福沉吟片刻说："天寿，过去的事也就过去了，冯仁乾也不想跟咱再计较了，我看咱也就算了。"

天寿冷笑道："算不了。他老㞞不跟我计较，我还要跟他计较哩。"

天福说："得饶人处且饶人，咱不能把事做绝。"

天寿说："是他老㞞把事做绝了。"

天福说："人家不是放了你一马吗？"

天寿说："那份情我只领金大先生的。"

天福说："让咱和冯家和好就是金大先生的意思。"便把那天金大先生来找他的事说了一遍。

天寿喝了一口酒，抬起发红的眼睛，说："哥，你和金大先生只知其一，不知其二。"

天福看着天寿，不知天寿说的“其二”是什么。

天寿仰脸把碗中的酒喝干，突然嘴一咧，哭了。天福吓了一跳，急忙问：“天寿，你咋咧？”

天寿揩了一把脸上的泪珠：“哥，我的根断了……”

天福莫名其妙，不知天寿的啥“根”断了。

天寿止了哭声，又喝了一碗酒，眼里往外喷火：“哥，那老㞞给我的根子上拴了个大秤锤，我的鸡巴不叫鸣了……我这会儿是有锅盔没牙且不说，还指望啥留后呢？你说说，他断了我的根，我能饶了那个老㞞吗？”

这实在出乎天福的意料，他端起酒碗喝了两口，脸上的肌肉开始抽搐。

天寿吼道：“我不杀了那个老㞞一家子，难平心中之恨！”仰脸又把一碗酒灌进肚里。

天福也仰脸喝干了碗中酒，心中怒火燃烧。圣人云：“不孝有三，无后为大。”冯仁乾这事不仅做得太缺德，也太绝了。别说天寿饶不了他，天福心头的怒火也难平。

门外忽然有女人的哭声。天福探头一看，是香玲。不知她何时站在了门口，也许一直就在门外站着。她一定听到他们兄弟俩的谈话，可她为啥要哭？天福忽然明白了过来，这个女人曾是冯仁乾的小妾，听到天寿要杀冯仁乾一家，为冯家流泪。看来这个女人还向着冯家。天福又看了女人一眼，女人泪眼汪汪，望着他们兄弟俩，那副伤心之情令人怜惜。天福不觉心软了，撤回了目光。

天寿看了女人一眼，垂下了目光。

良久，天福道：“天寿，你先别说狠话。我回去求金大先生给你医治医治。倘若真的治不好，我也不再劝你，你爱咋闹就咋闹去。”

天寿抬起了眼睛，说："只要金大先生能医好我的病，今生今世我不再找冯仁乾的麻烦。"

女人走了进来，跪在天福面前，泣声道："哥，你一定要在金大先生面前多说好话，求他千万治好天寿的病。我在这里先谢谢你了。"说罢，给天福重重地磕了一个响头。

天福一怔，慌忙扶起女人，说道："天寿是我的亲兄弟，我能不管吗？"

女人拭去脸上的泪珠，言道："哥，他一直存心要灭冯仁乾全家。他的毛病一天不好，这个念头就一天不死。"转过目光对天寿说，"那天我不许你去打劫冯家，你嘴里虽说答应了，可心没死。你以为你的心思我不清楚？"

天寿愕然地看着女人。

女人又对天福说："哥，我发过誓，他要灭了冯家，我就不再在世上活。哥，你求人医好他，就是救了你们家，救了冯家，也救了我。"说着，又潸然泪下。

天福连声说："我一定去求金大先生，一定去求金大先生……"

天寿软声说："香玲，你歇着去吧。"

香玲拭了拭眼睛，说："你陪着哥消停吃。"走了两步，又回头对天寿说，"多吃菜，少喝点儿酒。"

天寿答应一声，声气和神气变得柔和多了。

香玲抽身款款而去。天福看着她的背影，心中颇多感慨。这个女人对冯仁乾有义，对天寿有情，真是不凡啊！

兄弟俩低头喝酒吃菜。少顷，天福说道："天寿，不知你想过没有几时金盆洗手呀？"

天寿说："没想过。"

天福道:“你总不能当一辈子土匪吧。”

天寿说:“哥,我不当土匪还能去干啥?我跟官府的兵马开过好几次火,他们都没占便宜。我现在就真的金盆洗手,恐怕官府也不会饶我。我是骑虎难下进退两难呀!”

天福在队伍上干过,知道兵是匪的对头,虽说兵匪有时是一伙,可那都是在暗处。他想想,天寿说得也在理。一时想不出该咋劝说兄弟,只好沉默不语。

天寿开了口:“哥,我看你不是真心真意要卖豆腐。我知道你心里憋着一肚子气。你如果待在家里憋气,不如干脆就和我嫂子一起上山来吧。你在队伍上干过,见识多,咱兄弟俩合伙干,说不定能干出点儿名堂来。不是有句话叫作‘乱世出英雄’吗?”

天福一怔。他没想到天寿能劝他上山当土匪,心里叫了声:“惭愧!”

天福苦笑道:“咱马家出了你一个土匪就够丢人的,我再上山当了土匪,恐怕给先人上坟纸钱都点不着哩。”

天寿笑了:“哥,你这话说得也是。土匪还是我一个当吧。你在家种地做豆腐,有啥事就言传一声。往后我混不下去了再回头来找你,也好有个退路哇!”

天福只是苦笑。

天福在山上住了两天就要下山。天寿和天祥一伙留他多住几日,说啥他也不肯。天寿无奈,只好送他下山。

来到山下,天福要天寿留步,不要再送了。天寿还要送他一程,他说:“上山去吧,不会再有谁敢绑我的票了。”

天寿站住了脚:“哥,过些日子我回家看你和嫂子。”说着掏出一个小包给天福,“这二十块银圆给二爸,给我问声好,二爸生我气哩,嫌我丢了先人的脸。你给二爸说,就当没我这个侄儿。”

天福默然地接过小包。

天寿又拿出一个布袋递给天福。天福讶然地看着他。

“哥,这是两百块银圆,你拿上。”

天福推辞不要。

天寿有点儿生气了:“哥,你嫌这钱来得不地道? 可这也是我拿命赌来的!”

天福动容了。

天寿又说:“哥,你拿上吧。做豆腐是在水里捞钱哩,咱村自古就缺水,别让村里人不待见你。拿这钱打上一口井,不管姓马姓冯还是姓金,只要是马家寨的人都可以在这口井吃水。哥,这也算我给大伙做了点儿积德的事。”

稍停片刻,天寿又说:“哥,你替我重修一座祠堂吧。你说得对,我好歹也是马家的后人,不能让先人的魂魄没个落脚处。不过,别在老地方修盖,另选个地方。”

天福这才接了钱,叫了声:“天寿!”

“哥,你有啥话就说吧。”

“你这是把脑袋拴在裤腰带上寻饭吃哩。千万要当心!”

“嗯。”天寿点头,只觉得眼睛有点儿发潮。

“出马时得饶人处且饶人,不要伤害人的性命。”

天寿连连点头,又从怀中掏出一个红绸小包,交给天福。天福觉着沉甸甸的,问道:“啥东西?”

“五根金条,把它送给大先生。”

天福看着天寿。

“大先生救过我的命,你兄弟虽是个粗人,可也懂得知恩要报这个理。”

天福说:“是该重重谢承谢承金大先生。那是个好人哩。”

“请大先生别嫌礼薄,千万收下。”

天福点头,收起红绸小包。

天福转身要走,香玲从天寿身后走了出来,叫道:“哥!”

天福站住脚,茫然地望着香玲。

“哥,那件事你千万别忘了。”

天福一脸茫然,不知她说的“那件事”是哪件事。

“就是求金大先生那件事。”香玲说着,俊俏的脸蛋上飞起两朵红云。

天福心中怦然一动,郑重地点点头:“你放心,忘不了。”随后又对天寿说:“你要好好地待香玲。”

天福走出老远,回头去看,天寿的身影还在那里戳着,和他并肩站着的还有香玲。

第十一章

云英坐在孤灯下，两手托着双腮，面对着桌上的饭菜发呆。桌上摆放着两副碗筷，饭菜慢慢地由热变凉。她满脸憔悴，一双大眼黯然失神。

这些日子连遭祸事。一波刚平，一波又起。前些日子，天福被曹玉喜的人抓走了，幸亏天寿出奇招保天福平安无事。没料到，才过了几天安生日子，天福又被人绑了票，着实把她吓坏了。

前天，天禄回来报信，说是田瑜儿的人马绑了天福的票，已经被天寿救出来了，现在天福在天寿那里住着，平安无事，过两天就回来，让她放宽心。闻讯她又喜又惊。喜的是天福得救了，且平安无事；惊的是天寿招惹了政府的军队，难免要把天福牵连进去，往后日子恐怕还是难得安宁。

两天过去了，云英估摸着天福今儿可能要回来。从早晨等到中午，不见天福回来；从中午等到下午，还不见天福进家门。她心中焦急起来，便早早做好晚饭，摆上桌等天福回家。她觉得这一天比一年还要长，可“一年”过去了，还不见要等的人进家门，她心中不免胡乱猜测起来。说来也怪，从前嫁给了那个土匪，她最怕天黑，最怕男人回来。自从跟了天福后，她最怕男人离家，老觉得天刚黑就又亮了。她觉得天福是她的靠山,是她的主心骨。有时她也想,万一失去了天福,她咋活呀。这么想时,她就掐自己的大腿,肚里骂自己净胡思乱想,天福咋能离开自己呢!

此时面对孤灯,面对变凉的饭菜,她心中火烧火燎地干着急,也难免有点儿恐惧,真怕冯仁乾那老屄又乘人之危来欺负她。她便把剪刀揣在怀里,以防不测。

忽然,门外响起了熟悉的脚步声。云英叫了声:“天福!”疾奔到门口。一个壮汉也到了门口,正是天福。

云英痴望着天福,喃喃道:“你可回来了,你可回来了……快吃饭吧。”她不想让天福看见她流眼泪,赶紧转身回到桌前,一看饭菜凉了,忙说:“你快坐下歇歇,我给你热热去。”

天福坐在桌前,掏出烟锅悠然地抽着。片刻工夫,云英端来了热好的饭菜。马家的饭菜颇具特色,一碟生萝卜丝拌绿辣椒,一碟盐水腌的绿辣椒,一碟油泼辣子,几个热蒸馍,两碗苞谷糁子。天福一看都是可口的食物,在鞋底磕掉烟灰,端起碗大口地吃了起来。云英在一旁含笑看着他吃饭,并没动筷子。天福忽然停下筷子说:“你尽看我干啥,也吃呀。”

云英笑道:“看你吃饭比我自个儿吃饭还香哩。”

天福心里怦然一动,满怀深情地看着云英说:“这些天,你人都瘦了。”

云英也脉脉含情地看着天福:“你也瘦了。”

天福给云英碗里夹了一筷头菜:“吃饭吧。”

“这些天饿着了吧。”

“没。在天寿那达上顿下顿地吃肉喝酒哩。”

“那你咋还瘦了?”

“我享不了他那达的福。他的酒肉没有你做的饭菜合我的胃口。”

云英笑了,给天福碗里夹了一点儿菜:“那你就多吃点儿吧。”一没留神,怀中的剪刀掉在了脚地。

天福一怔,看着脚地的剪刀惊问道:“你拿这东西做啥?”

云英急忙捡起剪刀,支吾道:“也没做啥……”

天福疑惑地看着云英。云英强忍着把到嘴边的话又咽回了肚里。她真想把那晚夕受的委屈给天福说说,可她知道天福的脾气,为了她他不会跟冯仁乾善罢甘休的。若是天福把这事说给天寿,那就更不得了了。这些日子家里的糟心事一件接着一件,她怎能乱上添乱,火上浇油?想到这里,她把哭脸换成笑脸,说道:“甭发痴了,快吃吧。”

“真个没事?”

“真个没事。有啥事我还能瞒你。吃吧吃吧。”云英埋头吃了起来。

天福便也吃了起来,边吃边把这几天的遭遇讲述了一遍,云英听得直咂舌。天福苦笑道:“看来当土匪也有当土匪的好处。”

云英问:“当土匪有啥好处?”

天福说:“要不是天寿,我这回的命真的就丢了。”

“还别说,这两回还真是多亏了天寿。”

“唉,这个世道真个让人难琢磨哩。”

“也是的,兵咋就比匪还瞎?!”

“唉!……”

“唉!……”

夫妻俩感叹不已。

吃罢饭，云英铺开被子说："走乏了吧，早点儿歇着。"

天福脱了衣服，钻进被窝，说："你也睡吧。"

云英也脱了衣服，吹熄灯，挨着天福睡下。天福伸胳膊把她揽在怀里，她便把一张俏丽的脸贴在天福结实的胸脯上。他们几乎每天晚上都是这样进入梦乡的。

良久，云英伸手轻抚着天福的胸膛，天福的身子抖动了一下，把她肩头揽得更紧。她轻声问道："你没睡着？"

天福也问她："你也没睡着？"

俩人似乎都想到了什么，同时笑了。

天福说："我见到天寿的媳妇了。"

云英问："就是他抢冯家的那个女人？"

"嗯。"

"她是不是很漂亮？"

"是个人尖子。"

"我估摸也是这样。"

沉默片刻，云英道："那天金大先生来咱家说的话，你没给天寿说说？"

天福说："说了。"

云英问道："他咋说了？"

"他劝我上山跟他干。"

云英一惊："那你咋说？"

天福苦笑道："我说你一个人当土匪就把先人的脸丢尽了，我再去当土匪，给先人上坟纸钱都点不着。"

云英用脸摩擦着天福的肩窝处，喃喃道："你得劝劝天寿，让他趁早金盆洗手，免得咱也受牵连。"

天福长叹一声:“唉,只怕谁也劝不转他。”

云英道:“难道他铁了心要当一辈子土匪?”

天福说:“当土匪也不是他的本意。”

云英道:“我知道他是为了那个女人才当的土匪。”

天福又打了个叹声,说:“天寿虽说得了个挑梢的女人,可他却残了。”

云英一怔,问道:“啥残了? 是少胳膊了? 还是断了腿?”

天福说:“是老二残了。”

云英还是没听明白。天福说:“他的鸡巴不打鸣了。”

云英忙问:“那是咋了?”

“冯仁乾把他整治残了。”

云英愤声道:“姓冯的做事也太缺德了。”

天福说:“天寿要灭姓冯的全家哩。”

云英刚才还骂冯仁乾做得太缺德了,可一听天寿要灭冯仁乾一家,又觉得天寿太残了,急忙说:“你千万要劝劝天寿,让他千万不要胡来。冤冤相报何时了呀!”

天福说:“该劝的我都劝了。”

“他肯听吗?”

天福摇头:“他媳妇都劝不进去。”

“他媳妇?”

“就是他抢冯家的那个小女人。”

“那个女人也劝过天寿?”

“劝咧,拿她的命劝咧。”天福把看到的听到的给云英细说了一遍,临了感叹道:“那个女人年龄虽轻,见识可不一般哩。”

“听你这么说,她是不一般,对冯家有义,对天寿有情。”

“我也这么看哩。我给她答应了,求金大先生给天寿医病。天寿说了,只要能治好他的病,他就饶了冯家。”

云英说:“那你就赶紧去求求金大先生。”

天福说:“我明天就去。”

俩人一时无语。

月亮挂上了树梢,如水的月光从窗棂流淌进来,把屋里的景物映得清清楚楚。天福双手叠加着枕在脑后,结实的胸脯裸露在被子外边,在月光的映照下泛出古铜色的光泽。云英依偎在他的身边,如同一只温顺的羔羊。

良久,天福忽然喃喃道:“老天爷,难道要我马家绝后吗?”

云英欠起身来,愕然道:“你说啥哩?”

天福凄然道:“我马家要绝后了。”

云英说:“你胡说啥哩。天寿就是真的不行了,还有你哩。你不也是个男人嘛!”

一句话把天福说灵醒了,他忽地侧转过身,说道:“你说得对,我也是个男人哩!”他一下把云英扳倒了。云英躺在炕上,月光洒了她一身。天福虽说和云英在一起生活已经两个多月了,但还是看呆了,一时竟不知该干啥。

云英见他神魂颠倒的样子,红着脸笑道:“你傻看啥哩,没见过。”

天福喃喃道:“你真美。”

听到这样的话,云英心里甜滋滋的,粉面上飞起红霞,越发楚楚动人。天福看得如痴如呆,伸手轻抚着两个白嫩丰满的乳房。云英按捺不住心头的躁动,悄声道:“你不想给马家生儿子了?”

天福迭声道:“想,想……”

“那还发啥痴,不快点……”云英撒娇地在天福额头戳了一指头。

这无疑是个命令。天福扑了上去,紧紧地抱住云英滚烫绵软的胴体。俩人相拥着,制造生命激情的高潮。

天福是第二天晚上去找金大先生的。他之所以把时间选在晚上,一是考虑到白天求医问药的人多,金大先生难得闲空;二来这是件秘事儿,他怕被人张扬出去。

天福来到金家,正是掌灯时分。金大先生刚刚吃罢晚饭,坐在太师椅上,跷着二郎腿,双目微闭,正消消停停地抽水烟。他没其他嗜好,就爱抽口烟。他常对人说,饭后一袋烟,赛过活神仙。

听到脚步声,定睛一看,见天福进来,金大先生略感诧异,欠身问道:“是天福,几时回来的?”

天福被田瑜儿绑了票,又被天寿救出,这件事这几日被村里人传得沸沸扬扬的。金大先生自然也知道。

天福答道:“昨儿晚上回来的。”

“伤着了哪达?”金大先生以为天福受了伤,放下了水烟袋。

天福说:“没伤着。”

金大先生点头让天福坐下,又端起了水袋烟,边抽烟边用眼睛余光扫视天福,他弄不明白天福此时来找他干啥。天福一时不知该咋开口才好,便掏出旱烟锅,用火镰打着火,也吧嗒吧嗒抽起烟来。抽罢一袋烟,金大先生耐不住性子,吹掉烟灰,开口道:“天福,你来有啥事?”

天福从嘴里拔出烟锅嘴,字斟句酌地说:“大叔,我见到了天寿。”

金大先生又装了一锅烟丝，“哦”了一声，抬起眼睛看着天福，等他的下文。

“我把那天您给我说的话一勺倒一碗地给他说了。”

“他咋说了?”

“他说他也不想当土匪，都是被冯仁乾逼的。”

金大先生有点儿恼火：“他强奸冯仁乾的小老婆都是冯仁乾逼的？真是岂有此理！”气呼呼地吹灭纸煤，脸色铁青，额头上的青筋暴得老高。

天福磕掉烟灰，赔着笑脸道：“大叔，您先别上火，听我把话说完。当时我就把他训了一顿。他说他强奸冯仁乾的女人是他的错，他又说冯仁乾不该用那么歹毒的法子整治他。”

金大先生不吭声，只是呼噜呼噜地抽水烟。

天福又道：“大叔，那天晚上冯家遭劫不是天寿干的。”

金大先生问道：“那是谁干的?”

“现在还不知道。天寿让人去查了，查清白了，他说一定要给冯家有个交代。”

“有个啥交代?”

“天寿说他不能替人背黑锅。他还说，他要抢劫冯家就明着来，决不偷偷摸摸地干。”

“这么说他还不肯放过冯仁乾?”金大先生恼火了，端水烟袋的手都微微颤抖起来。

天福急忙说：“我劝过他，可他有难言之隐哩！”

金大先生恼道：“他如今是山大王，手下有百十号人，几十条枪，吃香的喝辣的，还有啥难言之隐?”

天福打了个叹声：“唉！大叔，您是不知道，天寿的老二叫冯仁乾整治日塌(坏)了。”

金大先生一怔,一时没明白过来。

天福说:“他的鸡巴不打鸣了。”

金大先生醒悟过来,愤声说一句:“这祸是他自寻的!”

天福一愣,呆眼看着金大先生。金大先生觉得失言了,缓和了一下口气,说道:“你咋知道的?”

“天寿给我说的。唉,我们马家把人亏了……”天福垂下了头,满脸的愧色和颓丧。

金大先生这时才完全明白天福今晚来的用意。他佯装不理,默然抽烟。

果然天福开口道:“大叔,求您给天寿治治。”他眼巴巴地望着金大先生,满脸恳求期待的神色。

金大先生只管抽烟,面无表情,可他心里没闲着。他是医家,济世为本,救死扶伤是分内之责。只要有患者上门求医,他理当竭力救治。可此时他却犹豫了。想当初他出面救天寿,一是出于仁善之心,二是希望天寿能改邪归正,好好做人,接续马家的香火。没想到天寿不但不思悔改,反而做了土匪,且抢了冯仁乾的小老婆,以致冯仁乾对他有了怨言。每每念及此事,他都恨不能亲手抓住天寿痛打一顿。他也自觉对冯仁乾有愧。起初,听说天寿阳具不举,他很有些幸灾乐祸,可看到天福满脸的沮丧和愧色,他便觉得幸灾乐祸很不仁道。此时看着天福可怜巴巴地向他求药,他还真的有点儿拿不定主意该不该给天寿医治。

天福又道:“大叔,我知道您恨天寿不给您争气。您大人不计小人过,甭跟他计较。千万给他治治。”

金大先生还是不语。

天福扑通一声跪在金大先生面前,泣声道:“大叔,您老就看在我死去的爹妈脸上,救一救天寿,他不能断了根呀……”

金大先生的心一下就软了,急忙伸手扶天福:“甭这样,甭这样,起来说话。”

天福坐下身,道:“大叔,您老救了天寿,也就救了冯家。”

金大先生一怔,问:“你这话是啥意思?”

天福说:“天寿说冯仁乾毁了他,他要杀了冯仁乾全家。您若能医好他,他就饶了冯家,永不找冯家的麻烦。”

金大先生脸色陡然一变:“天寿他威胁我?”

天福急忙说:“大叔,您误会了,他怎敢威胁您?您想想,他被冯仁乾整治残了,一个男人干不成那事还算个啥男人。天寿憋屈得慌,啥事都能干得出来。我劝他金盆洗手,他发狠要杀冯仁乾全家。我再三相劝,并担保您能医好他。如果您医不好他,他爱干啥去干啥,我也不再管他,也不再认他这个兄弟。他这才答应了。今晚夕我是专程为这事来求你的。您老医好天寿,就是救了我马家,也救了冯家。”

金大先生脸色平和下来,捻着胡须沉吟道:“这么说来,我金某人一手捏着你们马冯两家十来口人的性命。唉,你兄弟天寿这毛病只怕难医哩。”

这时,天福从怀中掏出一个红绸小包,打开放在桌上,五根金条在灯光下闪着诱人的暗光。金大先生瞥了一眼,脸色一沉,道:“天福,你这是啥意思?”

天福说:“大叔,天寿让我把这个送给您。您是他的救命恩人,送点儿薄礼表表心意。”

金大先生把金条推到天福跟前,淡漠地说道:“你收起来吧,当初我救他不是为了这个。”

天福忙说：“大叔，天寿说请您一定收下。”

金大先生道：“你跟天寿说，他要真的想谢我，就听我一句话，趁早金盆洗手，回来好好过日子。”

天福说：“大叔的话我一定带到。大叔，您还是收下吧。”

“快收起来吧。”金大先生摆了摆手。

天福还不肯收起来。金大先生道：“天寿的毛病我给他医，可我不敢打包票。”

天福脸上有了笑模样：“大叔是神医，一定能妙手回春。”

金大先生起身，打开身后的药橱，取出几个细瓷长脖花瓶，倒出了一些药丸，用纸包好，随后又开了一个药方，一并交给天福，嘱咐道：“照方抓药，再打一条公狗，取下狗肾狗鞭，下药煮肉，肉熟连汤带肉吃，连吃半个月。有了效果千万不要急着碰女人，要再调养用药。切记！切记！”

天福连连点头。

第二天，天福就打发天禄把药方给天寿送去，并让天禄把金条送还天寿，他知道天寿得的是不义之财。不义之财不可贪，他认准了这个理。可他还是留下了两百块银圆。他知道这也是不义之财，可他还是留下了。他想用这钱打眼井，再把祠堂重新修盖起来。用天寿得的不义之财给众人造点儿福，也许能给天寿消点儿罪吧。

随后天福忙起了打井的事。在这一带人们把打井看得和修盖宅院、给老人勘选墓地一样重要。天福自然不敢马虎。他虽对风水一说不太相信，可还是郑重其事地请来了双河镇的赵五先生。

赵五先生在这一带的名望不在金大先生之下。天福不敢怠慢，大盘小碟，盘上盘下，好烟好酒，神仙似的供奉着。赵五先生吃饱了喝足了，这才动身去勘察井址。

赵五先生踱着方步在村里村外走了一圈，一路上左顾右盼，时而颔首点头，时而双眉微皱，却始终一语不发。天福陪在一旁，察言观色，想问个明白，却欲言又止，生怕打扰了赵五先生的思路。

最终，赵五先生把井址选在了村东北角，讲了一番为啥要把井打在这地方的道理，满口的乾坤坎离震艮巽兑，天福听得懵懵懂懂，却还是连连点头称是。

天福又请赵五先生勘选祠堂地址。赵五先生说原来的地方就不错。天福赔着笑脸说："五叔，还有没有更不错的地方。"

赵五先生是江湖术士，自然知道天寿烧祠堂的事，当下就明白了天福的意思，把新址选在了东门口的一块空宅院。

临了天福送了一份十分丰厚的谢礼给赵五先生。赵五先生脸上溢满笑容，嘴里说着推辞的话，最终还是把那份丰厚的谢礼装进了随身带着的褡裢。出了马家，赵五先生站住脚，眯着眼睛打量着马家的门楼，脸上的神色变幻莫测，令人难以捉摸。

天福把这一切看在眼里，递过一根卷烟，给赵五点着，满脸堆笑地问道："五叔，你看这门楼有啥麻达吗？"

赵五先生吐了一口烟，说："你住的这条街是东西向，西南角是福地。你的宅院靠西北，是不吉之地。"

天福忙问："五叔，可有禳解之法？"说着，掏出两块银圆灌进赵五先生的衣袋。

赵五先生面隐喜色，道："你把门楼重修一下，用青石做地基，用兽瓦做脊，就镇住了宅院。叔保你马家人丁兴旺。"

天福自然是宁信其有，不信其无，连连点头。他一直把赵五先生送出了城门。赵五先生要他回去，他说："没事，再送五叔一程。"

出了城门有百十步，赵五先生站住脚说："天福，叔看你是个实诚厚道人，干脆就把肚里的话给你实说了吧。"

天福一怔，随即道："五叔，不管瞎话好话你往完地给我说。"

"叔今儿在你们马家寨里里外外前前后后走了一遭，你们村煞气很重，日后难免要出事哩。"

天福忙问："会出啥事哩？"

"我也说不准。但可以肯定，不会是好事。"

"五叔，可有禳解的法子？"

赵五先生摇头："煞气太重，叔的能耐小，没法禳解。"

天福以为赵五先生说推辞话是想要钱，手伸进了衣兜。赵五先生是何等之人，急忙拦住："天福，叔说的是实在话，真个是禳解不了。无功不敢受禄，你别掏，千万别掏。给你说，你去终南县城把刘二先生请来，他也许有禳解的法子。"

送走赵五先生，天福在肚里寻思，风水先生说话向来神神道道的。村里要出事？村里能出个啥事？上终南县城去请刘二先生，谁知刘二先生肯不肯来。就算请来了刘二先生，他若说整个马家寨要搬迁，难道真的就把村子搬了迁了？他越思越想越觉着赵五先生说得太玄乎，有点儿不可信，便也不再把赵五先生的话放在心上。但他还是在赵五先生选的井址上打井。

天福一边请人打井一边请来匠人重修门楼和祠堂，忙了二十多天，井见水了，水很旺，且清凉甘甜。其间，门楼也修好了，青石地基，蓝砖灰瓦，白灰抹缝，石兽压脊，在一片低矮的土木结构的门楼中显得鹤立鸡群，十分气派。天福心里心外都透着喜色。

新修的祠堂更是气派，重檐歇顶，砖木斗拱，檐牙高翘，雕梁画栋，门口的一对石狮子比原先祠堂门口的那对石狮子大出好几倍，因而更显得威风凛凛。

祠堂里的香案、香炉、蜡台以及条凳、木椅等物都一应崭新，光可鉴人。厅堂正中央的照壁上挂着一幅画像，画中是一个面目慈祥、满脸福相的老人。这个老人便是生了马、冯两姓儿子的老祖宗。当然谁也没见过这位老祖宗，请来的画匠是根据自己的想象画的。

祠堂门口的明柱上镌刻着一副烫金楹联：

敬神明常添百福

祀祖宗永纳千祥

祠堂易地，楹联自然也得改写。

最为醒目的是挂在上方的牌匾"马家宗祠"四字个个都有斗大，大老远就瞧得清清楚楚。这是天寿的意思，"宗祠"前面一定要加上"马家"二字。这两个字一加，就把冯族人赶出了祠堂。冯族人肚里都憋着气，却无从发泄。祠堂是马家兄弟修盖的，谁能说个不字？再说，谁又惹得起天寿？

马姓人扬眉吐气，逢人说起新修盖的祠堂，个个眉飞色舞。

就在天福喜气洋洋之时，叔父愁着一张老脸来找他。他讶然地看着叔父，不知道又出了啥事，一颗心忽悠一下提到了嗓子眼。

马二老汉圪蹴在脚地，闷头吧嗒烟锅。天福沉不住气，急问道："二爸，出了啥事？"

马二老汉把烟锅在脚地磕得梆梆响："天福，天禄都二十七了，还没个媳妇，你说愁不愁！"又把一个空烟锅咂得吧嗒响。

原来是这事。天福提起的心放下了，却也肚里直埋怨自己太粗心。他和天寿都有了女人，可天禄还打着光棍，叔父能不愁不急吗？

他安慰叔父道："二爸，你别愁，别急。这事包在我身上咧。"

马二老汉有点儿不相信地看着侄子。

"二爸，我已经托了好几个人给天禄说媳妇哩。"

"那就好，那就好。"马二老汉一扫愁容，笑眯眯地出了侄儿的家门。

天福说了大话，就不敢怠慢，四处托人给天禄说媳妇。说来也是天假良缘，南营村的周七老汉有个女儿，新婚不久丈夫害痨病亡故了，已在娘家寡居了多半年，正在择婿再嫁。天福得此消息，赶紧托人上门求婚。女方因前车之鉴，一定要先见见人再论其他。天福代天禄就应承下来。俩人一见面，那小寡妇见天禄身板壮实，人也实诚，满心欢喜；天禄见那小寡妇相貌端庄，丰乳肥臀，且正值妙龄，不敢弹嫌半个不字。天福大喜过望，趁热打铁，第二天就让媒人送去了聘礼。

随后天福请人择吉日，准备给天禄办喜事。没料到隔了两天媒人又把聘礼送了回来。一家人大惊，天福急问媒人出了啥事。媒人支支吾吾不肯说。天福有点儿恼火了："到底出了啥事？屙出来的屎咋又能缩进去哩！"

媒人吞吞吐吐道："女方的父亲说，他家女子配不上你们天禄……"

天福哪里肯信，再三追问，媒人这才说了实情。原来女方家打听到天禄是天寿的叔伯兄弟，说啥也不肯结这门亲。马二老汉眼看就要进门的儿媳妇又吹了，当下变颜失色，连连跺脚，骂了一声："天寿这崽娃子！"圪蹴在脚地，双手抱住花白的脑袋不住地长吁短叹。

天禄也傻了眼，那脸阴得快要下雨。天福干搓着手，面对叔父和天禄无话可说。云英端来茶水请叔父和天禄喝，可他们父子哪有心思喝茶水。

就在这时天祥走进门来。他回家有事，顺便过来看看。见一家人如此模样，他急问出了啥事。天福把事情的原委说了一遍，临了直埋怨天寿真不该当土匪。天祥却笑道："我当出了啥事哩，看把你们愁的。你们甭发熬煎，我回山跟天寿说说，不出三天我保管媒人上门求咱娶亲。"说罢转身走了。

天福以为天祥只是随便给一家人说了句宽心话，可没想到第三天中午，媒人真的找上门来。媒人一进门就说："天福，你赶紧择日子吧，越快越好。"

天福惊喜道："女方愿意了？"

"愿意，愿意。"

天福感到事情蹊跷，再三问媒人是怎么回事。媒人叹道："天寿差了几个人，带了一份聘礼，端了一盆屎尿来到女方家中。说是不收聘礼就把那盆屎尿吃了。你说说，那东西人能吃吗？天福，你赶紧择日子吧。那几个汉子还在女方家住着，说是姑娘出了门，他们才能回去交差。"

原来是这么回事。天福觉得天寿做事太霸道了，可他又想不出啥好法子。罢罢罢，只要天禄能娶上媳妇，叔父不再熬煎发愁，他也顾不了那么多了。他当即就请人择吉日，两天后一顶花轿把那个小寡妇抬到了叔父家。媳妇进了门，马二老汉一张脸笑成了老菊花。天禄的高兴劲儿就更别提了，整天价秦腔乱弹不离口。天福心里叹道："真是成也萧何，败也萧何。"了却了这件事，他也长长松了一口气。

这一日,天祥从北莽山回来,给天福带回一个喜讯:天寿吃了金大先生的药,果然见效。并转告天福,赶紧再找金大先生调换药方。天福不敢怠慢,赶紧去找金大先生。金大先生调换了药方,这次除了狗鞭狗肾外,又增添了驴鞭驴肾。驴鞭驴肾一时难以找到,天福让天祥先回北莽山,他想法子去找,找到后就送上山去。

翌日,天福去了双河镇,在东街王三的杀坊里找到了驴鞭驴肾。出了杀坊,他决定亲自送上北莽山。没走几步,迎面碰上了常种田。常种田看见他,先是一怔,随后满脸堆笑地打招呼:"福爷,你游玩哩。"

天福也笑道:"你也来游玩。"瞅了一眼不远处的翠香楼。他刚才瞧见常种田从那里出来,心里明白是怎么回事。

"几时回去?"天福问了一句。

"这就回去。福爷有事吗?"

天福略一沉吟,说:"真是来得巧不如碰得巧。我就不去了,你把这个捎给天寿。"说着,把用油布包裹着的驴鞭驴肾交给常种田。

常种田拎着沉甸甸的包裹,笑道:"啥宝贝东西,这么沉的。"

"也不是个啥,一点儿驴肉。"

"福爷你也真个是的,寿爷整天价大块子吃肉大碗喝酒,你还怕他嘴受穷。"

天福不想把兄弟的隐私见人就说,打了个哈哈,分手时,他又关照常种田一句:"一定要给天寿,可别弄丢了。"

"看福爷说的这话!你托我给寿爷捎东西,就是把我弄丢了,也不敢把这东西弄丢了。"

第十二章

常种田提着油布包裹的驴鞭驴肾优哉游哉地上北莽山而来。

上山的道很不好走,到处是料礓石。好长时间没落雨了,道上的浮土竟有一拃多厚。没走出几里地,常种田的鞋里就和了泥,额上、鼻尖、脖颈、后背都沁出了汗。他撩起衣襟抹了一把脸上的汗,摘下头上的草帽边走边扇。他感到浑身刺痒,仿佛养在身上的虱子一时间都躁动起来要造反。适才在双河镇翠香楼玩乐时,那个叫桂香的窑姐儿就嫌他身上有虱子。这也难怪常种田,在北莽山上当土匪的,谁个身上不是养着一群虱子。

前边的路边有块青石。常种田觉得有点儿乏了,走过去一屁股坐在青石上,放下手中的东西,伸进衣兜摸出香烟点着。他消消停停抽着烟,目光无意地落在了身边的油布包上。他把那东西看了半天,突发好奇之心,里边包的啥东西?当真是驴肉?这么一想,嘴里生出涎水来。“先吃狗日的一口!”他笑骂一句,扔了手中的烟头,动手去解油布包。

油布包打开了,不是熟肉,是生肉。

“狗日的,咋是生的!”常种田吞咽了一口唾沫,大失所望。

忽然,他觉着有点儿不对劲儿,这肉咋不像是肉,是杂碎下水?

他仔细看了半天，认了出来，咧嘴笑了："我当是啥哩，原来是驴肾驴鞭！"

他又点着一支烟，看着那东西胡思乱想起来。天福送这东西给兄弟吃，是给天寿补那家伙吧，他操心也是操过了头。他不由得又想到了天寿的压寨夫人，那真是个尤物哩。天寿狗日的真有艳福，怕是黑明搂着那俏女人睡哩。他的那家伙也真应该补一补。他又想，那个俏女人若是他的压寨夫人，他不用吃驴鞭驴肾也一定会让她可心满意。可他没那个福分。

"狗日的！"他又恨声恨气地骂了一句，不知是骂天寿，还是骂他自个儿……

常种田又上路了。回到北莽山太阳已经西斜，他拎着手中的东西径直去天寿的住处。

天寿住在一个青石砌成的窑洞，窑洞口很显眼地垂挂着青皮竹帘。常种田垂手立在竹帘外，低声叫唤："寿爷！寿爷！"

"是谁个儿？"女人的声音，脆格生生的。

"是我，种田。"

竹帘一挑，女人走了出来。她刚刚睡醒，一副慵懒的神色，却独具风韵。常种田不由得多看了几眼。

"他不在，你有啥事？"

常种田脸上堆满了笑："夫人，我在双河镇碰上了福爷，福爷让我把这东西带给寿爷。"说着，把手中的东西举到香玲眼前。

香玲看着那油渍麻花的东西，皱眉问道："啥东西？"

"福爷说是驴肉。"

"驴肉？捎这东西做啥哩？"

常种田见天寿不在，面对着一个美若天仙的女人，不由得油嘴滑舌起来："福爷说给寿爷补补身子。"

香玲恍然大悟，脸颊飞起两朵红霞，急忙接住那包东西。

"我大哥还说啥了？"

"福爷还说……"常种田笑着看着女人，肚里飞快地编着词，"哦，福爷说让你也补补身子。"

香玲有点儿疑惑："也吃这东西？"

"也吃这东西。"

香玲看着手中的东西，似乎想到了什么，脸上的红霞漫到了脖根。

常种田嬉笑道："夫人，我帮你打开看看。"说着就要上前动手。

香玲慌忙拦住："别打，别打。驴肉有啥好看的。"

"也不一定是驴肉吧。"

香玲觉察到常种田有意跟她贫嘴，沉下了脸："你还有啥事吗？"

"没了。"

"那赶紧走吧。"

常种田只好扫兴地走开。走不多远，他回过头去。女人已进了窑，只有竹帘静静地垂挂着。他在肚里嫉妒地骂道："天寿狗日的鸡巴享了大福咧！"悻悻地向自个儿的窑洞走去。

满满的一桌酒菜，就天寿和香玲俩人吃。一个用洋铁桶做的清油灯吊在头顶，大拇指粗的灯芯蛇似的吐着一团火焰，把满窑里照得一片通明。天寿和香玲面对面坐在桌前，天寿撕下一只鸡腿隔桌递给香玲，又撕下另一只鸡腿往自个儿嘴里塞。他大口嚼着，发出很大的声响，不时地端起酒碗灌一口酒，额头鼻尖都冒出了汗。香玲没吃那只鸡腿,放在碟子里。她很少动筷子,不眨眼地看天寿吃肉喝酒,眉里眼里都是笑意。她很少见到男人如此凶猛的吃相,她觉得一个男人就应该是这样一副吃相。遗憾的是,天寿那显示男人威猛的东西却一点儿也不威猛。想到这里,她不禁轻叹一声。天寿却没听见这声叹息,吃完了手中的鸡腿,眼光一瞟,见香玲没动那只鸡腿,一怔,道:“你咋不吃?”

香玲摇摇头,把鸡腿又隔桌递了过来。天寿没客气,接住又往嘴里塞,随后又扳倒酒坛倒满一碗酒。

香玲说:“少喝点儿吧。”

天寿道:“吃肉不喝酒有啥味。”说着,一仰脸把酒灌进了肚子。

桌上的碗碗盏盏只剩下了汤汤水水,天寿打着饱嗝儿,觉着小腹直发胀。他扶着桌子站起身,脚下发飘,走路有点儿打摆子。他拉开门,一片月光流淌进来,把他的躯体映照得十分高大粗犷。他解开裤子,掏出那家伙冲着明月就撒,一道白亮的水柱画了一条优美的弧线,冲得地皮哗哗作响,十分威猛有力。香玲听着那惊心动魄的响声,双颊飞起两片羞红的云。

天寿提着裤子回到桌子跟前,他忽然注意到自己的女人俊俏的脸蛋在灯光里映出一片绯红,显得十二分的楚楚动人。他有点儿呆了,心里有点儿痒痒的感觉,像是虫子在爬。女人见他傻呆呆地站着,悄声道:“喝傻了不是!”

天寿笑了一下,坐到了女人身边。一股洋皂味和生发油混合的香味直扑鼻孔,把他心头的欲火撩拨得更旺。他呆眼看着女人,喘着粗气,女人也呆眼看他,出气也粗重起来。

天寿盯着女人胸口两团颤巍巍的肉,火辣辣地说:“香玲,我想要你!”

女人说:“你能行吗?”

天寿自信地说:“我今儿觉得能行!”

女人半信半疑,伸手朝他裤裆摸去。天寿猛地站起身,一下子抱起了女人,朝里屋走去。他把女人扔到炕上,迫不及待地脱掉女人的衣裳,随后又把自己的衣服扒了个精光,扑向那白生生的肉团……

天寿从来没有感到这么惬意这么快乐过。那种酣畅淋漓的感觉就像他在驾驭着一匹温顺而又桀骜疯狂的马在无边无际的平川里纵横驰骋。清风染着绿色迎面拂来,月光洒着银辉飘落下来,从未有过的快意抚揉着他的全身。

天寿终于精疲力竭了,趴在女人身上不动弹了。天寿翻身下来仰面躺在炕上,呼呼地喘着粗气,他感到全身都是淋漓发泄之后的愉悦和舒坦,他眯着眼嬉笑着看着还喘着气的香玲,似一头吃饱喝足了的骒马儿。

不一会儿,女人缓缓地睁开双眼,一只手搂着他,一只手替他拭去额头的汗珠,喃喃道:“你行了,真的行了……”惊喜和满足尽在一片柔情之中。

女人忽然说了一句:“你又行了!不信,你摸摸看。”

天寿伸手在胯下摸了一把,果然那家伙雄姿勃发,硬如铁橛。他笑了,笑着笑着,眼里滚出了泪珠。

女人诧异道:“你咋了?”

天寿急忙拭去泪珠,脸上显出孩童般的羞涩。女人两条丰腴白嫩的胳膊搂紧了他,一双柔软的手在他的脊背来回地抚摩。这是无声的召唤。他重新抬起身子,紧紧地贴上去,重重地压下去……

“我能行了!”天寿兴奋地呐喊起来。

女人吓了一跳，一把捂住了天寿的嘴，嗔道：“你胡喊叫啥哩。就不怕别人听见！”

天寿哈哈大笑道：“在这个地方我就是皇上哩。再说，我跟我老婆睡觉，怕谁哩！”

女人羞涩地一笑：“看你这个张狂劲儿，也不怕羞。”

“羞啥？男人迟早都要和女人弄这事的。”

“金大先生的药还真管用。”

“大先生是神医哩。”

“我还真怕你弄不成这事，这辈子就太亏了。”

“这下不怕了吧？”

女人含羞一笑：“还怕。”

“还怕啥？”

“怕你这个‘人来疯’没个够……你那天唱啥来着，怪好听的。”

“哪一天？”

“就是抢我上山的那天早上。”

“哦。你想听吗？”

“想听。”

“那我给你再唱一回。”

“小声点。”

天寿压低嗓子唱了起来：

板子打了九十九
出来还要手拉手
老爷堂上定了罪
回来还要同床睡……

女人笑着在他额头上戳了一指头：“你真是个土匪……”

天寿笑道："你那天在河边唱的曲也好听得很，你给咱也再唱一回。"

女人便轻声唱了起来：

墙头上跑马还嫌低
面对面睡觉还想你
搂住哥哥亲了个嘴
肚里的疙瘩化成水……

天寿亲了女人一下，把她紧紧拥在怀里。女人用俊俏粉嫩的脸庞去磨蹭天寿宽厚结实的胸膛。一双男女尽情地享受着上苍赐给他们的欢乐和幸福……

日子在欢乐中一天天过去。可香玲的脸色却日渐憔悴起来，显得虚黄，雀斑也越来越多，原本苗条的身材也显得臃肿起来。她常常走出屋子，迈着慵懒的步子，四处溜达，软塌塌地倚在一棵合抱粗的古槐上，痴呆呆地看着日出日落、雀落雀飞，最终把目光投向山下朦朦胧胧的村庄。这时夕阳斜照过来辉映着她，隆起的肚子显眼地腆着，招来许多不怀好意的目光。她的目光便凶狠狠地射过去，那些不怀好意的目光慌忙躲开。她垂下目光，下意识地抚着隆起的肚子，满脸的忧虑。

晚上，香玲无法入睡，翻来覆去地烙肉饼，把天寿也折腾醒了。天寿爬起身问道："你咋咧？"

香玲没吭声翻了个身，给天寿了一个光脊背。打香玲怀孕后，天寿拿香玲当菩萨敬。天寿见她如此模样，慌了神，扳着她的肩膀着急道："你是咋了？有啥话就跟我说嘛。"

香玲转过身来，说："我想下山。"

“下山?!”天寿吃了一惊,“为啥?”

香玲说:“你手下那伙人个个都跟贼一样,眼睛老往我身上瞅。”

天寿道:“谁敢碰你一指头,我就割下他的脑袋给你当尿壶!”

“用那东西做尿壶还不吓死人!”

“你说,是谁在你身上胡骚情?”

香玲抚着肚子道:“也没谁敢在我身上胡骚情,就是那个常种田有事没事都要跟我贫几句嘴,一双贼眼胡乱瞅。”

天寿哈哈笑道:“我当是谁哩,原来是种田那个挨尿的。那挨尿的有好色的毛病,可借他个胆子他也不敢打你的主意,顶多只是过过嘴瘾。再者说,男人往你身上瞅,说明你长得心疼(漂亮)!”

“我跟你说正经的,你倒要笑我!”

“你真个长得心疼嘛。”天寿狠劲儿在女人脸蛋上亲了一口。

香玲捏起拳头在男人的胸脯上捶了一下,娇嗔道:“轻点儿嘛,馋死你了!你说,我身子一天比一天笨了,到了月子咋办呀?”

天寿眼珠子转了两转,道:“我下山找个女人来伺候你。”

香玲说:“谁家的女人肯到山上来?”

“我要她来,她敢不来!”

“你又要抢人?”

天寿道:“我抢人是为了伺候你。”

香玲叹了口气说:“你伤天害理我管不了,可我不想伤天害理。”

天寿又出了一个主意:“咱花钱雇个女人来。”

香玲说:“你出钱再多,恐怕也没哪个女人敢来。就算有女人来,我也于心不忍。”

天寿道:“为啥?”

香玲说:“你手下那伙人又粗又野,个个都跟饿狼似的,啥事干不出来。谁家女人上了山也难保住清白身子。倘若被谁糟蹋了,我岂不成了罪人。”

天寿哑然无语,良久,道:“你说咋办?”

香玲说:“咱下山回家吧。”

天寿不吭声。

香玲又说:“到家里啥都方便。万一生孩子时有了意外,大夫也好请……”

天寿还是不吭声。

沉默半晌,香玲抚着肚子又说:“我是死是活倒也没啥,可娃娃是你马家的根苗……”说到这里,嗓子眼已带泪音。

天寿搂紧了女人,一只手抚着女人的肚子,说:“我啥都依你……”

这几日,双河镇来了几个收购花椒的客商。为首的是个三十来岁的车轴汉子,相貌有几分猥琐,却气派不凡,头上扣一顶青呢礼帽,戴一副金丝眼镜,穿一领蓝绸长衫,同行的人都称他“李老板”。这一带出产的大红袍花椒很有名气,每年这个季节都有不少外地客商来收购花椒,大伙对街头出现的陌生面孔并不感到奇怪。

李老板一伙在街上悠闲地走着,沿街各铺面的伙计都热情地招呼着他们,向他们兜揽生意。李老板手拿一把折扇,在这个铺面瞧瞧,在那个铺面看看,不时地向铺面的伙计问问价钱。铺面的伙计看出他是个大买主,显得格外殷勤,生怕放走了财神,不敢漫天要价,只报个比实际价格略高的一个价码。李老板笑一笑,转身要走。伙计有点儿急了，喊道："掌柜的，你也出个价嘛！"

李老板笑而不答，又去另一个铺面问价。那个伙计恼火道："你这不是耍笑人哩嘛！"

李老板一伙东转转西逛逛，没做成一笔生意。有眼力的人说，这是个行家，等着压价后才收货哩。

太阳西斜，李老板一伙进了孙二的酒馆。约莫一个时辰的工夫李老板打着饱嗝儿出了酒馆，住进了双河镇最好的客店——好来顺客栈。傍晚时分，有人瞧见李老板去了翠香楼。翠香楼新来了一个窑姐，据说漂亮得跟仙女一样，水灵得一指头都能弹出水来。李老板那样有钱的客商不去翠香楼玩乐子才是怪事哩。

其实这个李老板并不是收花椒的客商，他就是田瑜儿的副官李相杰。田瑜儿因被人从窝里抢走了"票子"十分恼怒，把李相杰骂了个狗血淋头，责令他尽快破获这桩案子。李相杰不敢怠慢，亲自带了几个随从马弁四处查寻。

李相杰是当地土著居民，对这一带很熟。敢来鹞子窝掏雀儿，一定是强悍的土匪所为。他们驻扎在终南县，距终南山最近。虽然从迹象观察是终南山的悍匪杨子烈所为，可他否定了杨子烈作案的可能。两张票子都是在乾州的双河镇绑的，其中一个是乾州北乡的大财主吴百万，另一个也是有邰县的口音，终南山的杨子烈怎能冒天大的风险去解救他们？北莽山的马天寿和扶眉山的殷胡子都有很强的势力，是不是他们干的？当然小股土匪也很有可能突然袭击他们，得手后就溜之大吉。如果真是这样，他就不好给田瑜儿交差了。

李相杰决定亲自冒险去双河镇查探。他心里十分窝火，这伙土匪竟然从他的窝中掏走了雀儿，实在让他丢脸。他已经在抢食吃,可还有人敢在他手中抢食。这个世道竟然狼不怕老虎,真是没了王法!

李相杰在双河镇住了几日,已经探出了一点儿眉目,基本可以断定偷袭他们的是北莽山的马天寿。

对马天寿,李相杰知之甚少。北莽山的袁老七他是很了解的,他知道袁老七凶悍刁钻,老奸巨猾,非常难对付。后来传来消息,北莽山匪窝发生内讧,袁老七死于非命,寨主易人。想必马天寿就是新匪首无疑。

马天寿盘踞在北莽山,易守难攻。田瑜儿兵力有限,且远在终南县,鞭长莫及。怎样才能吃掉马天寿呢?李相杰苦无良策,一筹莫展,坐在客栈里抽闷烟。这几日,他天天都会去翠香楼找那个新来的窑姐桂香解闷。去得太勤,招来许多嫉妒的目光,他忽然感到有点儿不妥。今儿心烦,他打发一个随从去翠香楼把桂香找来。那个随从去了许久,不见回来,他肚里便很窝火。

就在他又烦心又窝火之时,那个随从走了进来,低声道:“李副官,桂香小姐请来了。”

李相杰哼了一声,坐着没动,大口抽烟。

这时竹帘一挑,一股浓烈的脂粉气裹着一个异常妖艳的女人走进屋里。随从知趣地退出,轻轻带上了门。

桂香见李相杰满脸地不高兴,娇声道:“哟,瞧你的脸都阴得要下雨哩,是谁得罪李老板了?”

李相杰阴沉着脸,并不吭声。

“咋了,嫌我来晚了?”桂香走了过去,顺势把自己滚圆的屁股坐在了李相杰的大腿上,“别阴着脸好不好?我来可不是看你的脸色的。”

李相杰这才脸上泛起了笑纹:“你咋才来？跟我也拿架子?”

“看李老板说的,我敢跟你拿架子！人家有客人嘛。”

李相杰又沉下了脸:“不是说好了嘛,不许你再接其他客人,你咋不听哩。”

桂香撇一下小嘴道:“看你这话说得,干我们这一行,哪个客人也得罪不起。好啦好啦,别生气了,我给你赔个不是还不行嘛。”说着,鸡啄米似的在李相杰的腮帮上接连亲了几下。

李相杰高兴了:“这边也来几下。”

桂香又在他这边腮帮上亲了几下。

李相杰兴奋起来,张开嘴巴,猪拱白菜似的在桂香粉俏的脸蛋上肆意亲吻,一双手也不安分守己,解开了桂香的衣衫,把一双白馍馍似的胸乳裸露出来,俩人浪笑着倒在了床上……

完事后,李相杰斜倚在床头,抽着雪茄,欣赏着坐在床前梳妆的女人。他忽然想起了什么,坐起身问道:“桂香,刚才你接的那个客人是谁?”

桂香回眸冷冷地说:“咋了,你还吃醋哩?”

李相杰说:“我想不明白,是谁能留住翠香楼的花魁?”

桂香一边绾发髻一边说:“要我说实话吗?”

“说实话。”

“你可不许吃醋。”

“我不吃醋。”

“他个头比你高,身坯比你壮,长相也比你俊。”

李相杰肚里直发酸,很不是滋味,却故作轻松地笑道:“听你这么说,他相貌可比潘安,难怪你不肯上我这里来。”

桂香回眸笑道:“可他没有你有钱,势也没有你扎得硬。男人没钱没势就活得没精神了。”

“他到底是谁?”

“他叫常种田。”

“常种田?”李相杰一怔,觉得这个名有点儿耳熟,却一时想不起这人是个干啥的。“他是个干啥的?”

“说来你不会相信,他是个土匪。”

李相杰猛然想起,这人曾经是梁山悍匪王寿山的二头目。听说后来因匪窝发生了内讧,他跑得不见了踪影。怎么现在又出现在双河镇?这可是个危险人物哪!

李相杰佯装不相信。桂香急白了脸:“你还不信?他投靠了北莽山的马天寿,还是个头目哩。”

李相杰继续装糊涂:“马天寿是谁?我咋没听说过。”

桂香笑他无知:“你连马天寿都不知道?他是北莽山的土匪头子,镴火得很。前些日子,终南县田瑜儿的队伍绑了他哥的票子,他当晚就带着人马硬是从鹞子窝里掏走了雀儿,把他哥救了出来。你知道吗?田瑜儿是政府的队伍,好歹也是一师之长哩。他敢跟田瑜儿对着干,你说他镴火不镴火!”

李相杰心里一惊,问道:“你咋知道的?”

“都是常种田跟我说的。”

李相杰大口抽着烟,忽然起身凑到桂香的身边,阴鸷地笑道:“你知道我是谁吗?”

桂香一怔,瞪大眼睛疑惑地看着他:“你,你是谁?”

“我是田师长的副官。副官你知道吗?只比师长小那么一点点儿。”

桂香惊呆了,痴怔怔地看着面前的男人,一时竟以为自己在梦幻之中。这个男人不是收花椒的客商吗？怎的摇身一变成了田瑜儿的副官？她是见过世面的,知道“副官”是人物哩！

李相杰笑道:“看把你吓的。你都敢跟土匪睡觉,还怕啥哩嘛。我又不是吃人的老虎。”

桂香惊魂未定,不无恐惧地看着李相杰。阳光从窗口射进来,把李相杰的脸映照得半边阳半边阴,显得既滑稽可笑,又狰狞可憎。桂香禁不住打了个寒战。

李相杰哈哈笑着走了过来,一把把她拉到怀中,一双手肆意地在她的身体上捏揣着:“桂香,想不想给我做老婆？想不想跟我吃香的喝辣的穿好的?”

桂香不吭声,木头人似的任他恣意妄为。

“老板着脸干啥,笑一笑嘛,我就喜欢看你的笑模样。”李相杰在她的脸蛋上捏了一把。

桂香感到了疼,随即醒过神来,明白了自己的身份,心里想:“这男人就是只老虎,难道要吃了我不成?”这么一想,也就不害怕了。她扮了笑模样给男人看。

李相杰笑了:“这就对了嘛。”顺势在她脸蛋上亲了一下,“想不想过好日子?”

“想哩。”桂香逢场作戏。

“听不听我的话?”

“听哩。”

“真格的?”

“真格的。”

“不哄我?”

“不哄你。”

李相杰笑眯眯地揽住女人的肩头,在女人耳边低声说了一番话,只见女人的脸上变颜失色。他拍了拍女人的脸蛋,笑道:“乖乖,别害怕。只要你按我说的去做,我保你这辈子有享不尽的荣华富贵。”

桂香傻了眼,她没料到李相杰竟然要她做诱饵,半晌无语。她明白过来,她已经成为这个男人手中活色生香的武器了。他的话听也得听,不听也得听。

好半晌,她别无选择地点了一下头。

第十三章

冯仁乾在城门口的老槐树下和马天寿狭路相逢。这不仅出乎冯仁乾的意料,也出乎马天寿的意料。

那天双河镇逢集。冯仁乾吃罢早饭,叫上陈根柱去赶集。他也没啥事要办,只是想去集上散散心,整天价窝在家里实在憋闷得慌。近几个月他的心情一直不好,常常发些无名火。家里的伙计瞧见他都提着脚跟走路,唯恐脚步声重了挨他的骂。冯家铁匠铺的生意也不景气,这还罢了,可偏偏天福豆腐坊的生意越做越红火。天福又出资打了眼井,谁都可以吃水,在村里赢得了口碑。同时,天福重修了门楼,青石地基,麟兽卧顶,鹤立鸡群,十分气派。相比之下,冯家的门楼显得陈旧过时,粗俗不堪。马家的日子兴旺发达起来,而冯家似乎在走下坡路。这是冯仁乾始料不及的,也是他不愿看到的。因此,他心里既憋闷又窝火,却无处可发。天福带回的女人前些日子生了个儿子,消息传进冯仁乾的耳朵,他心里愈发不好受,直埋怨老天不长眼。他冯仁乾怎的就事事不如人呢!他跟天寿的事,虽然金大先生出面摆平了,可他一直咽不下这口窝囊气。他暗暗地要和马家兄弟俩较量较量,他不相信自己能败在马家两个崽娃子手里。

世上有一种男人，就喜欢和男人搏斗较量。冯仁乾就是这样的男人。

不管肚里怎么窝火，怎么憋闷，冯仁乾出门势依然扎得很硬。他不能在气势上先输给人。俗话说：穷要精神富要稳，倒霉鬼出门光打盹。他不能让人看他的笑话。他稳稳地骑在马背上，陈根柱背着褡裢精精神神地紧跟在马后。

主仆二人刚出城门，就碰上了迎面而来的天寿。天寿也骑一匹高头大马，紧跟在马后的是一辆双套轿车，天祥执鞭赶着牲口，马氏家族里的两个小伙子紧随在轿车两侧。距城门还有一箭之地，天寿就翻身下马，把缰绳扔给右首的小伙子天狗。逢人他就笑着脸打招呼，并掏出“大前门”香烟递上一根。兔子不吃窝边草。天寿从不在家门口骚扰，那些小股杆子慑于他的威名，也不敢到马家寨胡来。因此，村里人并不怕他这个土匪头子，都笑着跟他打招呼，吸他递过来的香烟。

天寿再度翻身上马徐徐缓行。不觉到了老槐树下，天寿蓦地一抬头，冯仁乾的马挡住了他的去路，骑在马背上的冯仁乾瞪眼看他，脸色很是难堪。他不禁一怔，站住了脚，脸色也十分尴尬，一时竟不知如何是好，身后的天祥吆喝住牲口，一个箭步冲到前边，伸手就往腰里摸。天祥的这个动作把天寿胯下的马惊了一下，天寿这时才醒过神来，急忙拦住天祥。

天寿见冯仁乾没有让道的意思，眉头不禁皱了一下，随即又舒展了，脸上泛起笑纹。近些日子，他的心情十分舒坦。他被冯仁乾整治出的毛病竟然被金大先生奇迹般地医治好了。男人的雄风在他的身上重新展现，而那个俊俏的女人又是那样小鸟依人，温柔可心，还怀上了他的娃娃。他觉得天下的好事都让他占全了，一天到晚脸上都布满了笑意，遇事都比以前宽容大度了许多。此时他看到冯仁乾瞪着眼黑着脸竟笑了一下。他也设身处地为冯仁乾想了一下，若是他和冯仁乾调换个位置，那他就不仅会“瞪着眼黑着脸”了，他一定会扑过去拼个你死我活。想到这里，他竟生出愧对冯仁乾之意，他笑着脸跟冯仁乾打招呼：“出门去呀。”按乡俗他应该叫冯仁乾一声“叔”，可他实在把“叔”叫不出口，可话语中还是充满着化干戈为玉帛的味道。

见到仇人，分外眼红。冯仁乾恨不能扒了天寿的皮，吃了天寿的肉。他没想到天寿能跟他打招呼，一时竟不知说啥才好。他觉得天寿的笑是伪装的，那是猫玩老鼠的笑，是黄鼠狼给鸡拜年的笑。那笑简直就是一把刀子，直刺他的心窝。他真想豁出去这一百多斤，扑上去和天寿拼命。他呼吸急促起来，周身的血管暴胀，满脸涨得通红，虬髯也竖立起来，两只手下意识地握成了拳头。

就在这时，树上一只乌鸦聒噪起来。天寿仰起脸，一摊鸟屎不偏不倚地正好拉在马头上，他的马一惊之下长啸一声，头一扬似乎就要飞奔起来。天寿左手一勒马缰，就在马一对前蹄腾空而起之际，天寿掣出盒子枪扬手就是一枪，那乌鸦应声倒栽下来，落在了冯仁乾的马前，扑扇着翅膀挣扎了两下就毙命了。

冯仁乾望着马前的死乌鸦，禁不住一连打了几个寒战，起了一身的鸡皮疙瘩。他灵醒过来，自己根本就不是天寿的对手。可他不甘心认输，一时不知如何是好，只是瞪着眼睛看天寿。

天寿没有避开冯仁乾的目光，面含一丝冷笑死死地逼视着冯仁乾，吹了一下枪口徐徐冒出来的青烟，把枪插回到腰间。然后勒着马缰绳往路边一让，转身对天祥说：“往路边靠靠，让冯掌柜先走一步。”

天祥很不情愿地把轿车往路边靠了靠。冯仁乾勒住马，横眉冷眼瞪着天寿，他有点儿拿不准马天寿在光天化日之下到底想把他怎么样。这时，天寿宽容而威严地大声笑道："冯掌柜，请先行一步。"他一口一个"冯掌柜"，既彬彬有礼，又含威不露。冯仁乾很是恼火，却无从发作，就狠劲儿把马屁股拍了一掌，那马一惊，迈开了四蹄。

就在这时，轿车帘子一挑，一张白格生生的俊脸伸了出来，娇声问天寿："打枪干啥？咋不走了？"

冯仁乾转目一看，目光立时痴了，下意识地勒住了坐骑的缰绳。那女人也看清了他，脸色陡然大变，慌忙缩回头去，垂下了帘子。天祥把手中的鞭子猛地一甩，轿车辚辚地驶进了城门。冯仁乾眼睁睁地看着那轿车驶进了天福新修盖的高门楼子，狠骂一声："狗日的！"把紧握的拳头往下猛地一砸，没想到却砸在了马背上。那马以为主人催它快跑，撒开四蹄就跑，险些把冯仁乾从马背上颠下来。

冯仁乾窝着一肚子窝囊气来到双河镇。街上人声喧闹，热闹非凡，冯仁乾却逛得索然无味，反而觉得心里闹腾得慌。他信马由缰，目光呆滞地只顾生闷气，马踩了一个小贩的摊子，苹果、梨滚得满地都是。搁在往常，他会向小贩道个歉，赔人家几个钱。可今儿他一反常态，跟小贩大吵大闹起来，惹得四周的人像看耍猴似的看热闹。

与小贩吵闹一阵，冯仁乾心里的闷气似乎发泄了许多，觉得心里也舒服了一些，便让根柱把马牵到他家的铺面去喂草料，自己独自去孙二的酒馆喝酒。

太阳斜过西天,根柱来催主人回家,却看见冯仁乾趴在桌上酩酊大醉。根柱急唤孙二过来,两人把冯仁乾搀扶到里屋炕上躺下。时辰不大,孙二送来一碗醒酒汤,低声问根柱:“冯掌柜今儿是咋啦?没喝多少酒咋就醉成这个样子?”

根柱给主人灌汤,摇头不语。孙二不再说啥,抽身去招呼客人。

傍晚,冯仁乾才醒过酒来。回到家中,已是掌灯时分。他刚端起水烟袋,想抽口烟提提精神,老婆冯洪氏跟屁股进了屋,埋怨道:“你咋才回来!”

冯仁乾哼了一声,没说话。

冯洪氏察言观色,少顷,嗫嚅道:“天寿那狗日的今儿回来了。”

冯仁乾还没吭声,继续吸他的烟。

冯洪氏又道:“他把那个小女人也带回来了,是用轿车拉回来的,后面还跟着几个背枪的,个个都是盒子枪,气派大得很!”

冯仁乾依然没有说话,只顾吸水烟。

冯洪氏有点儿不高兴了:“我说的话你都听见了吗?咋连个声气儿都没有?”

冯仁乾沉沉地回了一句:“我见着了。”

“你见着了?”冯洪氏很是吃惊。

冯仁乾点点头,闷头抽烟。

冯洪氏道:“你看见了吗?她的肚子大了!”

冯仁乾抬眼看着老婆,一时没弄明白老婆说的“她”是谁。冯洪氏见男人看她,知道自己把话没说明白,就又补充了一句:“就是那个小女人!”

冯仁乾一怔,凶声凶气地问:“你看见了?”

冯洪氏撇了一下嘴:“咋没看见?! 天福的娃今儿过满月,天寿又带着那个小女人回来,招惹得全村的人都去看热闹,那个小女人里出外进地张罗着,腆着一个大肚子,谁都看得出来!”

冯仁乾这才明白天寿今儿回来是给侄儿过满月的。冯洪氏瞥了他一眼,阴阳怪气地笑道:“她肚里的种也许是你下的哩!”

冯仁乾脸色一下变得铁青:“你个老×客也看我的笑话!”

“我说的是‘也许’哩。”

“也许你娘个脚!”冯仁乾恨声恨气地骂老婆。他不是笨人,知道那小女人肚里的种不是他下的。他在那小女人身上忙活了大半年,不见有啥动静,没想到那女人挪了个窝,肚子竟然大了起来。难道他真的老了吗? 天福得了个儿子,天寿那狗日的又给那小女人下上了种,看来老天是不想管我冯家了,难道我冯家真的背了运吗? 他想着想着,肚子里的火苗子就呼呼地乱窜起来,水烟袋砰的一声砸在桌子上。冯洪氏吓了一跳,惶恐地看着男人,钳住了口。

冯仁乾咬牙道:“我去送了狗日的丧!”从抽屉取出女婿送给他的那把盒子枪。

冯洪氏急忙抢下男人手中的枪:“哎呀呀,我的老天爷,天寿那狗日的不比前几年,你能是那土匪的对手? 他带的人腰里都别着家伙哩……”她拼着命把男人按在椅子上,“再说还有天福,那也不是省油的灯!”

冯仁乾喷着粗气,火怎么也压不下去:“我不送了狗日的丧,就咽不下这口恶气!”

“算了算了,咱冯家这两年时运不好,一直走下坡路,你就忍了这口气吧!”冯洪氏把水烟袋塞到男人手中,给男人点着火。

冯仁乾心里也明白老婆说的全是实情话,他现在的确不是马家兄弟的对手。“小不忍则乱大谋”，自己就是再心痛也得忍，况且不忍又有啥办法！总不能硬碰硬去送死！

云英生了个儿子，今儿过满月。

这是大喜事。马氏家族中的男女老少和亲戚朋友以及乡亲邻里都来贺喜。马家院子里摆不下酒席，就一直摆到了大门外，一时间半个村子闹哄哄的，喜庆一片。

天寿是专程回来给侄儿贺满月的。他的轿车刚一进城门，就有人报知了天福。天福正忙得不亦乐乎，刚抽出身去迎，轿车已进了家门。

天寿自当了土匪后，这是头一次回家。他的突然归来，着实让众人大吃一惊。震惊之后，如梦初醒。大伙都笑着上前跟他热情地打招呼。天寿有点儿感动，掏出香烟给大家散发。

这时，香玲下了轿车，大家又是一惊，呆望着香玲，目光发直。对这个女人，村里人并不陌生，而且在场的人都知道，因为这个女人，天寿才当的土匪。更让他们惊讶的是，这个女人的肚子显眼地腆着，有人猜测：这女人肚子里的娃是姓冯的还是姓马的？

香玲虽然垂着眼，但完全能觉察到从四周射来的目光，粉白的脸上笼罩着羞涩的红晕。她不知所措，弄不清该上哪里去才好。正在尴尬之时，马家一位老姑婆走了过来，拉住她的手笑道：“这是天寿媳妇吧，快到屋里歇着去。”说着把她带到云英的屋里。

云英倚靠在被子上，跟一位族里的老嫂子正说着话，听到屋外的喧哗声，侧耳细听，知道是天寿带着媳妇回来了。门帘一挑，老姑婆进了屋，身后跟着一个年轻俊俏的女人。

老姑婆笑道：“云英，你看看这人是谁？”便把香玲推到云英面前。

云英已经猜出,却佯装不知。

老姑婆说:“这是天寿媳妇,叫香玲。你们妯娌俩是头一回见面吧。”

云英含笑点头。

“嫂!”香玲亲亲热热地叫了一声。

云英拉住香玲的手,笑道:“真像是从画上走下来的人儿哩。”

老嫂子在一旁笑道:“你也不差呀。”

香玲含羞一笑:“我嫂长得比我好看。”

云英笑道:“我都是老婆子了,哪能比得上你哩。”

老姑婆也笑了:“咱马家的媳妇都是天上的仙女下凡,一个比一个长得好看。”

这时外面有人喊叫老姑婆。老姑婆应声出了屋,老嫂子也相跟着出去。屋里只剩下了妯娌俩。

香玲揭开云英身边的小被子,小宝宝正在酣睡,一张粉嘟嘟的小圆脸十分招人喜爱。香玲忍不住摸了摸孩子的脸蛋。孩子忽然醒了,睁着黑葡萄似的眼睛东望望西瞧瞧,突然哇的一声哭了。香玲急忙抱起逗哄,却怎么也哄不下。云英笑着说:“给我吧,他是肚子饥了。”

香玲把孩子递给云英。云英解开衣扣,掏出肥硕的奶子喂孩子。香玲坐在一旁,饶有兴趣地看着孩子吃奶。

云英目光落在香玲隆起的肚子上,忽然笑道:“金大先生真是神医哩。”

香玲一怔,发现云英在看自己的肚子,恍然大悟,知道天福把一切都给云英说了,顿时羞红满面。

云英问：“香玲，几个月了？”

“六个半月了。”

“山上坐月子不方便，你就回来住吧。”

“我也这么想哩。”

云英又笑道：“只怕天寿丢不下你。”

香玲也笑了：“我才不管他哩。”

“那还不把他急疯了？”

“疯就让他疯去……”

妯娌俩说笑一阵，云英忽然叹了口气，欲言又止。香玲看出她有啥话要说，似乎又有所顾忌，便说道：“嫂，你有啥话就尽管说，我是你兄弟媳妇，咱们是一家人哩。”

云英道：“香玲，你劝劝天寿，待在山上不是长久之计。让他回来吧，咱家开豆腐坊，人手缺得很。咱们在一块儿好好过日子，也免得整天提心吊胆，让人在背后戳脊梁骨。”

香玲说：“我劝过他好多回，他说他已经骑在老虎脊背上了，下不来咧。”

云英有点儿疑惑不解：“这话是咋说的？”

香玲说：“他说兔儿岭有个叫刘十三的土匪头子，前些年金盆洗手回家去种庄稼，可官家不容他，派人去捉拿他。幸亏他跑得快才没丧命。他说他若回来，不出三天命就丢了。”

云英怔了半晌，说：“他的话也有道理。可这么下去到底咋办呀？”

香玲叹道：“唉，能有啥好办法？走一步算一步吧。”

云英说：“这就让你受委屈了。”

香玲说：“唉，这是命。咱是女人，嫁鸡随鸡，嫁狗随狗。”

沉默。

良久,云英说道:“你今儿回来,我真担心冯仁乾来咱家寻衅闹事。听说那人也镰火得很。”

香玲说:“他的确是个镰火人,可他现在不是天寿的对手。回来时我们在城门口碰上他了,他出门去了。”

云英忧心忡忡地说:“咱家跟他冯家仇结得深了。”

香玲说:“不是金大先生出面把这事摆平了吗?我也跟天寿说过,让他不要再招惹冯家。不管咋说冯仁乾对我有恩,我不能做忘恩负义的事。”

“我是怕冯仁乾跟咱不肯完。”

“我想,他斗不过天寿。他是往五十上奔的人了,掂得来轻重,不会拿鸡蛋往石头上碰的。”

“但愿你想的一满都对……”

马家添丁进喜,大摆宴席。天福特意去请金大先生来吃酒席,金大先生没有客气,跟着天福就走。正要出门之际,邻村一个小伙子失急慌忙地跑来,喘着粗气说,他父亲突发急症,肚子疼得满炕打滚,请金大先生屈尊千万去一趟,救他父亲一命。金大先生苦笑着对天福说:“我没福吃你的酒席,你快回去招呼客人吧。”回身拎起药箱跟着小伙子走了。

天寿原想等哥哥把金大先生请到家中,好好谢承谢承金大先生,可没想到中途有变,金大先生没有来吃酒席。他决定明天亲自登门去拜谢金大先生。

第二天,天福陪着天寿来到金家。金大先生见他们兄弟俩登门有点儿吃惊。特别是看到天寿,金大先生的脸色有点儿冷漠。

金大先生本不想理睬天寿，但他毕竟是知书达理之人，明白有理不打上门客这个理。他把天福兄弟俩让进屋，刚要倒茶，天寿急忙拦住，把他按在椅子上，嘴里说道："大叔坐好，侄儿给您老人家磕头了！"说罢倒头便拜。

金大先生稳稳坐在椅子上，面静如水，受了天寿三拜。

天寿没有起身，依旧跪在金大先生面前，从怀中取出一个红绸小包双手奉上："这点儿薄礼务必请大叔收下。"

金大先生捋着胡须说："我已经受了你三拜，礼就不收了。"

天寿道："天寿虽是个土匪，可也知道恩怨分明的道理。大叔不光对我有救命之恩，而且又赐药续我马家香火，这大恩大德，我马天寿就是把性命搭上，也难回报。这一点点儿薄礼请大叔千万收下。"

金大先生拒而不收。

天寿泣声道："我知道大叔嫌这是不义之财，可这也是天寿提着脑袋换来的。大叔今儿不收，天寿就不起来。"

天福一旁说："大叔，好歹也是天寿的一份心意，您就收下吧。"

金大先生沉吟半晌俯身道："天寿，先不说礼不礼的话，叔有件事求你，不知你能不能答应。"

天寿说："大叔就是要割我的脑袋做尿壶，我若是眨一下眼睛，就不算个人！"

金大先生笑道："不要你的脑袋当尿壶，只求你看在我这张老脸上，和冯家的恩恩怨怨从此一笔勾销。不要老找人家的麻烦！"

天寿一怔："不知大叔说这话是啥意思？"

金大先生脸色一沉，拂袖转过身去："冯家被人抢劫的事，难道与你没有一点儿关系？"

“冯家的事我听我哥说过，但那绝不是我的人干的。”

“那是谁干的?”

“我让人仔细查过，那是股小杆子，为首的叫朱大逵。他原本给冯家扛过活。那晚夕，他们一伙劫了冯家，又在南营村和东王寨劫了两家大户，撒脚跑了，至今不见踪影。他朱大逵若是回来，我一定割下他的脑袋送到冯家。”

“那倒不必。”金大先生摆摆手。

天寿说：“我天寿如果说假话，出门就挨枪子儿!”这是干土匪行当最狠毒的咒语。

“那好，我抽空给冯仁乾把这事说明白，让他心里亮清亮清，不要疑神疑鬼了。”

“那就谢大叔了。”

金大先生道：“过去的事我也不再说啥了。那么我刚才说的话……”

天寿转眼看了一眼天福，没有说话。

金大先生道：“你要为难的话，你们的事我就管不了了。”

天寿迟疑一下，说：“大叔的话，天寿不敢不听，只是人家冯掌柜……”

金大先生不等天寿把话说完，言道：“你放心，冯仁乾的事我拿了，有啥事，你来找我!”

天寿说：“大叔对我恩重如山，我就听大叔的。”

金大先生一喜：“此话当真?”

“我马天寿做事一向恩怨分明，从不越雷池半步。”

金大先生道：“那好！你这份厚礼我收下了，起来吧。”他接住了沉甸甸的红绸小包，知道里边包着的是那五根金条。

天寿站起了身，被金大先生让到座上。

金大先生的笑容这才舒展开来。他捋了捋胡须："天福、天寿，你兄弟两个都是我从小看着长大的。天福大难不死，今儿也有了个正当的营生。我操心的就是天寿，所以你往后的事叔想跟你说说。土匪你总不能当一辈子吧，见好就收吧。"

天寿说："大叔说得一满都对。我哥也跟我说过这话，我也想见好就收。可我这会儿是骑在老虎脊背上，下不来了。"

金大先生一怔，问道："你这话是啥意思？"

天寿道："我跟政府的军队已经干了好几仗。政府的军队打死我的人马，那是有功。我打死政府的人，那叫犯罪，而且是死罪。政府现在悬赏五百块银圆买我的人头。我如果放下手中的枪，有人就会把我的头割下来给人家当尿壶。"

金大先生沉吟不语。

天寿叹了口气："唉，我现在是身不由己，不想当土匪也得当。"

金大先生也叹了口气："唉，你说得也不是没有道理。既然如此，叔也就不劝你了。可你要记住，为人不可太贪，心不要太歹毒，再者，千万不要祸害乡里乡亲。"

天寿说："大叔的话，我都记在心上咧。常言说得好，好狗护三家，好人护三村。我天寿虽然当了土匪，可还没瞎到祸害乡里乡亲的分儿上。"

"天寿，有你这句话，叔就放心咧……"

兄弟俩又与金大先生拉了一会儿家常，便起身告辞。金大先生起身相送，直到街门口。

当天下午天寿要回北莽山，香玲却说她不回去了，这着实让天寿吃了一惊，忙问为啥。

香玲抚着隆起的肚子说:“山上的日子我过不惯,也不方便。”

天寿说:“不是说好了,到时找个女人来伺候你。”

“我说过,那不行。”

“不行咋办?”

“你说过,这事依着我。”

那时天寿只是嘴里说说而已,其实心里是打定了主意,到时候花钱雇个女人来伺候香玲,不管香玲愿意不愿意。他没想到香玲回到家当真不回北莽山了,当即吊下了脸。

香玲的脸也吊下了:“你别给我吊脸,我说不回山就不回山!”

见香玲上了火,天寿便软下来:“回山吧,我会想办法伺候好你的。你怕啥哩嘛。”

不管天寿好说歹说,香玲就是不愿走。

香玲说:“在山上我心慌得很,在家里有嫂子给我做伴哩。”

云英在一旁说:“让香玲住在家吧,她眼看就要坐月子了,凡事都得有个照应。山上是不方便,请个接生婆也难哩。”

老姑婆在一旁笑道:“天寿是丢不下媳妇吧。你想媳妇了就回来,你是个头儿,没人敢拦着你。你骑马哩,天黑回来,赶天明就走,两头的事都误不了。”

老姑婆的话把天寿闹了个大红脸,惹得一屋的人哈哈大笑。天寿知道香玲的主意已定,不再勉强,就带着天祥一伙回北莽山去了。

第十四章

天寿刚回到北莽山，常种田就匆匆走进聚义厅禀报："寿爷，朱大逵投咱来了，还带着七八个人五六杆枪哩。"

天寿一怔："朱大逵？我咋听着这个名字有点儿耳熟。"

天祥在一旁提醒："他冒充咱的人劫过冯仁乾。"

"我满世界寻他没寻着，他倒找上咱的门来了！"

常种田说："他投了殷胡子，殷胡子只把他当作一般喽啰对待，没给他啥好处。他心里不平，就把他那几个贴心弟兄带着投奔咱来了。"

天寿冷笑一声："叫他进来！"

工夫不大，常种田带着一个汉子进来了。那汉子冲天寿一拱手，叫了声："寿爷！"

天寿哼了一声，仔细打量那汉子。那汉子有三十上下年纪，瘦高个儿，一身黑衣黑裤，灰头土脑的，一双眼睛滴溜溜乱转，藏着狡黠和奸猾。

"你就是朱大逵？"

朱大逵点头笑道："寿爷认得我哩，我在冯家的铁匠铺子干过活。"

天寿一笑:“我就说看着你面熟,原来是冯家的伙计。听说你投了殷胡子,来我北莽山有何贵干?”

“我来投靠寿爷,借您这棵大树好歇阴凉儿。”

“咋的,殷胡子不要你了?”

朱大逵恨声道:“别提殷胡子了,那狗日的狗眼看人低。”

天寿哈哈大笑,忽然问道:“你来投我,可有进见礼?”

“有。”

“是啥礼?”

“我带来了八个人六条枪,还有两千块银圆和一百两烟土。”

“就这么点儿东西?”

朱大逵一怔,有点儿不知所措地看着天寿。

“你想要我给你个头目当吗?”

“多谢寿爷!”

“你倒会顺着杆儿往上爬!”天寿脸色陡然一变,冷笑一声,“朱大逵,那晚夕劫冯家钱财是不是你下的手?”

“是哩。”

“那你咋打着我的旗号?”

“我是给寿爷报仇雪恨哩。”

天寿又冷笑一声:“你还倒真个会说哩。你把牛拉走了,扔下一个黑锅让我背!”

朱大逵额头鼻尖沁出了冷汗,连声说:“我知罪,我知罪……”

“你知啥罪?”

“我坏了道上的规矩……”

“那你该当何罪?”

朱大逵用衣袖拭额头的冷汗,说不出话来。天寿脸色陡然一变,猛喝一声:“把这驴不日的东西拉出去,把头给我旋下来!”

天富和天狗上前就要拉朱大逵。朱大逵面如灰土,咕咚一声跪在天寿面前,磕头如捣蒜,哭求道:“寿爷饶命……”

常种田也急忙上前求情:“寿爷,他可是真心来投奔咱们的,杀了他于咱北莽山不利……”

天寿眼如锥子一样盯着跪在脚地的朱大逵,冷笑道:“这驴不日的东西吃谁的饭砸谁的锅。他给冯家当过伙计,冯家待他不薄,他却带人劫冯家,这是不忠;他去投殷胡子,殷胡子收留了他,他又踢了殷胡子一脚,这是不义。留这不忠不义的东西有何用!”

朱大逵大声哭喊:“寿爷,我对您可是忠心耿耿呀,我把劫冯家的东西都给你拿来了……”跪爬几步抱住了天寿的腿,“寿爷饶命啊……”

天寿一脚踢开了他。

朱大逵又冲着常种田哭喊:“种田兄弟快救我呀……”

常种田拭着额头的冷汗,又上前求情:“寿爷,饶他一命吧,我保他往后再不敢胡生六趾……”

天寿转过身去,大口抽烟,谁也不理睬。

天富和天狗拉起朱大逵往外就拖,那杀猪似的哭号声惊心动魄。

不大工夫,天富和天狗用木盘端着朱大逵的脑袋进来了。常种田看一眼朱大逵的人头,只觉得脊背一阵发凉。天寿摆了一下手说道:“你俩把这东西给冯仁乾送去。给他说清白,我马天寿说话是算数的!”

金大先生抽空来到冯仁乾家。冯仁乾知道他是个大忙人,无事不登三宝殿。可他啥都不问,只是殷勤地倒茶敬烟。

金大先生吸了一袋烟,端起茶杯呷了一口茶,道:“老四,天寿前天回来了,你知道吗?”

冯仁乾点点头,表示知道。

“他还到我家去了一趟。”

这事冯仁乾也知道,可他佯装不知:“他找大先生干啥?”

“不瞒兄弟你,他来谢承我。”

冯仁乾干笑一下:“礼不轻吧?”

“礼不轻,五根条子。”

冯仁乾心中一惊,他没想到天寿送了这么重的礼。

金大先生放下茶杯,从怀中掏出红绸小包,打开放在桌上。冯仁乾看了看黄澄澄的五根金条,大惑不解地看着金大先生,不明白他把金条拿出来是何用意。

金大先生把五根金条往冯仁乾跟前一推,言道:“老四,这五根金条给你。”

冯仁乾愕然道:“大先生,你这是啥意思?”

金大先生说:“你的女人被天寿抢去了,他理应赔你。”

冯仁乾变色道:“大先生,我没有卖女人!”

金大先生摆摆手,说道:“知道知道。这事我心里一直很愧疚,深感对不住你。我也知道,你嘴里没说啥,可心里怨我,怨我不该给天寿求情,到头来让天寿抢走了你的女人。这五根条子权当是老哥我给你赔礼的。”

冯仁乾说啥也不收。

金大先生正色道:“老四,难道要老哥跪下求你不成!”

冯仁乾道:“既然大先生这么说,我就只好收下了。”

金大先生看着冯仁乾收起了金条，暗暗吐了一口气。他是个谦谦君子，自天寿抢走冯仁乾的小女人后，总觉得欠了冯仁乾一笔债。现在总算还了这笔债，压在他心头的石头搬掉了。

金大先生呷了一口茶，又道：“老四，老哥还有话给你说哩。”

冯仁乾说：“有啥话大先生尽管说。”

金大先生道：“我问过了天寿，那晚夕烧你的人不是天寿的人。”

冯仁乾冷笑了一声：“哼！他能在你面前说是他的人干的？”

“老四，你让我把话说完嘛。”金大先生摆了一下手，“你原先有个伙计叫朱大逵？”

冯仁乾点头：“他是朱家寨的，两年前在我的铁匠铺子干过活。”

“这就对了。你好好想想，那晚夕是不是有个人的身影和声音都像朱大逵？”金大先生一提醒，冯仁乾仔细回想那晚的情景。猛然醒悟过来，那个瘦高个土匪不就是朱大逵嘛！

“天寿仔细查过，朱大逵就是那股杆子的首领。那晚夕劫了你家，又在南营村和东王寨劫了两家大户，就跑了。你不要再疑心是天寿的人干的。”

冯仁乾不吭声了，低头抽烟。

金大先生便好言相劝：“老四，这件事就到此为止吧，你别老记在心里，男子汉大丈夫就要能拿得起，放得下。天寿那里我把啥话都说了，给他敲明叫响了，让他别再骚扰你老冯家。他赌咒发誓以后决不找你的麻烦。他虽是个土匪，可很讲义气，说话是算数的，你也别和他争啥高低胜败，让人一步自己宽嘛。”

冯仁乾道：“他现在势大得很，我哪里还敢跟他争啥高低胜败。

只要人家不惹咱,我就烧高香了。"

金大先生拍胸脯道:"这个你尽管放心,有啥事你就来找我。"

冯仁乾道:"兄弟以后就仰仗大先生了。"

临告辞时,金大先生笑道:"老四,你觉得精神头还足,就再娶一房吧。"

"大先生又取笑我了。"冯仁乾红了脸面。

金大先生哈哈笑着出了冯家。

曹玉喜独自回了一趟家,顺道来看望岳父岳母。他知道民众对警察局的口碑不好,背地里骂他们是"警狗子"。这也难怪众人,抓丁拉夫、派款收税都是他们的事。手下的人时常会对百姓动手动脚,闹得警察局的人走到哪里,哪里的人就像见到瘟神似的躲开他们。因此,他回家探亲、走亲访友从不穿警服。可他从来是枪不离身。他是警察局长,得罪的人更是不少。加之地面上不太平,他不能不提防着点儿。今儿是他母亲的生日。他本想带着改秀和孩子一同回去给母亲祝寿,却又忧心忡忡,就独自一个人回来了。

曹家集距马家寨有七八里地,曹玉喜骑着马,不到两根烟的工夫就到了。

姑爷登门,冯仁乾老两口十分高兴,急忙喊叫根柱把马牵到后边去喂料饮水。冯洪氏一大早就说她心惊肉跳得不行,一直在炕上躺着,见女婿来了,心也不惊了,肉也不跳了,急忙爬起身张罗着要给女婿煎荷包蛋烙油旋馍。曹玉喜拦住岳母,说他刚在家里吃过饭,顺道来看看岳父岳母。

寒暄了几句,曹玉喜问道:"这些日子天寿再没胡生六趾?"

冯仁乾说:"狗日的前两天回马家寨来了。"

"干啥来了?"

冯洪氏在一旁说道:"给天福的娃做满月,他把那个小女人也带回来了,还跟你爹在城门口打了个头撞。"

冯仁乾恨气地说道:"狗日的前呼后拥,牛逼得很。"

曹玉喜嘴唇微启,欲言又止,闷头抽烟。上次他出主意抓走了天福,本想给马家一个下马威,给岳父出一口恶气。谁知天寿棋高一着,绑了留根的票,迫使他放了天福。输了一着棋,使他在岳父面前不好再说大话。

冯仁乾看出女婿的心思,不想让他难堪,便转了话题:"昨儿金大先生到家里来,给我了五根金条。"

曹玉喜一怔:"五根金条?他给你这么重的礼干啥?"

"他说是天寿抢了香玲,这事怨他。送五根条子算是给我赔礼道歉。我估摸,是天寿让他送我的。你绑了天福一回,虽说这事咱没占啥便宜,可毕竟教训了他一下。"

曹玉喜连连点头,认为岳父说得有理。

冯仁乾又说:"说话听声,锣鼓听音。听金大先生的口气,狗日的天寿是想跟咱和解哩。"

"你咋说的?"

"我能咋说?我说,只要狗日的天寿不给咱找碴儿寻事,咱还能惹狗日的。"

曹玉喜点头称是。

冯仁乾抽了一口烟,叹道:"可我肚里还是窝着气哩!"

曹玉喜也道:"五根条子就想把事摆平,也太便宜了些。"

冯仁乾摆摆手:"钱不钱的我不在乎,只是……"他钳住了口,当着老婆和女婿的面他不好把肚里的话说出来。

这时就听陈根柱在院子喊叫:“你们别进去,有啥话跟我说!”

冯仁乾不知出了啥事,正要出去看看,只见两个彪汉把陈根柱推搡了个趔趄,大步走了进来。他和曹玉喜都吃了一惊,曹玉喜的手急忙伸到腰间。冯仁乾定睛细看,认出是天富和天狗,沉下脸喝道:“你俩来弄啥?”

天富说:“给冯掌柜送来一样东西。”说罢,把手中的木匣递过去。

“啥东西?”冯仁乾疑惑地看着木匣,示意陈根柱接住。

天富说:“你打开一看就知道了。”

陈根柱接住木匣,刚一打开,就蛇咬了似的惨叫一声,扔了手中的木匣。冯仁乾和曹玉喜都吃了一惊,呆眼看那木匣。只见那木匣跌落在地,从里边轱辘辘滚出一颗血淋淋的人头来。冯洪氏只瞧了一眼,就“妈呀”地大叫一声,双手掩面,缩在屋角瑟瑟发抖。冯仁乾和曹玉喜也都起了一身鸡皮疙瘩。

天狗笑道:“别害怕,这是朱大逵的头。那晚夕劫你钱财的就是这个狗日的。他栽赃给我们叫我们背黑锅。我天寿哥把他的头旋了下来,叫我俩给你送来。你再认一认,看看是不是朱大逵。”

冯仁乾稳住神,仔细看那人头,虽然血淋淋的,可眉眼还清晰可辨,认出是朱大逵的人头,忍不住说了声:“狗日的遭报应了!”

天富说:“冯掌柜,冤有头,债有主,你可再别把这笔债算在我们头上了。”说罢,俩人转身走了。

一家人看着那颗血淋淋的人头痴呆呆发愣。冯洪氏忽然呕吐起来。冯仁乾急忙喊叫根柱:“快弄出去埋了,越远越好!”

陈根柱和另外一个伙计心惊胆战地拿了把铁锨把那个令人毛骨悚然的物什弄走了,一家人这才安下神来。

曹玉喜喝了口茶，叹道：“这马天寿还真是条汉子哩。”

冯仁乾说：“那狗日的是镳火手！”

冯洪氏这时缓过神来，心有余悸地说：“算了，咱甭跟人家斗了，咱斗不过人家，那狗日的是土匪哩。”

两个男人没吭声，大口抽烟。

冯洪氏又说：“一大早起来我就心惊胆战的，左眼皮直跳。这不，就有人把那东西送到家里来了，真个吓死人了……”

曹玉喜安慰岳母：“你别害怕。天寿让人送那东西不是吓唬咱，是表他的清白哩。”

冯仁乾没好气地说：“你觉着身子不舒坦，就去永寿堂让大先生给你瞧瞧。”

冯洪氏道：“我好着哩。我就怕再出点儿啥事……”

冯仁乾瞪了老婆一眼：“还能出个啥事？！”

曹玉喜说：“不会再出啥事的。”

一时三人都不语。

良久，屋里的光线暗淡下来，冯洪氏对女婿说：“玉喜，时辰不早了，你没事就回吧。世事不太平，早点儿回去免得改秀牵挂。”

冯仁乾也催促女婿快走。曹玉喜便起身告辞。

出了马家寨，曹玉喜在马屁股上拍了一巴掌，胯下的枣红马深通人性，撒开四蹄奔跑起来。驰出五六里地，马背上见汗了。曹玉喜心疼坐骑，勒了勒缰绳，枣红马长啸一声，缓缓而行。

时值初秋，高原的沟沟梁梁被大秋作物染满了绿色，犹如一个成熟的妇人，丰腴而美艳。曹玉喜抬头看了一眼西天，夕阳距西山还有一竿多高，赶天黑回县城没问题，他心宽了许多。

前不久，扶眉山殷胡子的人马突然闯到县城来抢钱庄，被他带着人马围住了，那伙亡命之徒往外冲，他命令轻重火力一齐开火，不许放走一个活的。一阵乱枪就打死了二十多个匪徒。殷胡子放出话来，说是迟早要端掉警察局。这些日子警察局上下人心惶惶，青天白日子弹都顶上了膛，以防不测。再者，自从那次抓了马天福，他就一直心存恐惧，怕马天寿打他的黑枪。现在回想起来，抓马天福实在是一着臭棋。还是岳母说得对，他斗不过马天寿。那狗日的是土匪，出招又黑又狠。他在明处，人家在暗处，防不胜防啊。

想到这里，他的心不禁又是一缩，下意识地往四周看了一下。一块乌云吞没了夕阳，天色暗淡下来。两旁青森森的玉米把大路夹成了一条深不可测的胡同。不知怎的，他突然有一种不祥的预感，冷不丁地打了个寒战。他双腿紧夹了一下马肚，抖动了一下缰绳，胯下坐骑的蹄声急促起来。

青森森的“胡同”快到尽头了，他已经隐约瞧见县城的轮廓了，心里不禁一喜。

正在这时，突然从玉米地钻出几条壮汉，拦在了路中央。他大惊，急勒缰绳，那马前蹄腾空，长嘶一声。就在马蹄落地的一瞬间，他抽出了手枪，喝道：“干啥的？让开道！”

为首的壮汉手持双枪，哈哈笑道：“你是警察局的曹局长吧？我们恭候你多时了。”

他看出情况不妙，缓和口气问道：“你们是哪路好汉？”

为首的壮汉笑道：“我行不更名，坐不改姓，姓马名天寿。”

他虽是马家寨的女婿，但从没见过马天寿。当下头皮一炸，起了一身的鸡皮疙瘩。他强笑道：“原来是天寿兄弟，你找我有啥事？”

“我想借你一样东西。”

"啥东西?"

"把你的脑袋借我当尿壶用一用。"

他的脸色一下子变得铁青,自知今儿在劫难逃,猛一磕马蹬,枣红马嘶叫一声,腾空而起。在此同时,他手中的枪响了,为首的壮汉和身旁的两个汉子都扑倒在地。

枣红马一闪而过,他只听得身后响起了密集的枪声,脊背似乎被榔头敲击了几下,身子一软,伏倒在马背上,下意识地紧紧搂住了马脖子……

枣红马发疯似的狂奔起来,直驰县城……

是时,改秀正在做晚饭。看看天色将晚,还不见丈夫归来,她不免有点儿焦急不安,站在街门口朝西边张望。

俄顷,改秀瞧见一匹马朝这边奔来,霎时到了眼前。她认出那是丈夫的枣红马,可马背上没有人,似乎驮着一条口袋。她心中正纳闷,枣红马奔到了家门口,呼着粗气打了个响鼻。她这才看清马背上驮的不是口袋,是一个人。再仔细看,是丈夫曹玉喜。

改秀当下就慌了,急忙喊人把丈夫从马背上抱下来。鲜血把曹玉喜的后背全染红了,他面色苍白,双目紧闭。她抱住丈夫哭喊起来:"玉喜,你是咋了……"

曹玉喜徐徐睁开眼睛,看着改秀,眼仁子呆滞无光。

"玉喜,你是咋了……"改秀的泪珠子直往丈夫身上脸上落。

曹玉喜气若游丝:"马天寿打……打我的黑枪……"脖子一软,头歪倒在了改秀的怀中。

"老天爷呀……"改秀哭喊一声,昏了过去……

第十五章

这些日子冯仁乾心里难受烦闷至极，女婿的死对他刺激太大了，他一下子老了十多岁。最初听到噩耗，他怎么也不相信这是真的。当他看到女婿血淋淋地躺在床板上的尸体时，两腿一软，跌坐在椅子上。

女婿最后与他见面的一席谈话，他听出话外之音，旨在劝他不要再跟天寿争强斗狠了。他也颓唐了，不想再与天寿斗了。女婿是警察局长，都斗不赢天寿，他又怎能斗过天寿呢？罢罢罢，天大的亏他吃了也就是了。可他怎么也没想到，天寿竟然对女婿下此毒手。狗日的天寿太残了！

安葬罢曹玉喜，改秀来家流着泪对他说，警察局打探清楚了，打曹玉喜黑枪的那伙贼人是扶眉山殷胡子的人马，不是马天寿的人马。不知为啥，殷胡子给马天寿栽赃哩。

他一怔，摇了一下头。他宁愿相信是马天寿打的黑枪，也不愿相信女儿带来的消息是真的。他已在心中打定了主意，哪怕倾家荡产，也要想办法收拾掉狗日的天寿。既为给自己出一口恶气，也要给女婿报仇雪恨。

女婿死了，女儿改秀不愿住在县城的家里睹物思人，触景伤情，便回到了娘家。母女俩终日愁眉不展，以泪洗面。他无言可劝，在心底越发坚定了除掉天寿的信念。

这一日，双河镇逢集，冯仁乾待在屋里心里实在太憋闷，就想去集上散散心，便带上根柱出了门。

来到集镇上，冯仁乾吩咐根柱把马牵到冯家店铺去饮水喂料，独自踱着方步专拣热闹处瞧。他虽说很疼惜儿子留根，可也实在恨儿子太懦弱。留根自从被天寿绑了一回票，便认为是老子害了他，很少回家。父子俩难得见一回面，即使见面，也都觉得无话可说。因此，冯仁乾去双河镇游逛，也懒得去店铺看看，只是打发根柱把马牵到店铺去。今儿也不例外。

日头升到头顶，冯仁乾觉着有点儿饥渴，脚一斜，进了孙二的酒馆。

双河镇的饭铺酒馆有二十来家，最有名气的当数孙二开的“孙记酒馆”。说是酒馆，其实酒并不很有名气，有名气的是孙二做的肉夹馍。

名曰“肉夹馍”，其实是馍夹肉。这“馍”其实也不是馍，是饼，当地人都叫“白吉馍”。孙家做白吉馍已经有三代了，传到孙二是第四代。孙二自幼就给父亲当帮手，做白吉馍的功夫已到了炉火纯青的地步。他做的白吉馍非同一般，用刀头或筷子头一挑，立即分成两瓣，随后从腊汁汤中捞出香气四溢的腊汁肉，剁碎，夹入馍中。那腊汁肉肥而不腻，鲜嫩爽口，咬一口，嘴角流油，香气扑鼻，令人感到能吃到如此美味佳肴，也不枉来人世走一遭。当地人说，没吃过孙二的肉夹馍，不算来过双河镇。冯仁乾每每去逛双河镇，都要去孙二的酒馆一饱口福。

孙二见老主顾进门，满脸堆笑地迎上去：“冯掌柜来咧，吃点儿啥?”

冯仁乾笑道:“问啥哩,老一套嘛。”

“好哩。”孙二安顿冯仁乾坐下,转身进了作坊。

转眼的工夫,孙二把一盘酱牛肉、一盘猪耳朵、一碟花生米、一壶酒摆上了桌,随后送来一摞肉夹馍,笑容可掬地说:“冯掌柜,你消停着吃。还要啥,言传一声。”

冯仁乾往嘴里扔了几颗花生米,笑着冲孙二摆摆手。孙二转身去招呼其他客人。

这时根柱也进了酒馆。他安顿好马匹,在街上溜达了两圈,没寻着主人,猜测主人是去了孙二的酒馆,便也踅摸着来了。他一眼就瞧见了主人,走了过来。

冯仁乾问道:“把马安顿好了?”

“安顿好了。”

冯仁乾喝了一口酒,又夹起一块酱牛肉塞进阔嘴。根柱下意识地咽了一口唾沫。冯仁乾瞥了他一眼示意他坐下也吃。他诚惶诚恐,急忙挨着冯仁乾坐下,顺手拿起一个肉夹馍,张嘴就咬,眼睛却还盯着桌上的酒和酱牛肉、猪耳朵、花生米。他向来嘴馋,既爱吃肉夹馍,又想喝酒吃酱牛肉、猪耳朵和花生米。可他知道那些东西是主人享用的,没主人的恩准,他不敢朝那些东西下箸。他十二分地想跟冯仁乾一样海吃海喝,可他衣兜里没钱。人家姓冯的是掌柜的,他是人家的伙计,他不敢跟人家攀比。在这一方黄土里刨食吃的人大多活得苦焦艰辛,能像他这样隔三岔五地踅摸着吃上一顿肉夹馍的毕竟不多。他也知足咧。

吃喝间,冯仁乾无意间一瞥,瞧见屋角的桌前坐着一个年轻汉子。那汉子穿一身皂色衣裤,埋头猛吃海喝。冯仁乾细嚼慢饮,眼角一直瞥着那汉子。陈根柱发现冯仁乾往店角看，目光也溜了过去，禁不住失声叫道："是他！"

冯仁乾回过目光，问道："根柱，你认得他？"

根柱说："他叫常种田，是我的姨表兄。"

冯仁乾"哦"了一声，自言自语道："常种田，这个名字有点儿耳熟……"

根柱说："四舅，他在天寿手下当土匪，听说还是个头目哩。"

冯仁乾的眉毛拧了起来，把一块酱牛肉扔进嘴里，两排结实的牙齿来回错动，一道目光又滑向店角。那边，黑衣汉子风卷残云吃光了桌上的酒菜，抹了抹嘴巴站起了身，看着碗碟中的汤汤水水咂巴咂巴了嘴。孙二不知从啥地方走了出来，突然站到了汉子的跟前，躬腰笑道："掌柜的，吃好了？"

黑衣汉子"嗯"了一声，转身要走人。孙二忙道："掌柜的，你还没结账哩。"

"多少钱？"黑衣汉子伸手摸衣兜。

"一块银圆。"

黑衣汉子把衣兜摸完了，空着手道："今儿走得急，忘带了。你记在账上吧。"说着又要走。

孙二急忙侧身挡住黑衣汉子的去路，道："掌柜的，本店从不赊账。"

看到这里，冯仁乾从衣兜摸出几块银圆塞给陈根柱，冲那边努了努嘴。陈根柱是个乖巧人，当下就明白了，走了过去。

那边黑衣汉子脸色陡然一变，唰地从腰间掣出一把盒子枪，拍在桌上道："这玩意儿值一块银圆吧？我把它押上！"

孙二惊出了一身冷汗，眼珠子转了几转，赔着笑脸道："掌柜的，别发脾气。我实在是店小本钱薄，欠不得账啊。”

黑衣汉子更是恼火：“这么说，你今儿还非得要我从衣兜掏出钱来？！”

孙二不吭声，赔着笑戳在那里，大有不依不饶之势。黑衣汉子越发恼火，正要发作，忽然有人把一块银圆递到孙二面前道：“这钱我替表兄出了。”

黑衣汉子定睛一瞧，是姨表弟陈根柱，一把抢过根柱手中的银圆，怒道：“别给他，看他今儿能把我的锤子咬了！”

孙二脸上现出怒色，陈根柱又从衣兜摸出一块银圆塞到孙二手中，回头拉住黑衣汉子的胳膊道：“种田哥，别上火，到那边坐坐。”径直把常种田拽到冯仁乾的桌前。

冯仁乾笑着招呼常种田坐下，常种田立而不坐，一双眼睛疑惑地瞪着他。陈根柱在一旁道：“种田哥，这位是冯仁乾冯掌柜，刚才就是他替你出的酒钱。”

常种田冲冯仁乾一抱拳说：“谢了！”冯仁乾笑着摆摆手，转脸对孙二道：“孙掌柜，有僻静的地方吗？”

孙二连声答：“有，有，里面有间小屋，很清静。”

冯仁乾道：“炒上几个拿手的菜，弄两壶好酒来。”

孙二应声去操办，冯仁乾又叫住他，道：“孙掌柜，你信得过我吗？”

孙二一怔，随即笑道：“看冯掌柜说得，在这一方黄土上，我要信不过你还信谁哩。”

冯仁乾笑道：“信得过就好。往后常掌柜的酒钱就记在我的名下。”

“好嘞！”孙二转身去办酒菜。

在里边的小屋坐定，孙二就送上了酒菜，果然十分丰盛。冯仁乾笑容可掬地劝酒让菜，常种田却不端酒盅不动筷子。陈根柱殷勤地端起酒盅递到常种田面前："种田哥，喝吧。"

常种田没接酒杯，道："我不喝不明不白的酒。"

陈根柱嬉笑道："喝酒就是喝酒，还有啥明白不明白的。"

常种田道："我不明白冯掌柜为啥要请我喝酒，我和你一不沾亲，二不带故。"

冯仁乾微笑道："我看得出你是条汉子，想和你交个朋友。"

常种田道："交朋友就要说真心话。"

陈根柱说："先喝酒先喝酒，喝完酒咱再慢慢说。"

常种田还是不动酒杯。

冯仁乾见他如此固执，沉吟半晌道："常掌柜，我想求你帮我一个忙。"

"啥忙？"

冯仁乾喝了一盅酒，摆摆手道："算了算了，不说咧。这是个为难事，我不想给朋友添麻烦。"

陈根柱在一旁说："这是我四舅，是个顶天立地的汉子，可受了人的欺负，吃了大亏，心里难受哩。"

"根柱，别给你表哥添烦了，喝酒，喝酒。"冯仁乾端起酒盅又饮一杯。

主仆二人不再说啥，闷头吃菜喝酒。常种田瞪着眼睛看了半晌，禁不住把手伸向了酒盅。

桌上的碗碗盏盏只剩下了汤汤水水，常种田抹了一下嘴巴道："冯掌柜，吃了喝了，有啥话该说了吧？"

冯仁乾叹了口气说："这是件为难事，不说也罢。"

常种田瞪起了眼睛:“咋的,你信不过我?”

冯仁乾道:“不是这话。这件事当真难办哩,这会儿我也前思后想了,怕连累你。”

常种田一拍胸脯:“你说,你说。我常种田为朋友两肋插刀,从来不怕啥连累不连累。”

冯仁乾沉吟半晌,道:“常掌柜,如果有人抢了你老婆你咋办?”

常种田笑道:“我光棍一条,哪有老婆让人抢。”

冯仁乾道:“如果你有老婆,让人抢了咋办?”

“我就要零剐了狗日的,割下狗日的鸡巴喂狗!”

冯仁乾不吭声了,埋下头去喝盅里的残酒。

常种田猛然醒悟:“咋了,你老婆叫人抢了?”

冯仁乾抬起头,红着眼睛说:“常掌柜,你说我该咋办?”

“送了那狗日的丧!”

“可我斗不过那狗日的……”

常种田一怔,问道:“是哪个狗日的,这么歪的。你说出来,我替你出这口窝囊气。”

冯仁乾叹了口气,说:“只怕你也敌不过他哩。”

常种田的眼珠子一下瞪得溜圆,胸脯拍得震天响:“姓常的自娘胎出来怕过谁!你说,是哪个狗日的?”

冯仁乾俯身轻声道:“马天寿。”

常种田一怔,半晌,笑道:“我就说是谁吃了熊心豹子胆,原来是寿爷。寿爷的压寨夫人是你的老婆?真是个尤物,大奶子圆屁股马蜂腰俏脸蛋,没一样让人弹嫌的。”说着不住地咂嘴巴,露出一副馋相。

冯仁乾脸色变紫了,他没料到常种田是这副德行,当下心头火往上攻。他强按住心头的火，干笑两声，道："马天寿是这一方的土皇上，没有不怕他的。我说得不错吧？"他使出了激将法，话中有着十分强烈的刺激味道。

常种田自然听出了话中的味道，他笑道："冯掌柜，你别激我。给你说实话，我还当真不敢惹马天寿。要是你的仇家是别人，这口窝囊气我一定替你出。谢谢你的酒。"他起身冲冯仁乾一抱拳，转身出了店。

冯仁乾坐在那里痴痴地望着常种田的背影，一时竟气呆了。他实在没想到，常种田看着是一条威威武武的汉子，却是一条虫。陈根柱趴在窗口看了半天，回身附在冯仁乾耳边说："他去了翠香楼。"

冯仁乾转过目光，瞪着陈根柱，一时没有醒过神来。

"我这表哥好色。"陈根柱轻声道。

冯仁乾的眼珠动了两动，看着陈根柱。

"四舅，咱投其所好，往他的痒痒肉上挠。"

冯仁乾的眼珠子转了两转，定住了，看着陈根柱的眼睛。陈根柱把身子俯得更低，嘴巴凑到主人的耳朵跟前："他一个土匪能有多少钱？他的德行我知底，讲点儿义气，但贪色贪财，只要四舅肯在他身上下本钱，他准会替你卖命。"

冯仁乾沉思半晌，说："根柱，这事你就替四舅办吧。事成之后，这双河镇的粮油铺就跟你姓陈了。"

陈根柱面露难色。冯仁乾不高兴了，问道："咋了，你不愿替我办这事？"

陈根柱急忙说："不是这话，我是怕……"他欲言又止。

"你怕啥？"

“办这事要花大钱,我怕四舅舍不得下本钱。”

冯仁乾咬牙道:“你放心去办吧,花多少钱我都舍得!”

陈根柱眼角眉梢挂上了笑,拍着胸脯说:“有四舅这句话,我豁出这条小命不要,也要把这事办妥!”

常种田这些日子往双河镇跑得很勤。他和翠香楼那个叫桂香的窑姐打得火热,有时吃住都在桂香的屋里。袁老七和殷胡子打仗时,他恰好来找桂香热火,逃了一条命。为此,他找人算过命。那算卦的说,他和这个窑姐有缘,若能结为夫妻,日后定能大富大贵。他宁信其有,不信其无。

不论哪朝哪代,嫖都要本钱。本钱是啥?一是银子,二是貌。银子多相貌差点儿,照样也能嫖,只是那窑姐的心思全在银子上。相貌好没银子,也能玩几回,可不能长久。窑姐从来都是嫖客养着的,你不给她银子她吃啥喝啥穿啥?再说,老鸨也不会答应。常种田虽然貌不能比潘安,却也生得虎背熊腰,有一股英武之气,颇得女人青睐。至于银钱,当了几年土匪,兜里也有几个。

在女人身上,常种田向来舍得花钱。他出手大方,翠香楼的老鸨一见他来,一双三角眼顿时笑得眯成了一条缝,冲着楼上喊:“桂香,常掌柜到了,快来迎哩!”就这一嗓子,楼上楼下的姐儿全出来了,笑着脸直朝常种田身边挤。常种田掏出一把钞票见人就散,最后把剩下的票子全塞到桂香的手中。那桂香一脸甜笑,伸出肥藕似的胳膊套住常种田那黝黑粗壮的胳膊进了屋。

常种田还有一个嗜好就是赌。天下的好事不会让他占全,情场得意赌场失意。这些日子,赌场上他老走背运。有时打一整天牌,竟和不下一把,气得他迭声地骂娘。情场虽然得意,却需要银钱撑脸面。时间长了，他兜里瘪了，时常捉襟见肘。

前几天，双河镇来了一伙收花椒的客商，其中一个姓李的势扎得很硬，是个有钱的主。常种田几次来找桂香，都被姓李的叫到客栈去了。他十分恼火，真想找姓李的拼命，可他知道能到这地方来的客商都来头不小，还是一群一伙的，都不好惹。他在天寿耳边吹风，怂恿天寿去洗劫双河镇。天寿却说兔子不吃窝边草。他嘴里不敢说啥，却在肚里把天寿骂了十八遍："土匪头子都当了，还假装鸡巴毛善人哩！"

收花椒的客商来也匆匆，去也匆匆。这两天常种田又能摸着桂香的肉身子了，可他分明感到桂香对他不如以前热火了。他恼恨道："我逮着姓李的，非割了他的鸡巴不可！"

桂香撇嘴笑道："只怕人家会割了你的鸡巴哩。"

常种田骂道："他一个鸡巴毛收花椒的，谁怕他哩。"

"我看他不像是个收花椒的。"

常种田一怔，忙问："他是个干啥的？"

"他跟你一样，也是个耍枪的。"

"你咋知道的？"

桂香略一沉思，撒了个谎："我是胡猜哩。"她觉着还不到时候，不能实话实说。

桂香又转弯抹角问他北莽山上的情况，常种田有问必答。临了，他问桂香："想不想跟我上北莽山吃香的喝辣的？"

桂香说："想哩。"

常种田大喜："那咱今儿就上山，咋样？"

桂香说："我可会花钱哩，只怕你养活不起我。"

常种田摸了一下衣兜，泄气了。半晌，他咬牙道："等我有钱了，一定要娶你做老婆！”

桂香嬉笑道：“那我就等着你有钱的那一天。”

这一日常种田又去翠香楼，一进门，他把礼帽往下拉了拉，就奔桂香的屋。老鸨恰好出来，瞧见是他，跟屁股就上了楼。

常种田刚把桂香搂在怀里，正想亲个嘴，老鸨进了屋，撇着嘴道：“常掌柜，前两回的账你还没付哩，咋就不言传一声又来白吃豆腐。”说着，伸手硬是把桂香从常种田的怀里拽了出来。

常种田闹了个大红脸，悻悻道：“你这是弄啥哩，一点儿面子都不给我。”

老鸨道：“常掌柜，你这话就说错了。面子给你一回两回也就够了。回回都给面子，我喝西北风去？”

常种田道：“我给你的钱少吗？”

老鸨喷了一口烟，冷笑道：“你来一回，得给一回钱。你要是吴百万，把钱都给我，我也不会嫌钱扎手。你想不花钱玩女人，那就走错了地方！”

桂香在一旁道：“妈妈，他这几日手头不方便。过上几天，他再给你。”

老鸨瞪了桂香一眼：“咋了，你还真的看上他了？！”

桂香道：“咱也不能一点儿良心都不讲嘛。”

老鸨恼了，把烟头甩在脚地：“良心是啥玩意儿？你讲良心，就别媚着他掏腰包！都说婊子无情，你倒帮他说起话来了。快下楼去，瑞富堂的王掌柜点名要你哩。”说着，拽住桂香的胳膊就往外走。

瑞富堂的王掌柜是个年近七旬的糟老头子，满口的牙都掉光了。桂香自然不肯去接王掌柜，磨蹭着不愿出屋，拿眼睛直剜常种田。常种田早就一肚子火了，一伸手，把桂香拽了过去。老鸨也火了，伸手又拽桂香的胳膊。常种田伸出一只胳膊隔拦，桂香就势躲进他怀里。老鸨更火了，从桌上抓起鸡毛掸子，扬起往桂香身上就抽，吓得桂香尖叫一声，直往常种田怀里钻。常种田瞪圆了眼睛，一把夺过鸡毛掸子，双手一用劲儿，咔嚓折成两截，掷在老鸨身上。老鸨吓呆了，半晌，结巴道："你……你……敢在老娘面前撒歪！"随后尖着嗓子叫喊起来："快来人呀！"

一阵急促的脚步声响上了楼，三四个彪汉扑进屋来，急问出了啥事。老鸨气急败坏地一指常种田："把这个白吃豆腐的东西赶出去！"

几个彪汉见是常种田，而且以前常得他的小恩小惠，面面相觑，都不肯上前。

老鸨急了眼，又喊了一嗓子："还不快动手！"

几个彪汉这才上前要赶常种田。常种田自知双拳难敌四手，一撩衣襟，掣出一把盒子枪，怒喝道："谁敢上前一步，老子就送了他的丧！"枪口对准为首的汉子直逼过来。

几个彪汉都被震慑住了，退到墙根不敢动弹。常种田摆弄着盒子枪，黑洞洞的枪口在老鸨鼻尖前乱晃，骂道："老猪狗，你认得这是啥东西吗？！惹翻了你爷爷，就赏你一颗花生米吃！"

老鸨吓呆了。她没料到常种田腰里别着盒子枪，一时傻了眼。常种田怒骂道："狗日的东西，狗眼看人低。你也不打听打听，你常爷是吃啥饭的？！"

老鸨真不愧见过大世面，当下眼珠转了几转，赔着笑脸说："我真是有眼不识金镶玉，该打，该打。"说着在自个儿脸上打了两巴掌。

常种田冷笑道:“你惹怒了你常爷,一把火就烧了翠香楼,你老猪狗别说喝西北风,连根骨头也找不着!”

老鸨的白胖脸上冒出了冷汗,一个劲儿地说:“常爷你玩,你玩。”

常种田搂着桂香道:“我兜里可没钱哩。”

老鸨赔着笑脸说:“哪能让常爷掏腰包。”

常种田道:“那我不是白吃豆腐吗?”

老鸨急忙说:“我是胡说哩。”说着在自个儿嘴上抽了一巴掌,转脸对桂香道:“你好好伺候常爷,让常爷玩高兴了我有赏。”说罢,给几个彪汉一摆手,慌忙退出屋。

老鸨他们走了,常种田却没了好心情,桂香虽然使出千般温柔万种风情讨他高兴,可他却再也打不起精神。他怒不可遏道:“那个老猪狗真是狗眼看人低!”

桂香用一对丰乳磨蹭着常种田的胸脯,娇声道:“消消气吧,气大伤身哩。”

常种田捏着桂香的丰乳,发狠说:“我要把你赎出去做老婆。”

桂香被他捏疼了,打开他的手,撇嘴道:“你想赎我?你知道我的身价是多少?”

常种田瞪着眼珠子问:“多少?”

“少说也要五百块银圆!”

常种田牙疼似的吸一口气,眼珠子瞪直了。

桂香冷笑道:“你怕是连五块银圆也拿不出来吧?”

“咋的,你瞧不起我?”常种田又瞪起了眼珠子。

桂香又撇了一下嘴:“我是有啥说啥。”

常种田一把抓住桂香的酥胸,桂香痛得咧嘴道:“快松手,弄疼我了。”

常种田一把把桂香搡倒在床上,咬牙道:“我要不把你弄到手就不是人!”一屁股坐在椅子上,大口抽烟。

桂香爬起身,走到常种田跟前,攀着他的肩膀头,娇声道:“别上火嘛。有个来钱的生意,不知你做不做?”

“啥来钱的生意?”

桂香撒娇道:“先说你做不做?”

“只要能来钱我就做!”

桂香在他耳边压低声音说:“有人出五百块银圆买马天寿的人头哩。”

常种田一惊,瞪起了眼珠子:“那人是谁?是不是冯仁乾?”

桂香心里也是一惊,看来买马天寿人头的不只是李相杰一个。她不露声色地说:“你别管那人是谁,你有没有胆去做?”

常种田冷笑道:“你当我是三岁娃娃?这钱好挣吗?一失手我的命就完哩!”

桂香也冷笑一声:“我原以为你是条汉子,想让你挣了这笔钱赎我出去,咱俩好好过日子。这会儿看来你才是个软屄!”

说罢,屁股一扭出了屋……

几天后,常种田又去翠香楼找桂香。那天桂香的话对他刺激太大了。说啥他裤裆里也吊着鸡巴,竟然让一个窑姐如此瞧不起,实在太丢脸了。他思来想去,决定以生命做赌注去干那件事。他要让桂香彻底倒在他的胯下,任他骑任他压。没料到桂香已被赎了身。

他想找老鸨问给桂香赎身的人是谁,老鸨却不闪面。他又急又恨又气，却也无可奈何。几个跟他熟识的姐儿围过来和他嬉笑热乎。他窝了一肚子火，没有兴致玩其他女人。一把搡开围上来的姐儿，悻悻地走出翠香楼。

出了翠香楼，常种田迎面碰上了陈根柱。陈根柱拉住他的胳膊请他去喝酒，这才是来了瞌睡有人递枕头。常种田半句客套话也没说，就跟着陈根柱进了孙二的酒馆。

酒桌前，陈根柱边吃边说，东拉西扯。常种田闷头喝酒，一语不发。陈根柱停住了筷子，道："表哥，你不高兴？有啥心里话说给兄弟听听，兄弟也许能帮上你的忙。"

常种田仰脖一口喝干杯中的酒，瞪着血红的眼睛说："兄弟，这话说出来丢人得很！"

陈根柱道："表哥英雄了得，能有啥丢人的事？"

常种田又喝干一杯酒："前些天咱们喝酒，我还在肚里笑话你那冯掌柜是个孱头子，老婆叫人抢了只会干瞪眼，没料到这回轮到了我的头上。"

陈根柱讶然道："难道表哥的老婆也让人抢了？表哥不是没有娶亲吗？"

常种田道："兄弟，不瞒你说，我在翠香楼有个相好的。我惜她是个美人，她爱我是个英雄，我俩情投意合。她想从良，我想替她赎身，可手头没有钱。你知道我这人，平日里不拿钱当回事，这回才明白，啥叫一文钱难倒英雄汉。唉！今儿我去翠香楼找我那个相好的，没想到她被赎了身。你看看，这不是到手的老婆让人抢走了！妈拉个屁！"常种田的愤恨之情溢于言表。

陈根柱哈哈笑道："没看出表哥还是个情种。这也应了那句俗话，英雄难过美人关。"

常种田瞪起了眼睛:“你笑话我?!”

陈根柱急忙道:“兄弟哪敢取笑你。三国时有个大英雄叫吕布,和美人貂蝉纠缠在一起,传为千古佳话,现在还被人当戏唱哩。我是说表哥可与当年的吕布一比。”

常种田喝了一杯酒,道:“兄弟,那姐儿真是个美人哩。你见了保准也会喜欢的。”

陈根柱笑道:“表哥看上的人一定是个绝色佳人。来来来,别尽喝酒,吃菜吃菜。”把一个鱼翅夹到常种田的碗里。

常种田又喝干一杯酒,叹道:“那样一个美人不知落到哪个王八蛋的手里。唉!”

陈根柱道:“表哥别叹气,最近我得了一个宝贝,表哥看了一定会高兴得要死。”

常种田有了几分醉意,伸过手来:“拿出来让我看看。”

陈根柱道:“不在我手边,喝完酒我带你去看。”

常种田一推酒杯,说道:“这酒喝得没滋没味,带我去看看你的宝贝。”

陈根柱笑道:“表哥的急性子一点儿也没改。也罢,我这就带你去看。”站起身顺手端起酒杯仰脸喝了。

陈根柱带着常种田穿过大街,迤逦东去。来到街东头的一个小胡同口,陈根柱拐脚进去,常种田紧随其后,迎面风一吹,酒醒了一大半。左顾右盼,见是僻静之处,不免有点儿疑神疑鬼,浑身的肌肉也有了紧绷绷的感觉。

在胡同尽头的一个黑漆门前,陈根柱止住了步。伸手去推门,门虚掩着,吱呀一声开了。陈根柱抬腿跷进门槛。常种田心里疑惑,不敢贸然进去。陈根柱连声招呼他:“表哥,进来呀。”他这才进了门。

院子不大，十分幽静。两株桂树分左右植在两侧，中间是一条青砖铺的甬道。时值中秋，正是桂花盛开的时候。两株桂树繁花似锦，把不大的院子都映红了。满院清香扑鼻，沁人心脾。正面是三间砖木结构的大房，青砖青瓦，白灰抹缝，一明两暗。金龙锁梅的格子门窗，既显气派大方，又不失雅致精巧。常种田心里胡乱猜测，不知是个什么去处，一双狡黠的目光不住地四下张望。

陈根柱轻咳了一声，暗屋里响起了一阵细碎轻盈的脚步声，随即吱呀一声，明间的格子门打开了，一个俊俏的少妇出现在门口。常种田抬眼一看，顿时傻了眼。那少妇看见常种田，也面露惊讶之色。她不明白常种田怎么寻到了这里。

半晌，常种田道："桂香，你咋跑到这达来了？"

桂香一指站在一旁的陈根柱软语道："是这位爷替我赎了身，让我在这达住下的。"

常种田转睛瞪着陈根柱，脸色陡然一变。突然，他一伸手，抓住了陈根柱的衣领，怒骂道："原来是你这个王八蛋抢走了我的女人！"

陈根柱被衣领勒得有点儿喘不过气来，说话都有点儿结巴："表哥，你，你别误会。我可没碰她一指头，不信，你……你问她。"

常种田的目光转向桂香，桂香道："这位爷当真没碰过我。"

常种田这才松了手，可眼珠子还瞪着陈根柱。陈根柱喘了口粗气，捏了捏脖子说："表哥，别这么看我，有话咱到屋里去说。"

进了屋，常种田环顾四周，屋里家具一应俱全，而且崭崭新，光可鉴人。陈根柱察言观色道："表哥，这个住处还行吧。"

常种田点点头，疑惑地看着陈根柱半晌，问道："兄弟，你给我说实话,你替桂香赎身是为啥?”

陈根柱道:“表哥,你知道我是个打铁的,哪有钱替桂香赎身。”

“这么说替桂香赎身的不是你?”

陈根柱点点头。

“那是谁?”

“冯掌柜。”

“是他！他要桂香给他做小?”常种田的脸色又变得铁青。

陈根柱急忙说:“不不,冯掌柜是替你给桂香赎的身。从今往后,桂香和这个住处都跟你姓常了。”

“当真?”常种田大喜过望。

“我若骗表哥,天打五雷轰!”陈根柱指天赌咒。

常种田兴奋异常,在屋里团团转。忽然,他止住脚步,笑纹也在脸上僵住,瞪着陈根柱,疑惑道:“你给我说实话,冯掌柜为啥要这样厚待我?”

陈根柱没有答他的问话,转脸对桂香说:“给我表哥沏杯茶来。”

桂香应了一声,出了屋。陈根柱这才转脸对常种田说:“表哥你是明白人。冯掌柜这么厚待你,是想请你出手除掉马天寿。”

一听这话,常种田面露难色,干搓着双手,在屋里踱来踱去。显然,他在权衡利弊。陈根柱把这一切瞧在眼里,趋步上前,压低声音说:“表哥,冯掌柜还要我给你说,他只要马天寿的小命。马天寿抢去的那个女人,你若喜欢,他就送给你。表哥,那个女人你一定见过吧,姿色只在桂香之上,不在桂香之下。”

常种田的脸色活泛起来。

陈根柱又说:“表哥,若有这两个天仙般的女人陪伴,也不枉来人世一回啊。”

这时,门帘一动,桂香端着茶水走了进来。她放下茶盘,冲着常种田莞尔一笑,一双纤纤小手把一杯香茶送到了面前。常种田接茶时忍不住捏了一下桂香的酥手。桂香巧笑着在他手背上打了一下。他哈哈笑着呷了一口茶,转过脸对陈根柱说:“兄弟,你回去跟冯掌柜说,这活我常种田接了!”

陈根柱十分惊喜,可还有点儿不放心:“表哥不会失信吧?”

常种田有点儿恼火:“我姓常的吐摊唾沫都算数哩!”

第十六章

几经周折，天福的豆腐坊开张了。他和云英起早贪黑，勤勤恳恳地操持，生意很快就红火起来，且越做越大。前不久，他在双河镇开了家铺面，专卖豆腐，并挂出了“马家豆腐”的大招牌，让天禄当掌柜的。天禄在别的方面都有点儿懦弱，却在做生意方面显出了高人一筹的精明。“马家豆腐”店在他的操持经营下，在双河镇很快赢得了市场和声誉。

这一日，天福去双河镇办点事，顺便去店里看看。大老远就看见店门前挤了一大堆人，心里喜道：“生意真是红火！”往前走了几步，却听见有吵闹声，他心里一惊：难道出了什么事？

天福疾步来到跟前，果然有人跟天禄吵架。仔细一瞧，认出是双河镇有名的街楦子麻糖。那麻糖是牛二式的泼皮无赖，仗着一身蛮力和三脚猫功夫，在双河镇一直是螃蟹走道。认识他的人见他都绕道而行。天福走近时，见麻糖手里托着一块豆腐，梗着脖子嚷：“你说你的豆腐用马尾穿了都能提起来，那你就给我穿穿看！”

天禄赔着笑脸说：“麻大哥，你这不是难为我吗，让我上哪达去找马尾去！”说着又切下一块豆腐，放在麻糖的手中，“麻大哥，几时想吃豆腐就言传一声，我给您送去。”他自知刚才说走了嘴，想尽快打发走这个刁钻之徒,就尽拣好听的说。

可麻糖却不依不饶,天禄急中生智打了一块豆腐,用秤钩一钩,做了个表演,把那块豆腐一并送给麻糖。他知道麻糖是个泼皮无赖,被他缠上了,便只好使出了破财消灾之法。

围观中有人叫起好来。

麻糖"呸"了一声,瞪着眼睛冲那人说:"他说的是用马尾穿豆腐,没说用秤钩钩豆腐,你叫个屁好!"转脸瞪眼对天禄嚷道:"大爷我今儿就是要看看马尾穿豆腐。各位爷们,你们想不想看看马尾穿豆腐?"

围观的人都跟着起哄,一哇声地喊:"想看!"

天禄变颜失色,额头鼻尖沁出虚汗。有道是马尾穿豆腐——提不起。马家豆腐是云英家祖传的绝技,做得瓷实,色白而嫩,用秤钩能钩起。可没用马尾穿过。适才,天禄见买豆腐的顾客多,一边称豆腐,一边趁机要了几下舌头,一时嘴边没把关,说出了"马家豆腐能用马尾穿着提起来"的话。大伙都知道这是老王卖瓜自卖自夸的口头广告,没谁当真。没料到半道杀出了个程咬金,跟他较起了真。这双河镇的民众平日娱乐活动少,闲得发慌,此时见麻糖捋衣袖攥拳头,知道有热闹看了,围过来起哄助兴。天福见状,情知不妙,正想上前替天禄解围,只见一个中年汉子抢在了他的前头。

中年汉子拦住麻糖,说道:"这位大哥,得饶人处且饶人。有啥话好好说,千万动不得手。"说着递上一根香烟。

麻糖没有接烟,瞪着牛眼睛道:"你是个弄啥的?一边耍去!老子今儿就要看马尾穿豆腐!"说着伸出椽子般的胳膊猛地一拨拉中年汉子。中年汉子木柱似的定在那里,纹丝不动。

周围眼毒的人都看出中年汉子不是个等闲之辈，知道今儿“牛二”遇上了“杨志”，有好戏看，越发围得紧了。

麻糖却丝毫没有觉察到，眼睛直直地瞪着中年汉子。中年汉子笑道：“这位大哥，大家都出门混口饭吃，实在不容易，别把事情做得太绝了。”

“你他妈的敢教训你老子！”随着一声喝骂，麻糖猛地挥拳打了过去。

中年汉子身子略一侧，一把抓住麻糖的手腕，顺势往怀中一带，麻糖收脚不住，扑倒在地，头磕在柜台上，当即肿起鸡蛋大个包，引起一阵哄笑。

麻糖恼羞成怒，翻身爬起，挥拳又朝中年汉子打来。中年汉子不慌不忙，反手又抓住麻糖的手腕，猛地往外一折。麻糖怪叫一声，翻身跌倒在地。四周的哄笑声比刚才更大。

麻糖挣扎半天，爬起身来冲中年汉子直瞪眼。中年汉子冷笑道：“咋的，还不服气？那就再来试试！”

麻糖把中年汉子瞪了半天，终不敢再上前。“你狗日的叫个啥？留个名。”

中年汉子笑道：“还想跟我较量一回吗？”

“这一回算你狗日的赢了。你等着，我吃碗羊肉泡，再来跟你狗日的斗一回！”麻糖挤出人群，骂骂咧咧地走了，又引起一阵哄笑。

泼皮溜了，围观者见无热闹可看，便一哄而散。中年汉子抽身也要走，天福已认出了他，急忙迎上去，叫道：“党大哥！”

中年汉子一怔，一把拉住天福的手惊喜异常：“天福！”

“党大哥，你没有死。”

党玉怀笑道:“咋的,你嫌我没死。”

俩人你在我前胸打一拳,我在你后背打一拳,随后搂抱在一起哈哈大笑。笑着笑着都流出了眼泪。天禄和另一个伙计在柜台前看得目瞪口呆。

“天福,我正满到处寻你哩。”

“党大哥,咱兄弟俩难得见一回面,找个地方好好谝一谝。”天福不容分说,拉着党玉怀的胳膊进了孙二的酒馆。

俩人对饮了三杯,天福说道:“那次进山剿匪,回来查点人,不见了你,大伙都以为你没命了。”

党玉怀笑道:“我这人命硬,阎王爷不敢收留哩。”

天福问:“你跑到哪达去咧?”

党玉怀说:“那一仗全打乱了,黑天瞎火的,我找不到一个人,熬到天亮,队伍已不见踪影。”

“后来呢?”

“后来我就回家了。”

“我就说,那天我把能找的地方都找遍了,咋就不见你个影子呢。”

俩人感叹一番,党玉怀忽然问:“天福,你咋卖起了豆腐?”

天福笑道:“你说我该去干啥?”

“就你这披挂,该去贩卖枪炮。”

“党大哥这是抬举我。别说我没那本事,就算有那本事,也没那胆,没那本钱。”

俩人都笑了。

天福忽然感叹道:“不知咋的,我说我卖豆腐,谁也不信。”

党玉怀笑道:“你这副威猛相,说啥也不像个卖豆腐的,顶不济也该干老本行，舞枪弄棒。”

天福笑笑没吭声。

“那你咋学的做豆腐手艺？”

“提起这事话就长了……”天福仰脸喝了一杯酒，把自己后来的遭遇叙说了一番。

党玉怀骂道：“杨彦贵那狗日的就不是人做的！他后来当上营长了吗？”

天福摇头：“不知道。离开队伍我就啥也不知道了。只是听说，队伍后来开拔了，开到东北去了。”

“那么说，汤存后也去了东北？”

天福点头：“他随队伍走了。”

“唉，他爹妈好歹只守了他一棵独苗。两个老人这些年不知咋想他哩。”

“这些年我也常想到他。那天晚上要不是他来得及时，我的命早就丢在杨彦贵那狗日的手上咧。”

“再后来你就遇上了姜老汉和云英？”

天福点点头，喝了一杯酒，压了压翻滚的心潮。

党玉怀感叹道：“兄弟，你遇上了好人，也是命大。”

天福吃了一口菜，问道：“党大哥，如今做啥哩？”

党玉怀喝了一杯酒，笑道：“跟你一样，做生意哩。”

天福重新把党玉怀打量一番，皂色礼帽，青布长袍，还真像个生意人。

党玉怀也低头看看自己的衣着，抬脸笑道：“我不像个做生意的？”

天福笑了笑，不相信地问：“党大哥做啥生意？”

党玉怀说:“贩点儿药材毛皮啥的!”

“当真?”天福还有点儿不相信。

“当真。”党玉怀一脸认真。

天福道:“我们这地方不出药材,也不出毛皮,你跑到这达来做啥?”

党玉怀说:“我路过这里,没想到遇上了劫匪抢了我的货。”

天福一惊,忙问:“是哪股土匪抢了你?”

党玉怀说:“为首的姓常,叫常种田。这家伙挺凶的,名字叫常种田,却没半点儿庄稼汉的厚道实诚气,还开枪打死了我的一个伙计。兄弟,你知道这个人吗?”

天福点点头,拿酒杯的手在半空中僵住了。党玉怀说他的货被土匪劫了,他立刻想到了兄弟天寿,果然不出所料。

天福道:“党大哥,不瞒你说,我兄弟天寿是个山大王,常种田是他手下的一个头目。”

其实,党玉怀已经打听清楚了,因此才来找天福。他没想到在这里遇上了天福。真是“踏破铁鞋无觅处,得来全不费工夫”。当下他说:“兄弟,我就是为这事特地来寻你的。请你看在咱兄弟一场的情分上,帮帮我。这批货可是我的血本啊!”

天福一拍胸脯说:“只要是天寿的人抢了你的货,我叫他如数还你。”

党玉怀大喜过望,冲天福一抱拳:“兄弟,我这里先谢你了。”

天福喝干杯中的酒,道:“党大哥,我带你进山去要你的货。”

天福和党玉怀来到天寿的窝巢已是黄昏时分。二人踏上黄土梁,抹一把额头的汗,喘了口粗气,不约而同地眺望着西山落日。

半天晚霞，无声燃烧，赤若野火，映红了黄土高原的沟沟峁峁。一层薄薄的红雾虚无缥缈，落日飘浮其间，从容不迫，有一种难以言状的庄严和神秘。

半晌，党玉怀说了一句："这地方还真不错哩。"

天福点头称是。

二人伫立片刻，抬脚往前走去。在沟口放哨的喽啰都认得天福，其中一个跑回报知天寿。

等了很久，天寿才出了窑洞。揉着惺忪的睡眼，一脸疲惫之色，似乎刚刚从被窝爬出来。

昨晚得到密报，扶眉山的殷胡子带人马闯入乾州地面，在他的碗里抢食吃。他早就想干掉殷胡子，只恨找不着合适的机会，没想到殷胡子自个儿找上门来了。他闻讯勃然大怒，当即带人下山去打殷胡子。直到天色大亮总算围住了殷胡子，一阵乱枪把殷胡子打成了筛子底，终于替袁老七报了仇雪了恨。中午他才回到山上。除了眼中钉肉中刺，他大喜过望，倒头便睡。不是喽啰叫醒他，他会睡到明儿中午。

天寿见哥这个时候上山，心中一惊，以为家里出了啥事。天福说："家里没啥事，是我这朋友有点儿事来找你。"一指身旁的党玉怀。

天寿看一眼党玉怀，心中有点儿不快，眉毛不禁皱了一下。他曾经关照过哥哥，不要带生人上山来。天福看出他的不快，说道："党大哥是我在队伍上的朋友，我俩是生死之交，是自家兄弟。"

天寿转眼细看党玉怀。党玉怀迎着他的目光，憨憨一笑。满脸的纯朴，却也不失精明。天寿脸上挂上了笑纹，说道："我哥的朋友，也就是我的朋友。有啥事咱到屋里头说去。"带着天福、党玉怀进了他的聚义大厅。

党玉怀在一张八仙桌前坐定，环顾四周，这才看清是个大窑洞。他是关中平原人，还从没见过这么大的窑洞，心中暗暗称奇。天寿喊了一声："拿酒来！"有小喽啰应了一声，工夫不大，几个小喽啰送来酒菜，大碗的酒，大块子肉。

吃喝间，天福问天寿："常种田哩？"

天寿嘴里咽下一口菜，道："在哩。"

天福说："党大哥做点儿毛皮药材生意，这趟走到咱的地面上被常种田劫了。还伤了党大哥的一个伙计。"

天寿疑惑道："有这回事？"目光射向党玉怀。

党玉怀点了一下头，笑道："这也是大水冲了龙王庙，一家人不认得一家人。"

天寿脸色难堪起来，问坐在对面的天祥："你可知道这事？"

天祥摇头。

天寿的脸色更加难堪："你把种田给我叫来！"

天祥起身离座，疾步出了窑洞。

天福见事情有蹊跷，忙道："天寿，有啥话你跟他慢慢说，别着急上火，伤了你们弟兄的情面。"

党玉怀也道："你哥说得对，凡事要从长计议。"

天寿恨声道："这狗日的敢不听吆喝！"

这时，天祥带着常种田走了进来。常种田一眼就瞧见了党玉怀，心里一惊，随即笑着脸道："寿爷叫我有啥事？"

天寿一指党玉怀，冷脸道："这人你可认得？"

常种田强作镇静，装模作样地把党玉怀打量一番，道："认得。"

天寿面色一沉："你咋认得的？"

常种田忙道:“寿爷,我正要跟你禀报这事哩。前天我带了几个弟兄下山去,在半道上碰到他们一伙。没等我们说啥,他们就先亮出家伙动了手,还伤了咱一个弟兄哩。”

天寿瞪起眼睛看党玉怀。

党玉怀沉稳地看着天寿,摇了摇头。

天寿见状,情知其中有诈,悠悠地喝干一杯酒。他心里明白,肯定是常种田先动的手,也是他们先伤了党玉怀的人。过路客商只要能平安过境,绝对不会先动手伤人的。于是沉着脸死盯着常种田,猛拍一下桌子说:“你把话说清白,到底是谁先动的手?到底是谁先伤了谁的人?”目光如利刃怒视着常种田。

常种田慌乱起来。他闹不清楚党玉怀与天寿、天福的关系,不敢再扯谎。少顷,他稳住了神,往天寿跟前凑了一步,压低声音说:“寿爷,这回咱们发大了,这伙客商的货都是禁货,值大钱哩。”

天寿不屑一顾地说:“一点儿毛皮药材能值几个钱。”

常种田前趋一步,声音压得更低:“寿爷,毛皮只是个捎带,那药材全是政府明令禁运的西药,值大钱哩。另外还有二十杆快枪,四把盒子枪,两箱子弹,都是德国造的,崭崭新!”

天寿眼睛一亮,忽地站起身,眼珠子直瞪党玉怀。党玉怀镇定自若,只管吃菜喝酒,似乎没听见他们的谈话。

常种田斜觑着党玉怀,又说:“寿爷,我看他不是个正经生意人。”

天寿一怔,转眼看着常种田。

“他十有八九是陕北红军的货客!”

天福早已停住筷子,不眨眼地望着党玉怀。他没料到党大哥贩卖军火,心中猛地一震。天寿撤回目光,又拿眼珠子去瞪党玉怀。党玉怀从容地喝了杯中的酒，哈哈一笑，说道："你们别这么看我，我不是啥怪物。我是个生意人，啥东西赚钱就倒腾啥。"

天寿冷脸道："你就不怕犯王法吗？"

党玉怀笑道："你当山大王都不怕犯王法，我还怕个屎。再说，不敢冒风险，哪能挣大钱。"他喝了一杯酒，迎着天寿的目光又道，"咱俩虽是头次见面，可我早就听说过你的大名，兄弟是个义气冲天的汉子。来，老哥借花献佛敬你一杯！"倒满一杯酒，仰脸一口喝干。

天寿最爱听这话，脸上泛起笑意，也喝干了杯中的酒。天福存心帮党玉怀的忙，在一旁说："党大哥跟你一样，平生最讲义气，最重友情。在队伍上若没有党大哥的照顾，我也许早就没命了。"

天寿斟满了两杯酒，举起杯道："党大哥，今儿和你相会真是有缘。来，咱们喝了这一杯。"

二人举杯同饮。

天寿放下酒杯，拿起筷子吃肉。天福有点儿心急，在一旁提醒道："天寿，党大哥的货咋办？"

天寿不说话，只管啃手中的红烧肘子。天福和党玉怀面面相觑，又一同转过目光看天寿。天寿在全神贯注地对付手中的红烧肘子。好半天，他啃光了肉，扔了手中的骨头，拍拍手掌，哈哈笑道："我马天寿不认啥红军白军，只认朋友。党大哥是我哥的朋友，也就是我的朋友。朋友的东西我分文不取。"转脸对常种田说，"把货还给党大哥，一样也不要少。"

"寿爷！……"常种田叫了一声，脸色变得十分难看。

天寿摆摆手："啥话都别说了，江湖中人最讲义气二字。"

"可他们还伤了咱们一个弟兄哩！"

“咱们也伤了党大哥一个伙计哩。两家交兵难免要伤几个弟兄。种田,别小肚鸡肠,得饶人处且饶人嘛。”

天祥在一旁说:“种田哥,两家都有伤亡,这话不说也罢。”

天福也说:“种田兄弟,放党大哥一马吧,就算我求你了。”

常种田看着他们几个,心里一百个不愿意,嘴巴干张了半天,却啥也说不出来。

天寿仰面喝干一杯酒说道:“这事就这么了结了。党大哥,往后到了这个地面你就打上我马天寿的旗号,谁也不敢把你的尿咬了!”

党玉怀大喜过望,急忙起身,冲天寿一抱拳:“多谢兄弟!往后有用得着老哥的地方尽管开口,我一定舍命相助!”

天寿严肃了脸面:“党大哥,能不能给我也弄点儿快枪、子弹。”

党玉怀一怔。他没想到天寿会要这两样东西。

天寿看着他:“咋的,不好弄?”

党玉怀笑了一下:“不瞒你说,真是不好弄哩。可兄弟你要这货,再难弄我也要给你弄!”

天寿冲他一抱拳:“那我就先谢谢党大哥。”

党玉怀笑道:“你想拉队伍?”

天寿也笑道:“兄弟想闹个旅长师长干干。”

“到那时可要提拔老哥一把哩。”

“你老哥给咱当军需处长。哈哈哈……”

众人都跟着大笑,笑声竟把窑顶的尘土震落下来,落了一酒桌……

党玉怀和天福一同下了山,来到三岔路口,俩人不约而同地站住了脚。脚下的路一条往北，一条往南。党玉怀的几个伙计推着独轮车迤逦往北而去。他俩相对而视，良久，天福突然问道："党大哥，你是共产党的人吧？"

党玉怀笑道："你看我像是共产党吗？"

天福说："我看像。"

党玉怀笑而不语。半晌，他忽然说："天福，想不想去共产党的队伍里干？"

天福一怔，问道："你是说当红军？"

党玉怀点头。

天福思忖半晌，摇摇头。

党玉怀半开玩笑半认真地说："丢不下老婆？大丈夫志在四方嘛，咋能让女人的裤腰带拴住。凭你的才干，在红军队伍里一定能干出名堂来。"

天福摇头道："我吃了七年军粮，啥都看透了，那就不是我这号人待的地方。"

党玉怀说："共产党的军队和国民党的军队不一样。"

天福道："咋不一样？还不都是扛枪打仗。我算看透了，还是当平民百姓好，本本分分过日子。"

党玉怀摇头："天福，你窝在家里，外头的事一点儿也不清楚。共产党是为穷人谋利益哩，咋能跟国民党一样！"

天福笑道："我如今不是穷人咧，有吃有喝有穿的。"

"你满足咧？"

"三十亩地一头牛，老婆娃娃热炕头。我知足咧，不想再出去胡折腾咧。"

"你想本本分分过日子，可这世道能让你好好过日子吗？"

“我不去招惹谁，谁还能跑到我屋里去寻我的事？”

“这话你也别说，也许真有人上门去寻你的事哩。”

天福笑了：“党大哥，你别吓我了，我这几年胆子小多了。”

党玉怀叹了口气：“天福，当了七年兵你的胆气当没了。也罢，我不劝你了。你多保重，咱们后会有期。”拱手而别。

走出没多远，党玉怀又折回来，大声喊天福留步。天福站住脚，不知党玉怀怎的又折回来，疑惑地看着他。

党玉怀来到天福跟前，压低声音说：“天福，你跟天寿说一声，让他防着常种田一点儿。”

天福一惊，忙问道：“出了啥事？”

党玉怀说：“我这批货少了一支盒子枪和两箱盘尼西林，还有几件女人的皮袍、绸衣。”

“常种田拿走的？”

党玉怀肯定地点点头。

天福脸色陡然一变：“党大哥，你别走！咱这就上山去找常种田这狗日的！”

党玉怀急忙拦住天福：“算啦。我本想把这事说给你兄弟，但又怕为这事伤了他和常种田的和气。思来想去，觉得这个哑巴亏还是我吃了吧。”

天福气得直喘粗气。

党玉怀又说：“天福，你们兄弟这回帮了我的大忙，我觉得这话不说就对不住朋友。我打听过，常种田在双河镇包了一个女人，那女人是妓院里的一个姐儿。至于他从哪达弄的钱赎的那窑姐我没打听出来。常言说得好，防人之心不可无。常种田是个酒色之徒，见利忘义，千万防着他啊。切记！”拱手而别。

天福痴呆呆地戳在那儿，直到党玉怀从他的视野中消失。他思忖良久，返身上山。

天寿和天祥正在屋里谈论什么，见天福去而复归，感到诧异，忙问道："哥，你咋又回来了？"

天福看一眼天祥，欲言又止。天祥明白他有紧要话，正要出去，天寿开口道："天祥是自家兄弟，有啥话尽管说。"

天福便把党玉怀给他说的事说了一遍。天寿和天祥相视一眼，沉默不语。天福急道："你俩不信?!"

天寿说："哥，刚才天祥正给我说这事哩。"

天福道："常种田在双河镇还包了一个窑姐！"

天祥纠正道："我打听清楚了，不是包，是给那窑姐赎了身。"

天寿捏着下巴，在脚地踱了一圈，恨声道："这狗日的竟敢月里娃收鸡蛋，自拿主意，扣下一支盒子枪！"他对常种田搞窑姐的事不感冒，可那支德国造二十响盒子枪却让他揪心。那种枪袁老七有一支，打起来像机关枪，能点射，能连发。袁老七遭了黑枪，那支手枪也不知落在了谁的手中。干这勾当，枪就是命。有一把好枪，就是有好命。

天祥说："他起了歪心！"

天福道："防人之心不可无，你可得多防着点儿。"

天寿的眉毛一挑，骂道："这狗日的活泼烦了！"

天祥上前一步，压低声音说："我去把狗日的灭了。"

天寿没吭声来回地在脚地走动，眉毛慢慢拧成了墨疙瘩，眉宇间腾起一股杀气。

就在这时，常种田推门而进。屋里的三个人都是一怔，瞪着眼睛看常种田,天祥下意识地摸住了腰间的枪把。

“寿爷。”常种田面带喜色,拿出一把盒子枪,双手托到天寿面前:“我扣了狗日的货客一把盒子枪,这玩意儿是德国造,二十响,能点射,能连发,顶四五杆快枪哩。”

天寿一手抱怀,一手捏着下巴,看着那支盒子枪,冷冷道:“谁叫你扣货客的货哩?”

常种田略一迟疑,道:“我知道你手中没有个得心应手的家伙,就自作主张把这玩意儿扣下了。寿爷,干咱们这行手中没个好家伙不行。”

天寿冷眼看着他:“这么说你还做得有理了?”

常种田急忙道:“不是这话。我当时想,那货客若不是福爷的朋友,若不是福爷出面替他求情,那些货可就全归了咱。咱只拿了他一支盒子枪算个啥。这么想着就自个儿做了主张。”他说着话,一双眼睛观察着天寿脸色的变化,又从腰里拿出一个小布包,打开,是黄灿灿的子弹:“寿爷,我还弄了点儿子弹,你不试试枪?”说罢,把枪和子弹又往天寿面前递了递。

天寿面无表情,把常种田盯了半天,拿过手枪看了看,又接过子弹装满弹匣,大步出了屋。其他人都尾随而出。

天寿来到院子,环顾四周,想找个试枪的靶子。这时有一群鹁鸪从头顶飞过。天寿扬臂扣动扳机。随着一阵清脆的枪声,三四只鹁鸪掉了下来。院里的人齐声叫道:“好枪法!”

天寿得意地笑笑,吹一口枪管冒出的蓝烟,赞道:“好枪!”

常种田在一旁笑道:“枪好,寿爷的枪法更好!”

天寿两眼看枪,忽然问道:“你还扣了货客啥东西?”

常种田急忙说:“还有两箱西药。我想咱们山寨用得着。”

天寿只管翻来覆去地看枪，漫不经心地又问："再没有了?"

常种田一怔，随即道："还有几件皮衣。"

天寿转过脸来看常种田。常种田心中一惊，脸上却讪笑着："寿爷，我弄了个女人。那两件女式皮衣我看着好就留下了。回头我给夫人送一件来。"

天寿突然笑道："种田，你跟我犯的是一个毛病。"

常种田悬着的心放下了，跟着笑道："寿爷，咱们这叫英雄难过美人关。"

天寿在他的肩膀上猛地拍了一巴掌："说得对，咱们是英雄难过美人关。哈哈哈……"

天福和天祥面面相觑，苦笑一下，都摇了摇头……

第十七章

常种田回到住处,把自己扔在了炕上,长长地吐了一口气。他从衣袋里摸出一根香烟,吞云吐雾地抽着。

刚才的事把他吓得可不轻。他原本想把那盒子枪扣下私吞了,却瞧见马天福去而复归,便知道事情不妙,当下额头鼻尖都沁出了冷汗。他戳在那里思忖半晌,紧皱的眉头舒展了,疾步朝天寿的住处奔去。

果然不出所料,那挨㞗的客商把什么都给马天福说了,马天福又把那些话给天寿说了。要不是他及时赶到,应变得快,马天寿说不定怎么收拾他哩。

常种田越思越想越有点儿后怕,禁不住接连打了几个寒战,沁出了一身的冷汗。吸了几根烟,他才慢慢定下神来。这段时间他肚里一直憋着窝囊气。他自觉从上北莽山后给山寨出力不小,原想着天寿会让他坐第二把交椅的。没料到天祥、天瑞、天富、天狗一伙马氏家族里的兄弟上了北莽山,天寿不再拿他当大头蒜了,凡事都找天祥他们商议。为此,他肚里气不顺,有些后悔投错了山头,便有了走一步看一步的想法。前几天,冯仁乾让根柱找他做枪手,打天寿的黑枪。他真有点儿胆怯,他知道天寿脑袋上的窟窿不好钻,闹不好自己的脑袋就先让天寿扭下来当尿壶了。可冯仁乾肯下本钱,让他简直无法拒绝。胆小不得将军坐!不冒风险,哪能享醉卧拥美人的福哩。他便在肚里给自己打气:“怕啥!该死落个屎朝上,不死老子还要屎朝下哩!”又咬牙在肚里说:“狗日的天寿,咱骑驴看唱本,走着瞧!”

常种田稳住了神,却怎么也睡不着,睡不着就胡思乱想,想着想着就想到了女人身上,想着丰腴白嫩风骚的桂香在那张大木床上独守空房,他心头的欲火猛烈燃烧起来,浑身的热血顿时沸腾了,只觉得自己膨胀成了一个棒状物件。他再也按捺不住了,腾地从炕上跳了起来,摸着黑下山直奔双河镇。

天寿盘踞的地方距双河镇有二十来里地。常种田欲火烧身,健步如飞,不到一个时辰就赶到了双河镇。整个镇子沉浸在黑夜之中,已经昏昏欲睡。镇子里那几处稀疏的灯光,都是从酒馆、烟馆、妓馆、赌场透出来的。常种田一门心思在桂香身上,根本不理会那些诱人的灯光。他的脚步声引起一阵狗咬,脚步声过后,那狗咬声停止了。轻车熟路,他很快就来到了桂香的住处。他伸手去推门,门没推开,里边上了闩。他到这里来过夜没有定时,因此,桂香没有给他留门。他从腰间拔出一把匕首,从门缝插了进去,三拨两拨的,那门闩就拨开了。他从事的职业,使他把这勾当练到炉火纯青的地步。

常种田推门而入,不由得一怔。屋里还亮着灯光,这么晚了,桂香还没有睡?天生的一种警觉使他心中生疑。他轻手轻脚走到窗子跟前,伸出舌尖舔了一下窗纸,手指轻轻一捅,现出一个窟窿。可里边拉着厚厚的窗帘,什么也看不见。他屏住呼吸侧耳细听,里边没有动静。迟疑片刻,他抬手在窗棂上轻叩了三下,这是他和桂香约定的暗号。里边传出一阵窸窸窣窣的声音。他抬腿来到门口,门吱呀一声开了。一阵香风扑面而来。借着灯光一看,桂香只穿着一件红肚兜和一个花裤衩,几乎全裸地站在他面前。他的目光立时就迷离了,喝醉酒似的有点儿发晕,不能自已地向前一扑,把桂香搂在了怀中,桂香娇嗔道:“你咋才来呀……”

常种田的双手在桂香裸露的玉体上下左右地游移,嘴里吞咽着涎水。桂香在他手上打了一下,娇嗔道:“看你猴急的!”

常种田吞咽了一口唾液,急不可待地说:“小乖乖,我等不及了……”伸手就拉桂香的裤衩。

桂香挣扎着:“甭急甭急,到床上去吧……”

常种田急不可耐地拥搂着桂香就要上床,突然,一个冰凉坚硬的东西顶住了他的后脑勺。他以为后脑勺碰上了啥东西,下意识地偏了一下头。不料那冰凉坚硬的东西重重地在他后脑勺磕了一下,一阵生疼冲淡了他的欲火。他十分恼火,想侧过头看看那冰凉坚硬的物件到底是啥东西,只听一声沉闷如雷声似的声音呵斥道:“别动,动就打死你!”

常种田一下子呆住了,随即又灵醒过来,明白磕在后脑勺上的冰凉坚硬的东西是啥玩意儿了。他不敢再动,脑子里飞快地旋转着,想着脱身之计。

这时,只见那人一只手伸向他的腰部,摸走了匕首,随后又掏走了盒子枪。这两样东西是常种田保命的法宝。现在失去了法宝,他的胆气也没了,立时身子就有点儿发软。怀中的女人没费气力就挣脱了出来。那只手又伸过来抽走了他的裤腰带,他下意识地慌忙提住滑落的裤子。那人嘿嘿一阵笑,走到他的面前。他这才抬起眼来,只见面前的男人三十出头年纪,个头不及他的耳根,面相猥琐，獐头鼠目，却有一股狡黠的凶悍气。那男人搂住女人的肩头，手大大方方伸进女人的红肚兜中，抚摩着女人的乳房。桂香丝毫没有拒绝，没有愧色，反而迎合着那男人，浪笑声如同母猫发情。那男人的另一只手把玩着一支短枪。常种田是玩枪的，自然认得那是把左轮枪，不会打臭火。他看着自己心爱的女人被人搂在怀中玩弄，直恨得咬牙切齿。他的眼珠子骨碌骨碌乱转，想找机会收拾这个狂傲的矮汉。忽然，他瞧见门外影影绰绰，有两个彪汉在来回走动，手里都提着盒子枪。他一怔，随即明白那是两个保镖，在肚里叫了声："完了，完了！"禁不住长叹一声，低下了头。

那矮汉狂笑一声，道："咋的，你不服气？"

常种田忽地抬起头："好汉，你是哪座山头的？"他以为矮汉跟他干一样的勾当。如果真是同道中人，只要不是殷胡子的人，他有办法化干戈为玉帛。

矮男人冷笑道："你看我是哪座山头的？"

常种田认真地把他打量了半天。矮汉虽说相貌有几分猥琐，却气派不凡。眼睛不大，目光却阴鸷狡黠。他着实猜不透矮汉是哪路神仙，摇了摇头。

矮汉狞笑道："你是哪座山头的？"

常种田道："我是寿爷的人。寿爷知道吧，就是马天寿。"

他把"马天寿"这个名字一字一顿地说出来，只要在这地面混饭的，他想没谁会不知道"马天寿"的大名的。"我是寿爷的二头目，姓常，叫常种田。"为了显示自己更有分量，他把自己抬到了天寿的身边。

那矮汉仰面哈哈大笑。

常种田不由一怔，发痴地看着矮汉，弄不明白他为何发笑。

矮汉在桂香的脸蛋上亲了一口,笑道:“心肝宝贝,这狗日的还真听话,不打自招哩。”

常种田又是一怔,呆若木鸡。

矮汉松开怀中的女人,狞笑道:“你想知道我是谁吗?”

常种田点头问道:“你是谁?”

矮汉把手枪抛向空中,上下翻了几下筋斗又稳稳地接在手中,猫玩老鼠似的问:“田师长你知道吧?”

“你是田瑜儿的人?”

矮男人点头:“我姓李,叫李相杰,是田师长的副官。副官你知道吧,比师长只小那么一点点儿。”他学着常种田刚才说话的口气,说罢哈哈大笑。

常种田呆望着李相杰,似乎有点儿不相信。他弄不明白李相杰跑到双河镇来干啥,难道他是为桂香而来?

李相杰潜入双河镇已经好些天了。他原想利用桂香这个香饵钓住常种田,让常种田去打马天寿的黑枪。没想到第二天接到田瑜儿的急令,让他火速回去。他不敢怠慢,当天就返回了终南县。原来,终南山悍匪杨子烈偷袭了田瑜儿的师部,田瑜儿左臂挨了一枪,险些丢了性命。田瑜儿既震惊又恼怒,急令李相杰火速返回终南县,带兵去剿灭杨子烈。经过二十多天的剿杀,虽然没有擒住杨子烈,可也总算把杨子烈的大半人马剿灭了。杨子烈带着几个心腹马弁钻进了深山。这一仗队伍损失也不轻,特别是给养十分困难。士兵已经好几个月没有发饷,死者和伤兵领不到抚恤金,一时间士气低落,怨声四起。田瑜儿为此很头痛,李相杰在一旁出主意说:“师座,上次咱们抓的那个吴百万可是富甲一方,地肥财丰,万贯家财啊。若是……"说到这里他钳住了口。他明白自己的身份,话只能说到这里,大主意需长官定夺。

田瑜儿眉头顿时舒展开了,当即下令:"李副官,你亲自带上两个连,去吴家集给咱筹集军饷!"

那一夜月黑风高,正是打家劫舍杀人放火的好时机。李相杰带着人马直扑吴家集。

距吴家集还有三里地之遥,李相杰忽然发现吴家集起了火。那火光先是一团,随后蔓延起来,燃成了一片火海。是时月黑风高,火借风势,风助火威,那火霎时冲天而起,映红了半边天。

李相杰一怔,叫了声:"不好!"急令队伍跑步前进。他意识到有人抢在他前头对吴百万下了手。

李相杰估计得没错,对吴百万下手的是扶眉山的殷胡子。殷胡子早就眼馋吴百万这块肥肉了。只是吴家集在乾州地面,不在他的活动范围,他不敢轻举妄动。可这些日子扶眉山粮钱紧缺,很难支撑,殷胡子一咬牙就带着人马抢劫吴家集的吴百万。

吴家富甲一方,自然是深宅大院,高墙围圈,且有家丁守护。殷胡子的人马刚到吴宅,就被家丁发现了,双方立马就交上了火。家丁拼命打枪,使殷胡子的人马无法得手。殷胡子远道而来,本想速战速决,没料到吴家的家丁护院这么强硬。他急了眼,下令喽啰们四下放火,拼死强攻。

吴家的家丁见四下都起了火,以为土匪攻进了宅院,当下乱了阵脚。吴百万跺着脚在院子喊叫:"不要慌乱,开枪打狗日的!"可他已经压不住阵脚了,家丁没人再听他的了,四散溃逃。

宅子攻破了。殷胡子的人马蜂拥进来,吴家的人和家丁以及长工伙计像没头苍蝇似的到处逃窜。吴百万举着双手,仰天呼号:

“老天爷呀！……”一头栽倒在院子里。

殷胡子的人扑进吴家，见财就抢，见人就杀，似一群嗜血成性的野兽。螳螂捕蝉，黄雀在后。这伙野兽做梦也没想到李相杰的人马已经包围了吴宅。

起初李相杰以为这股杆子是马天寿的人马，心中暗暗高兴，今儿晚上可是一箭双雕。下令死围吴宅，不要放走一个会喘气的。轻重武器一齐开了火，殷胡子的人倒了一大片。殷胡子被打蒙了，不知道出了啥事。当他清醒过来时，急忙指挥喽啰反击。偌大的吴家宅院变成了战场，到处是枪声，到处是火光。

殷胡子到底势弱，看看顶不住了，就带着剩下的喽啰急忙溃退逃跑。李相杰带着人马冲进了吴宅。火光中他看见院中有个老汉挣扎着爬起身来。他走过去，一眼就认出是吴百万，狞笑道：“吴掌柜，天这么凉的，你躺在院子干啥哩？”

吴百万瞪着昏花的老眼望着李相杰，终于认出来了：“你是李副官？”

“吴掌柜记性不错嘛。”

“是你带的人马打抢我？”

李相杰笑了一下：“吴掌柜，你弄错了，是土匪打抢你哩。”

“那你是……”

“我是来给你打土匪的。”

老汉举目张望。火光中一伙披黄皮子的两脚兽满到处抢东西，拿得动的东西往口袋塞，拿不动的东西就用枪托往烂地砸。老汉猛地回过目光，怒目铜铃似的瞪着李相杰，骂了声：“狗日的一伙禽兽！……”把一口鲜血喷在了李相杰脸上。

李相杰抹了一把脸，面色变得恐怖狰狞，猛地扣动了手枪的扳机……

殷胡子带着十来个残兵败将，惶惶如丧家之犬，往扶眉山老巢逃窜。太阳出山时，他们来到槐树沟。过了槐树沟就是西秦地面，跨进西秦地面，这一劫就躲过去了。

实在是人困马乏了，殷胡子勒马缓行，擦了一把额头的冷汗。他回首去看，来时带了七八十人，此时只剩下了十来个了。他本想吃一口肥肉，没想到肉没吃上，几乎把老本都赔光了。他禁不住仰天长长叹息一声："唉！偷鸡不成，反蚀了一把米。"

忽然身后一个马弁叫道："殷爷，对面崖上有人！"

殷胡子急忙张目看，对面的土崖上站着一伙人。他大惊，急忙抽枪在手。

崖上为首的年轻汉子二十四五岁，浓眉赤面，一脸英武之相。穿一身黑衣黑裤，敞着怀，腰扎宽板牛皮带，斜插着盒子枪，枪把上吊着红缨穗，在晨光的映照下格外醒目。

年轻汉子喝道："下面可是扶眉山殷胡子的人马？"

殷胡子身后的马弁冲到前头，答道："我们是殷爷的人马，你们是哪座山头的？"

年轻汉子哈哈笑道："我们是北莽山的。"

"原来是寿爷的人，恕我有眼无珠。"

"你们不在扶眉山好好待着，跑到乾州干啥来咧？"

马弁语塞，回头看殷胡子。殷胡子使了个眼色，马弁转脸喊道："请你们寿爷出来说话。"

年轻汉子又是哈哈一笑："有啥话你就跟我说。"

殷胡子当下心里明白，年轻汉子就是马天寿。他只是久闻其名，从没见过马天寿，没想到马天寿竟然这么年轻剽悍，让他着实吃了一惊。他知道不能再藏头掩面了，一抖马缰绳向前走了两步，冲马天寿一拱手："寿爷，殷玉茂这里有礼了。"

天寿也拱手还礼："殷爷，马天寿多有得罪。"

"寿爷不必客套。我这次借道来乾州筹措粮饷，还请寿爷见谅。"

天寿笑道："殷爷此次去吴家集，腰包一定很充实了吧。"

殷胡子沮丧地说："唉，这回出师不利，跟田瑜儿的人马遭遇，空手而归。下回得手，一定给寿爷送上厚礼。"

"还有下一回？"天寿仰面哈哈大笑起来，那笑声在山间回荡，惊得一群灰鹁鸪扑棱棱地飞了。

殷胡子呆望着天寿，不知他为何发笑。天寿猛地收住笑，脸色陡然一变，喝道："殷玉茂，你可知罪？"

殷胡子自知在人家屋檐下，不能不低头，赔着笑脸说："我不知哪里得罪了寿爷？"

"你的罪有三条！"天寿数落着他的罪状，"你叫你的师爷钱老二来北莽山卧底诳袁七爷下山，从背后打他的黑枪，这是头一条罪。你截杀了曹玉喜，可把屎盆子扣在我马天寿的头上，这是第二条罪。昨晚你打劫吴家集的吴百万，把手伸到我的锅里捞食吃，这是第三条罪！"

殷胡子头皮一炸，禁不住打了个寒战，沁出了一身冷汗，急忙拱手赔礼："寿爷，我知罪了。改日我一定登门负荆请罪。"

天寿仰面，又是一阵哈哈大笑。

殷胡子又施一礼："寿爷，我知道今儿我是走了华容道，恳请寿爷网开一面，放我一马，此情容当后报。"

天寿黑丧着脸冷笑道："殷爷自称是曹操，可我不是关公。我是马天寿,比不上关公,没有关公那么大的肚量,也跟你这号人不讲义气!"

殷胡子脸色时而涨红,时而铁青,时而阴冷,由沮丧而灰暗,由灰暗而阴鸷,由阴鸷而冷酷,最终露出凶残的本相。可他还是不甘心,阴着脸说:"这么说寿爷不肯放我一马?"

天寿嘿嘿冷笑:"我本想放你一马,可情理难容!"

自从天寿得知殷胡子打死曹玉喜嫁祸于他,就恨得直咬牙,发誓要灭了殷胡子。昨晚半夜有探子报上山来,说是殷胡子劫吴家集。他咬牙骂道:"狗日的蝗虫吃过界了!"当下带着人马就要来个"螳螂捕蝉,黄雀在后",剿灭殷胡子。走到半道,又有探子来报,殷胡子被田瑜儿的人马围住了,殷胡子拼死冲出重围,往扶眉山逃窜。他略一沉思,便带着人马抄近道赶到槐树沟。殷胡子回扶眉山,槐树沟是必经之路,他要在这地方守株待兔。果然不出所料,殷胡子让他等着了。他怎能饶了殷胡子?

殷胡子见天寿不肯网开一面,牙齿咬得咯咯响,猛喊一声:"弟兄们,跟狗日的拼个鱼死网破!"打马就往前冲,手中的枪随即也响了。

十几个残兵败将紧随其后,舍命往外冲。天寿的人马占着地利之便,以逸待劳,加上人多势众,轻重武器一齐开火。殷胡子的人马左冲右突冲不出去,全被打得人仰马翻,脑浆迸溅,殷胡子也被乱枪打成了蜂巢……

当天中午李相杰就得到消息,昨晚劫吴家集的是扶眉山殷胡子的人马,而殷胡子的残兵败将逃窜到槐树沟被马天寿一举歼灭了。

得知这个消息后,李相杰着实吃了一惊。他没料到,马天寿这个雏儿已经成了一只老虎！返回终南县后，他给田瑜儿禀报了此事。田瑜儿对马天寿敢来他窝里掏雀儿一直耿耿于怀。这一带敢来鹞子窝掏雀儿的也就是杨子烈和马天寿。现在杨子烈被打跑了，岂能让马天寿活得自在！他当即下令，要李相杰带兵去剿灭马天寿。李相杰说，马天寿不比杨子烈，北莽山易守难攻，且远在乾州地面，鞭长莫及，只能智取，不可强攻。田瑜儿觉得他的话有道理，限令他一个半月消灭掉马天寿。于是，李相杰带着几个随从又来到双河镇。

来到双河镇，李相杰才知道情况有变，翠香楼的桂香已被人赎了身！

他急命随从四处打探，很快就摸清了情况。给翠香楼花魁赎身的人叫冯仁乾，马家寨人，颇有财产。冯仁乾的小妾被马天寿抢去做了压寨夫人，冯仁乾咽不下这口窝囊气，到处找刀客给他报仇雪恨。他出重金给翠香楼的花魁桂香赎了身，并买下一处宅院金屋藏娇养着。据说，这些日子马天寿手下一个叫常种田的头目经常晚上来和那个花魁幽会。

是夜，李相杰找到了桂香的住处。他的突然到来着实让桂香吃了一惊。

“没想到我能找到这里来吧。”李相杰阴笑着，在桂香的脸蛋上捏了一把。

桂香一时不知说啥才好，只是发呆地看着李相杰。

“这些日子和那个姓常的一定过得很开心吧？”

桂香这时明白过来，知道李相杰非同一般，什么都瞒不过他。她是风月场上的老手，当即换上笑脸，娇声道：“李副官，你真狠心，走时也不打声招呼，让人家老惦记着你。”

“你当真惦记着我？”

“看你问的这话……”桂香说着把丰腴的身子贴了过来。

李相杰脸色陡然一变，一把抓住桂香的胸衣，低声喝道：“别跟老子演戏了！说，常种田几时来？”

“他……他没个准……”

李相杰又换上一副笑脸，搂住桂香的肩膀说：“别怕，我跟你闹着耍哩。”说着掏出一对玉镯递给桂香，“给你的，喜欢吗？”

桂香惊魂未定，说了声：“当然喜欢嘛。”她完全清楚，这个矮汉不比常种田，狡黠，奸诈，凶残，多疑，让她害怕。

李相杰笑道：“只要你听我的话，好东西多得很。”说着，抱起桂香就往床跟前走去……

李相杰软硬兼施，把桂香玩在股掌之中。他在桂香的屋里住下，守株待兔。

第三天晚上，他就逮着了猎物。

此时，李相杰猫玩老鼠似的笑着，嘲讽道：“常二头目，我这副官有你的权势大吗？”

“我哪敢跟你比哩。”常种田的脸上一扫刚才的惶恐，竟然泛起了笑纹。他双手动作着，把裤腰绾了个结。李相杰倒吃了一惊，急忙后退一步，握紧手中的枪，喝道：“放老实点儿，小心你的小命！”

常种田做了个笑脸：“原来是李副官，我真是有眼不识金镶玉。兄弟以前也在田师长的队伍上干过。”

“你在田师长的队伍上干过？”李相杰很是惊愕，“在哪个营哪个连？”

“二营四连，连长是耿长发。”

李相杰把常种田仔细打量一番,忽地笑了:"怪不得我看你有点儿眼熟,原来你是耿长发手下那个老大没管住老二的大个子班长。"

常种田挠着后脑勺,嘿嘿地笑了。那年他在队伍驻地强奸了一个小媳妇,那家人闹到了师部,田瑜儿十分恼火,为了平民愤,责令打常种田四十军棍。当时,李相杰在一营当营副,恰好那天去师部开会,看到了常种田挨打的场面。常种田还真有种,屁股被打得肿得老高,硬是没喊一声。伤好后,常种田自知在队伍上再混不出个啥名堂,就开了小差,后来当了土匪。

"李副官,咱们好歹也算是同行哩。你现在官当大了,可要拉兄弟一把哩。"

李相杰把枪插回腰间,笑骂道:"你狗改不了吃屎。"

常种田也笑道:"你老兄也花心得很嘛。"

俩人都解除了敌意。李相杰掏出香烟叼在嘴角,常种田伸出手来,他便给了一支。桂香不失时机地划着火柴,先给李相杰点着,后给常种田点燃。

李相杰吐了一串烟圈,道:"你咋敢抢老子的女人!"

常种田急道:"我几时抢了你老兄的女人?"

李相杰一指身边的桂香,问道:"你咋把她弄到这达来了?"

常种田说:"桂香是我赎出来的。"

李相杰冷笑道:"你赎出来的?你一个土匪能有几个钱?你给我说老实话,那个冯掌柜给你赎女人是为了啥?"

常种田一怔,随即装糊涂道:"啥冯掌柜的?我不认得。"

李相杰脸色陡然一变,甩掉手中的半截香烟,道:"你装啥糊涂?你当我是吃干饭的?快说实话,免得我翻脸不认人!"

常种田一愣，痴呆呆地看着李相杰。李相杰什么都知道了，还瞒啥哩。他沉思半晌，道："李副官，你老兄啥都知道了，我也就不瞒你了。他是让我干掉马天寿。"

李相杰又点着一支烟，问道："你准备咋下手？"

"我还没想好哩。"常种田闷头抽了一口烟，忽地抬起头，瞪着眼珠子看着李相杰，"李副官，你也想干掉马天寿？"

李相杰瞟了他一眼，并不回答他的问话，冷笑道："你啥时候能想好？"

常种田明了李相杰的心思，又道："要干掉马天寿不是容易事。在他的窝里不好下手，就是真能找机会干掉他，可我也难逃出活命来。他的周围都是他马氏家族里的弟兄。"

李相杰盯着他，只是吸烟，并不说话。

常种田猛然想起了什么，凑到李相杰耳边低声道："马天寿还通共产党！"

李相杰很是吃惊，瞪起了眼珠子："通共产党？你咋知道的？"

常种田便把党玉怀的事说了一遍，临了说："那个姓党的根本就不是个生意人。他肯定是个共产党，那些枪支弹药和药品是往陕北送的。"

李相杰在屋里来回走动，眉头皱了起来。

常种田忽然又说："我看马天福也像是共产党！"

"马天福是谁？"

"他是马天寿的亲哥。"

李相杰的脸上显出阴鸷的冷笑："一个是土匪，一个是共产党，嘿嘿，真是妙不可言。"

常种田在一旁察言观色，也跟着干笑了两声。

“你知道吗？土匪和共产党都是政府的死对头！”

“知道知道。”

“你说，该咋收拾他们？”

“李副官说咋收拾他们，就咋收拾他们。”

“他们兄弟俩都得挨枪子儿。”

常种田心里一惊，随声附和：“得挨枪子儿，得挨枪子儿。”

李相杰又沉吟不语，好半天，徐徐吐了口烟，说：“你想法把马天寿引出窝巢，最好能引到马家寨去。”

常种田身子倾到李相杰跟前：“把他引到马家寨咋整？”

李相杰阴鸷地笑道：“你如果能把马天寿引到马家寨，就是立了大功，咋整你就不要管了。”

常种田直起身子，若有所悟，说道：“立了大功你咋谢我？”

李相杰一怔，随即沉下脸来：“咋的，你还跟我讨价？”

常种田嬉笑道：“李副官，干这事可是把脑袋拎在了裤腰带上，说丢就丢了。”

“你当土匪的罪名就不再追究了。”

“就这么个奖赏？我也太亏了吧！”

李相杰沉吟着，目光乜斜着身边的女人，半晌，说：“你真要喜欢桂香，就把她送给你。”

常种田叫了起来：“桂香本来就是我的人！”

李相杰冷笑道：“她怎么‘本来’就是你的人了？”

“是冯掌柜拿钱把她赎出来送给了我！”

李相杰连连冷笑：“姓冯的那叫‘勾结土匪’！是砍头的罪！”

常种田怔住了，目瞪口呆。他在队伍上混过，又在匪窝里钻着，知道这个世道有枪便是草头王。李相杰是田瑜儿的副官，冯仁乾是个打铁的，充其量只能算是个乡绅，他怎是李相杰的对手？“勾结土匪”这个罪名加在冯仁乾的头上，那可真是死罪哩。

常种田颓唐了。

李相杰沉思半晌，道：“姓常的，这事办成了你在匪窝也待不住了。你回队伍上来吧，我给你个连长当当，咋样，不亏你吧？”

常种田瞪圆了眼睛：“李副官，你不会诳我吧？”

李相杰有点儿不高兴了；“我咋会诳你，说真格的！”

常种田兴奋得直搓手：“我干，我干！”

李相杰笑骂道：“你又得美人又当官，好事都让你占全了。”

常种田嘻嘻笑着，伸出手掌和李相杰击了一下掌。没想到用力太猛，裤子绾的结开了，一下滑落到脚面，惹得李相杰和桂香捧腹大笑……

转眼到了农历八月。

几场秋雨过后，沟沟梁梁的作物一片金黄，收割在即。谷子、糜子、豆子等早秋作物已经开始收获，阵阵金风把庄稼成熟的喜讯传遍原野。北莽山处处能闻到庄稼成熟的香味。山寨中的业余匪卒躁动不安起来，纷纷告假回家去收获成熟的庄稼。

人少了，事也少了。天寿却格外警惕起来。三年前就是在秋收的季节，西秦县兔儿岭的刘十三大意失荆州，被远在岐风城的新二师的人马端了老窝。他见过刘十三一面，那是条好汉。可一时没小心，就丧了命。他常常为此痛惜不已。前车之鉴，他不能不小心防范。每天晚上，他都亲自带着天祥、天瑞等一干心腹四处查哨巡逻，以防不测。

这一夜，天寿照例带着几个心腹在山寨前后左右几个紧要哨口巡查。查到了寨后的哨口,常种田迎上前来。他带着一拨人马把守着后寨的几条小道。

天寿道:"种田,你这里有啥事吗?"

常种田说:"寿爷放心,我这里啥事都没有。我安排了几个兄弟到山下住着,一有风吹草动就鸣枪告警。"

天寿笑着点点头,点着一支烟,仰脸看着挂上树梢的圆月忽然问:"今儿是八月十几?"

天祥答道:"八月十五。"

"怪不得月亮这么圆这么亮。"天寿回头对身边的人笑着说,"我把日子过糊涂了,连中秋节都忘了。种田,明儿你去双河镇一趟,弄点儿月饼、酒肉回来,犒劳犒劳大伙,给大伙把中秋节补上。"

"没麻达。"常种田喜上眉梢。

天寿边走边道:"种田,你狗日的这些天老大要管住老二,别老往双河镇那个女人那儿溜达。这里要出点儿事,可别怨我马天寿翻脸不认人。"

常种田一怔,道:"寿爷要是信不过我,明儿去双河镇你就另找人吧。"

天寿笑道:"你狗日的还跟我顶嘴。明儿让你去双河镇,就是顺便让你过一过女人的瘾。要不的话,你狗日的晚上就开溜了。"

常种田挠着后脑勺,笑道:"寿爷,你算把我的心思猜透啦。"

天寿笑道:"看你狗日的往后还敢跟我打马虎眼吗?"

"我哪敢呢?"

天寿离开后寨,常种田禁不住想起桂香,心里直痒痒,当即就想下山去双河镇,可又怕天寿后半夜又来巡查。他按住心头的欲火煎熬着。终于天光大亮,他把裤带往紧勒了勒,疾步下山直奔双河镇。

常种田来到双河镇，已经日上三竿。他没有急着去办天寿吩咐的事，径直去了桂香的住处。

推开院门，桂香走了出来。她刚刚睡醒，还没梳洗，乌发瀑布似的垂在脑后，睡眼惺忪，胸前的纽扣也没有扣，露出了肥硕丰满的双乳。常种田欲火烧身，按捺不住，疾步上前搂住桂香就要亲嘴。桂香慌忙躲开，打了他一下，嘴朝屋里努了努，他弄不明白是咋回事，呆望着屋门。

只见李相杰从屋里走出来，伸开双臂长长地打了个哈欠。常种田不禁一怔。这段时间，他已经好几次与李相杰在这里碰面了。这狗日的说是把桂香给我了，却老来这地方过夜算是怎么回事？他真想扑上去，一拳平了李相杰的秤砣鼻子，可他还是忍住了。他明白自己现在根本不是李相杰的对手，再说，他日后还想攀这个高枝往上爬哩。

常种田脸上挤出几丝笑纹，招呼道："李副官，你在这达呢！"

李相杰乜斜了他一眼，冷冷道："你来干啥？"他对常种田很不满意。他催问过几次，几时能把马天寿引出窝来，常种田说正在想办法，可眼看一个月过去了，屁办法都没想出来。离田瑜儿一个半月的期限越来越近，李相杰不免着急起来。这狗日的常种田看来指靠不住了，得另想办法。若是想好别的办法，就给狗日的常种田吃颗铁花生，让他别做美梦了。这么想着，李相杰就不给常种田好脸色看了。

常种田讪笑道："马天寿让我来办过中秋节的东西哩。"

"那你跑到这达来干啥？"李相杰不屑地瞪他一眼，伸手搂住桂香的软腰，转身要进屋。忽然，他又回过头来，道："你几时能把马天寿引出窝来?”

常种田怯怯地说:“那狗日的近来防范得很严,我还真找不出个借口来。”

李相杰很恼火:“我把你当成了夜明珠,想不到你才是个萤火虫! 你除了会玩女人屄事都弄不成!”他搂着女人进了屋。

常种田被骂傻了,木橛似的戳在那里。他满怀欲火跑来会女人,没料到遇上了丧门星,还挨了一顿臭骂。他把一口浓痰狠狠地砸在脚地,狠骂了一声:“驴日的!”

“你骂谁呢?”

一声喝问如雷贯耳。常种田一怔,抬眼一看,李相杰站在屋门口,拿一双白眼正瞪着他。他急忙道:“我骂我呢,我骂我这个驴日的屄事都弄不成。”

李相杰黑着脸问:“你刚才说马天寿让你弄啥来着?”

常种田说:“让我弄点儿月饼、酒肉啥的。”

李相杰问:“昨儿是中秋节,咋才弄这些东西?”

“山上日子过混了,昨晚马天寿看见月亮圆了,才想起了过中秋节。”

李相杰点燃一根烟,在台阶上来回踱步。忽然他停下脚步,道:“你今儿回去跟马天寿说他家出了事,让他马上回家一趟。”

常种田一怔,随即明白过来,迟疑道:“说他家出了啥事情呢?”

李相杰问:“他家都有啥人?”

“他哥他嫂他侄儿。哦,前些日子,他把他媳妇送回去了。”

“就是冯仁乾那个小老婆?”

“哦,那个女人肚子大了。”

“哼,狗日的马天寿当了土匪也没误了玩女人。”

“他就是为了那个女人才当的土匪……”

李相杰忽然盯着常种田问道:“你刚才说啥来着？那个女人肚子大了?”

常种田嬉笑道:“大了。天寿狗日的锤子还镵火得很。”

李相杰捏着下巴略一思忖,说道:“就说那个女人要生了,是难产!”

“这个主意好!”常种田以拳击掌,“天寿跟那个女人很黏糊,他保准要回去!”

李相杰又说:“你要说得厉害些,就说女人疼得满炕打滚,喊着叫天寿回来哩。”

“好！我这就去诳他。”常种田说着抽身就走。

“慢着!”李相杰叫住常种田。

常种田止住脚步,看着李相杰,不知他还有什么吩咐。

李相杰眯着眼睛,悠悠地吐了一口烟,说道:“太阳偏西了你再去诳他。这会儿让桂香陪你耍耍吧。”转脸又对桂香说:“你陪种田好好耍耍吧,一定要让种田高兴。”随后甩了手中的烟头。

常种田受宠若惊,喜不自胜,伸手就揽住桂香的肩头。李相杰忽然回过头来,一脸的严厉:“种田,你狗日的一定要在今晚夕把马天寿诳下山来!”

常种田急忙说:“你放心,我一定说到做到!”

第十八章

桂香陪着常种田美美地玩了一下午的风情游戏。常种田终于累得如同犁了地的牛倒在床上呼呼大睡。桂香整好衣衫进了厨房。时辰不大,桂香端着饭菜进了屋,摇醒床上的男人。常种田睁开眼睛,桌上放着一碟韭菜炒鸡蛋,一碗葱花细面。这两样东西都是他喜爱的食物。他爬起身,二话没说端起碟子一下扣进了老碗,随后端起老碗就风卷残云般大吃起来。

老碗见了底,常种田用手背抹了一下嘴,掏出一根香烟叼上。桂香收拾了碗筷,又端来一杯香茶。常种田双腿盘坐在床上,眯着眼睛吸一口烟,品一口茶。那神情仿佛成了仙。

抽完一支烟,茶杯也见了底。常种田打了个饱嗝儿,眼神迷离地看着站在桌前的女人。他一伸手,把女人拉到了怀里。女人挣扎着,在他额头上戳了一指头,嗔道:“甭骚情了,你该动身了。”

“去哪达?”

“咋的,你把李副官交给你的事忘了?!”

“不急,咱俩再耍一回。”常种田搂住桂香就要亲嘴。

桂香细眉一挑,扬手打了常种田一记耳光。常种田一怔,摸着发麻的脸颊,恼怒道:“你个婊子客,敢打我!”抬手要反击。

桂香并不躲避,冷笑道:“你这回要把事弄不成,李副官要拾掇你哩!”

常种田打了个冷战,抬起的手在半空僵住了。

桂香又道:“这么长时间了,你只说不做,李副官早就恼火了。好几回都说要拾掇你,都让我劝住了。这回再弄不成,我怕也保不了你的命。”

常种田瞪着这个让他恨不起、爱不够的漂亮女人,他弄不清她的话是真还是假。

“你看我干啥?瞧你个瓜㞞(傻)相!”桂香又在常种田额头上戳了一指头。

这无疑是个亲昵的信号,常种田一把抓住女人的手,另一只手在女人丰嫩的手背上摩挲着,道:“你咋老向着姓李的说话?”

桂香道:“我说你是个瓜㞞你还不爱听。姓李的是官军的人,又当着官,权大势大,我表面上能不向着他?可我内心里一直向着你哩。”

常种田有点儿受宠若惊:“真格的?”

桂香又戳了他一指头,娇嗔道:“我几时哄过你。我黑黑明明盼着你把事弄成,得上一笔钱带我远走高飞哩。”

常种田又沮丧起来:“我上哪达弄钱去?李相杰这狗日的尽欺哄人哩。”

桂香给他出主意:“你把马天寿诳下山,自个儿想法留在山上。等马天寿下了山,你就放火烧山寨。山寨里的人肯定要救火,你就趁乱拿上山寨的钱财来接我,咱俩一块儿远走高飞。”

常种田道:“李相杰让我到队伍上去干,答应给我连长干哩。”

“你信他的鬼话?”桂香撇了一下嘴,“那人刁钻镵火得很,把你卖着吃了,你还得帮着人家数钱哩。今晚夕收拾了马天寿,说不定明天就收拾你哩!"

"照你这么说李相杰的话不能信?"

"不能信。"

"队伍上不能去,土匪也不能再干了,咱上哪达干啥去?"

"只要有了钱,啥事弄不成!咱寻个人找不到的地方安个家,做个生意啥的。如果生意做不成,咱置些地,就种庄稼,我给你再生上几个娃娃。三十亩地一头牛,老婆娃娃热炕头。你说美不美!"

常种田被女人说得心花怒放,情不自禁地和桂香又亲热了一番。临出门时,他在女人脸蛋上亲了一口,说:"你等着,事情弄成后我立马来接你!"

落日爬在山尖,常种田回到了北莽山。

众喽啰见他回来,一阵雀跃,纷纷围了过来。天寿吩咐天瑞等人把月饼、酒肉等东西分配下去。

常种田走过来叫了一声:"寿爷!"

天寿转过脸来。常种田趋步上前,低声说道:"我在镇上见到了福爷,他让我给你说一声,夫人要生了,是难产,疼得满炕打滚,不住喊叫要见你哩。"

天寿浑身一颤,急问道:"咋不请接生婆?"

"福爷说请了两三个接生婆,都不行,他才去双河镇请麻大脚的。"

天寿知道麻大脚是方圆几十里最有名气的接生婆,如果请去了麻大脚就不会有啥事了。可万一要有了啥事呢?他的心一下提到了嗓子眼儿。“我大哥还说啥了?”

“福爷说请寿爷赶紧回家一趟。”

天寿忽然盯着常种田的眼睛说:“算日子还不到时候哩,咋就生了呢?”

常种田头皮炸了一下,可还是神色不露地说:“生娃娃的事谁能说个准哩。”

半晌,天寿收回目光,木橛似的戳在那里,两道浓眉拧成了墨疙瘩,面沉如铁,似一个石刻雕像。夕阳落山了,天边燃烧的晚霞把北莽山涂成了血红色,也给这个石刻雕像镀了一层金辉。起风了,高原的秋风很强劲,从原头的野草尖呼啸到原下的树梢头。天寿一头猪鬃似的短发当风抖着,不屈不挠。怎么会出这种事呢!他心底感到一阵痛楚。不怕一万,就怕万一。万一要出了啥事呢?他禁不住打了个冷战,猛地叫道:“天祥!”

天祥应声跑来。

“你安排一下,咱们回家一趟!”

天祥一怔,呆眼看着天寿。他不知道常种田给天寿说了啥,天寿为啥突然要回家?

天寿低沉着声音说:“香玲要生了,我得回去看看。”

“立马就回?”

“立马就回!香玲难产,疼得满炕打滚……”

天祥迟疑一下,问:“种田送的信?”

“他在双河镇见到大哥了,大哥让他带的信。”

“带几个人回去呢?”

“你,还有天瑞、天富、天狗几个吧。”

“多带几个人吧,这个季节常出事……”

天寿沉吟道:“那就多带几个人吧。”

天祥转身去做安排。天寿戳在那里一根接一根地抽烟。常种田伺立一旁,心里暗暗得意,面上却波澜不惊。

工夫不大,天祥跑来说,啥都安排好了。留下一拨人马看守山寨,其余人都跟随天寿去马家寨。天寿转过脸来,十几个精壮汉子一排溜站在他面前,大多是马家子弟。人人都是短装打扮,腰里插着短枪,收拾得利利索索。他满意地点点头,扭脸对常种田吩咐道:“种田,你给咱守住山寨,千万不能出半点儿纰漏!”

常种田一挺身子,朗声道:“寿爷放心,我一定守好山寨。”

天寿一挥手,说了声:“走!”翻身上了马。

忽然,天寿勒住了马,身后的人都止住了步,十多双眼睛都望着他。他返身回来叫住常种田,转脸对天祥说:“你和天瑞都留下,好生看守山寨!”

天祥有点儿迟疑。天寿瞪着他和天瑞:“这是咱的窝巢,一定要守好!”

天寿回头对呆立一旁的常种田说道:“种田,你陪我回家走一趟。”

常种田刚才还在心中得意,暗自思忖,等到半夜,他就和几个心腹收拾掉其他匪卒,卷了山寨里的细软,一把火烧了山寨,带上桂香远走高飞。

此时天寿却返身回来要他一同去马家寨,脸立马就青了,额头鼻尖都沁出了冷汗。幸好天色已经暗了下来,天寿没看见他的脸色变化。他一时找不下推辞的理由,只好答应,声音竟有点儿哆嗦。

暮色垂临,天地间一片混沌。十六的月亮升起得晚了点儿,月光如雪,并不比昨夜逊色多少。星光疏淡,晚风裹着如水的月光满天倾泻下来,把近处的景物映照得清清楚楚,远处的树木庄稼相互遮掩,一片模模糊糊。

天寿带着常种田和几个心腹下山,抄近道直奔马家寨。路上铺着半拃厚的浮土,马蹄踩上去竟没有一点儿声响,天寿的乌骓马走在前头。这匹马很通人性,步子迈得很疾。

天寿归心似箭,一路上不住地加鞭催马。他虽说没有做父亲的经历,却经见过一回女人难产的事。十五岁那年,二娘难产,叔父请来好几个接生婆都束手无策。叔父又去请麻大脚,麻大脚却被另一个青年汉子请去了,青年汉子的女人也是难产。二娘在屋里不时地发出痛苦的惨叫,叔父在屋外如热锅上的蚂蚁团团转,天禄哥守在门口不住地抹眼泪。二娘在土屋里惨叫呼号了两天两夜,最终离开了人世,土炕上血迹斑斑,墙壁上印满着二娘带着血迹的手印……那一幕惨景犹在眼前,他真怕香玲重蹈二娘的覆辙。随即他又在心里安慰自己:“不要紧的,香玲不是二娘,再说大哥去请麻大脚了……”心里稍许安定了一些。

一队人悄无声息。天上有了浮云,给月色罩上了薄雾,暗淡的星光似仙人的烟锅发出的光,闪闪烁烁的光芒织成了一张诡秘的天网。远处的丘峁和沟壑黑黝黝的,近处的庄稼也都昏昏黄黄的,只有促织和秋虫发出粗浊而又胆怯的叫声。

常种田骑着一匹白马跟在天寿身后,月光下那匹白马十分显眼。刚一下山,常种田就觉察到自己犯了个大错误,千不该万不该,不该骑这匹白马,在肚里直骂自己是个浑㞗儿。

跟在常种田身后的是天富和天狗。不知是有意还是无意,这两个马姓小伙子——天寿的贴身马弁一左一右紧随着他，半步不落。他做贼心虚，一路不住地偷眼左右张望，想找个机会溜掉。此时，他心里明白，今晚夕天寿活不成，他也活不成。他得赶紧想法脱身。女人和钱财他都不要了，命比啥都重要。

忽然，常种田勒住了马。

天富和天狗同时勒住了马，后边的人也都勒住了马。天富探身问道："种田，你咋不走了？"

"我肚子疼，想拉屎。"常种田滚鞍下马，把马要往路边的树上拴，"你们先走吧。"

天富、天狗相视一眼，天富跳下马把缰绳扔给天狗："我也想撒泡尿。"

这时天寿发觉后边的人没有跟上来，勒马回来，大声喝问："你们弄啥哩？"

天狗说："种田和天富拉屎撒尿哩。"

天寿骂了一句："懒牛懒马屎尿多！"掏出香烟吸着，道，"那就喘口气，想屙就屙，想尿就尿。放麻利点儿！"掉头去抽烟。

常种田猫着腰钻进了谷子地，天富紧跟在他身后，开玩笑似的说："往哪达钻哩，怕谁看见了你的精尻子？"

常种田浑身一激灵，随即强笑道："我怕熏着了大伙。"却不敢往前再钻，蹲下了身。

天富站在他一旁，叉开双腿撒尿。撒完了尿又不紧不慢地系裤子。这时就听天狗在地边呐喊："你俩屙屎哩还是生娃哩，咋恁费事的！"

常种田见此情景，明白此时无法脱身，不敢磨蹭，捡了一个土坷垃擦了一下屁股，提起了裤子。这时天富也系好了裤带，俩人相对一视,相跟着出了谷子地。

月近中天,天寿一干人到了马家寨。虽然还不到子夜,但马家寨已经沉浸在梦乡。整个村寨一片寂静,偶尔传出一两声狗叫,更加显出了夜的深沉。

寨门紧闭着,天寿让天狗上前去叫门。天狗叩响粗重的门环,扯着嗓子喊叫:“大叔,开门来!”

城门楼上一个苍老的声音问道:“谁个儿?”

“是我,天狗。快下来开门。”

守门的是冯姓的一个光棍老汉。他伸长脖子,借着月光,看清是天狗,嘟嘟囔囔埋怨天狗打扰了他的瞌睡,起身下来开门。

开了寨门,他才看清天狗身后还有天寿、天富等一干人。他笑着脸跟天寿打招呼:“是天寿回来了。”

天寿笑着应了一句,扔给他一包香烟,带着人马直奔家门口。杂乱的脚步引起了一阵狗咬。

到了家门口,天寿翻身下马。家里没什么动静,也没有灯光。天寿先是一怔,随即大喜。没啥动静就是说危难已过,母子平安。他上前叩响门环,屋里有了灯光,随即传出大哥的喝问声:“是谁?”

“是我,天寿!”

门开了,天福惊问道:“你黑天半夜回来有啥事?”

天寿疑惑了:“香玲不是要生了吗?”

“哪来的这事!”

天寿浑身一激灵,猛回头叫道:“种田!”

没有人应声。

天寿急问天富。天富一道目光正在四处搜寻,只见那匹白马脱缰在一旁啃着树皮,头皮不禁一炸,惶然道:“那狗日的刚才还在哩，咋一眨眼的工夫就不见咧！半道上他要拉屎，我就疑心他想溜。”

天寿猛一拍大腿，叫了声：“瞎尿了！”

众人都惶然地看着他。他黑丧着脸对天富说：“你带个人去寻常种田那狗日的，活的弄不回来就把狗日的头提回来！”

天富应声带人而去。

天福急问出了啥事。天寿愤声骂道：“那狗日的说你给我捎话，香玲要生了，难产，叫我赶紧回家一趟。当时我有点儿不信，可我想他不敢诳我。”

天福急道：“我哪里见过他的人影！”

天寿咬牙骂道：“这狗日的诳我哩。我要逮着他，非剥了他的皮不可！”

天福疑惑道：“他诳你回来干啥？”

天寿沉吟道：“他一定是跟谁合伙暗算我……不好，我得赶紧回山寨！”转身就要上马。

这时香玲和云英都出屋走了过来。云英说：“黑灯瞎火的站在这里干啥，有话到屋里说去。”随后又跟天寿开玩笑，“香玲黑黑明明都在想你哩。”

香玲手抚着高高隆起的肚子，一双泪眼深情地看着天寿，分明是埋怨他不常回来看看。

天寿看着香玲：“你好着哩？”

“好着哩。”

“那我走咧。”

香玲失声叫道：“你刚回来就要走？”

天寿说：“出事咧！”

香玲追问道:“出啥事咧?”

天寿道:“一句两句说不清,我得马上走!嫂,你多照顾点儿香玲。”

云英说:“明儿再走吧。”

“耽搁不得!”天寿翻身上了马,又大声说,“哥,我把香玲托给你了,你要照顾好!”说罢立即催马往城门奔去。

“天寿!……”香玲叫了一声,泪水涌出了眼眶……

就在这时,一阵锣声响起,在静夜中显得格外惊心动魄。锣声稍停,就听守寨门的冯老汉扯着嗓子喊:“粮子来咧,赶紧躲呀!”

“狗日的把粮子勾引来咧!”天寿骂了一句,急奔寨门。

快到寨门时,迎面跑来了守门的冯老汉。天寿急问道:“大叔,粮子进寨门了吗?”

“还没哩。”

“有多少人?”

“多着哩,黑压压的一片……”

天寿带着人疾步登上城门楼,借着月光往下看,果然黑压压的一片,少说也有百十人。有人高声喊:“老乡,快打开寨门!我们是中央军!是来剿匪的!有股土匪进了你们村寨!”

天狗举枪要打那喊叫的,被天寿急忙拦住。天寿压低声音道:“先别打!今晚夕火色不对,咱得先想法出村!”正要带人下城楼,一个喽啰慌慌张张跑来报告:“寿爷,大事不好,中央军把寨子围住了!”

天寿急忙引颈张望,左右两侧都有黑影子在移动。他浑身一激灵,命令道:“走西门!”带着人马下了城门楼就奔西门。

刚到十字口,碰上了天富。他惶然道:“天寿哥,粮子把寨子围住了!”天寿惊问:“后门也有粮子?”

天富说:“多得很!”

“你看见了?”

“我亲眼看见的。我满村寻常种田那狗日的,都不见踪影。我寻思他从后门溜了,就跑到了后门。后门锁得好好的。我怕他躲在城墙上,就爬上了城墙,往外一看,城壕边有许多人,都扛着枪,再仔细一看那装束,我就知道是粮子,就赶紧跑来告知你……”

这时天福也跑来了,跺脚道:“村南村北的城壕上都被粮子围了!”

天寿黑了脸,低声喝道:“上东门!”

这时一街两巷都站满了人。村民们早就惊醒了,站在自家的门口探头探脑,心都怦怦乱跳。生在乱世,常受兵匪的骚扰。一听见锣声,大伙都知道不是来了匪就是来了兵,个个心惊肉跳。自天寿当了土匪头子,成了这一方土地的土皇上,马家寨不再遭匪祸,没有哪股小毛毛土匪敢来虎口拔牙。可现在来的是中央军,明白人都知道这回遭了大殃,赶紧唤醒妻儿老小,准备逃命。

这时,马家寨的业余匪卒也都出了家门,有人大声问天富,出了啥事。天富说:“粮子来哩。快抄家伙上城楼!”

业余匪卒纷纷操起刚放下不久的家伙,追随天寿上了城楼。

城外的军队见喊不开城门,便动手给城门楼下安放炸药包,准备炸掉城门楼。指挥官是李相杰。

早晨李相杰离开了双河镇,就匆匆地赶回终南县调兵遣将。他原打算在天黑前把马家寨包围住,却又怕白天行动走漏了风声。傍晚时分他才带着人马出发。他估计常种田能把马天寿诳下山来,再厉害的老虎离开了山还不如一条狗。这回,他说啥也要把马天寿干掉,不能让他像杨子烈一样溜掉。他早就算计好了,收拾掉马天寿,回头把常种田也收拾掉,那个见钱眼开、见色忘义的东西留他何用!

一路上李相杰不住地催促兵马快行。虽然他的人马行动十分迅速,可终究两条腿跑不过四条腿,马天寿的人马还是先他一步进了村子,而且寨门也关了。他让人喊了半天也不见人来开,却听见村里狗咬成一片,还有人马跑动声。他真担心煮熟的鸭子飞了,骂了一句"一伙土匪刁民",下令炸掉城门楼。

天寿登上城门楼一看,就明白了是咋回事,急了眼,拔出枪就打,天福一伙也开了枪,安放炸药的士兵都一命呜呼了。

李相杰见此情景,十分恼怒,下令强攻。一时间长短枪、机关枪一齐向城门楼开火,子弹像飞蝗一样飞向城门楼,有几个喽啰中弹殒命。

天寿红了眼,喊了一声:"抬铁铳来!"

碗口粗的几杆铁铳抬了过来,天寿命人快装火药和铧尖铁丸,他挽起衣袖,拿着火绳亲自点铳。

几团火光一闪,紧随着惊天动地的几声巨响,铧尖弹丸呈一个宽大的扇面飞向城下的人马,霎时间城下顿作一片鬼哭狼嚎之声。李相杰幸亏站得远一点,一个弹丸从他头顶飞过,把他的帽子穿了个洞,他急忙趴在地上,惊出一身冷汗。

李相杰趴了半晌,不见城头有什么动静,又下令攻城。刚进攻到城壕边,城头的火铳又响了,士兵们哭号着又退了下来。

如此三番,冲锋都被火铳轰退了。李相杰红了眼,挽起衣袖,挥起盒子枪亲自带队往上冲。

月光下,冲锋的队伍影影绰绰,站在城门楼上看得清清楚楚。

天寿骂了声："狗日的活泼烦了！"把一杆火铳对准了李相杰。

"轰！"

一声巨响，李相杰只觉得眼前闪起一片火光，情知不妙，慌忙趴下身。但已经晚了，右臂上中了弹丸，痛得他出了一身冷汗。身旁的马弁急忙搀扶他往下撤，急喊军医。

军医给他包扎住伤口。他牙疼似的直吸气，只觉得胳膊成了两截。他恼羞成怒，把牙咬得咯咯响，命令队伍拼死往上冲。

这时一个军官跑来气喘吁吁地说："李副官，硬攻不行，他们有土炮哩！"

"胡营长，硬攻不行？你说咋办？"

"要把他们的土炮搞掉！"

李相杰恼火道："你带人上去把他们的土炮搞掉！"

胡营长说："他们用炮，咱们也用炮呀！"

"对哩，我咋就没想到哩。"李相杰一高兴把伤弄疼了，直龇牙咧嘴，"胡营长，你亲自回去跟田师长报告，给咱调几门火炮来，把狗日的马家寨轰为平地！这一村人都是土匪、刁民，全都该死！"伤口又疼得他咧了一下嘴。

"是！"胡营长转身要走。

李相杰又喊住他，眼珠子转了几转，说道："胡营长，再调两个连的兵力，你亲自带上去打北莽山的埋伏。北莽山还有马天寿的人马，他们一定要下山来给马天寿解围。你守株待兔，一定要全歼北莽山的土匪！"

"是！"

胡营长走后，李相杰不再进攻，下令把马家寨团团围住，不许放走一个人。

打退了三次进攻，城外不再有什么动静，天寿这才松了口气，拭了一把额头的汗，望着城外说道："我当中央军是三头六臂哩，才是一伙鳖凤，不经打嘛。"

众喽啰便一哇声地喊："中央军，大鳖凤，火铳一响两腿蹬！"

站在一旁的天福冷不丁地呵斥道："喊叫啥哩！"

众喽啰噤了声。

天福把天寿拉到一旁，低声道："中央军没退哩，他们等到天明还会再来进攻哩。"

天寿瞪着眼看着天福。

天福说："他们不是鳖凤。晚夕打，他们在明处，咱在暗处，对他们不利。白天相反，他们现在可能是围而不攻。"

天寿一听哥说得很在理，醒悟到高兴得太早了。他这才想起哥当过连长，受过正规训练，对阵打仗是行家里手，忙向哥讨教："哥，你说现在咋办？"

天福站在城楼上，凝望着远方。凭着在队伍上的历练，他感觉到情况十分不妙，整个村子已在田瑜儿人马的包围之中。对方已经吃了亏，岂肯善罢甘休？

天寿见他不吭声，急道："哥，你咋不吭声？"

天福叹道："唉，也只有这步棋可走了。"

天寿催问："哪步棋？"

天福说："他们刚吃了败仗，阵营一定很混乱，趁着这个机会你带人冲出去！"

天寿握拳猛一砸城墙："哥，你这步棋高！我立马就往外冲！"走出两步又急回头，"哥，你咋办呀？跟我一块儿走吧！"

天福摇头："我走了咋办？家里谁照顾？你快走吧！"

天寿有点儿迟疑。

天福走过来说:“天寿,你若能冲出去,咱们都百不咋。你若冲不出去,全村人都跟着你完蛋。”

天寿已经明白当前的危境,叫了声:“哥! ……”声音竟有点儿发颤。

天福拍拍兄弟的肩膀:“多操点儿心……”

“哥,你也多操心……”

“走吧!”天福猛在他肩头拍了一巴掌。

天寿不再迟疑,手一挥道:“想走的跟我往外冲!”转身下了城楼。

天福看看左右,还有几个人,便吩咐给火铳装药。他趴在垛口往外看,一颗心悬在了嗓子眼儿……

天寿带着人马来到城门口,让两个喽啰给门转轴浇了两泡尿。寨门悄尢声息地打开了。天寿快马加鞭,那匹乌骓马箭似的射了出去。

刚驰过城壕不远,一队人马迎了过来,随即枪响了,疾如爆豆。乌骓马中了弹,长嘶一声,失了前蹄,把天寿撂了下来。这时就听有人喊叫:“打中了! 捉活的!”便蜂拥上来。

天寿爬起身,咬牙骂道:“狗日的!”两把盒子枪同时响了,冲在前头的栽倒了好几个。他们趴在地上匍匐前进,枪打得更猛烈。这边天富、天狗一伙猛冲上来,救起天寿要往回撤。天寿喊道:“往出冲! 说啥也要冲出去。”

可对方的火力很猛,几挺机关枪一齐开火,像铁扫帚似的横扫过来,压得他们抬不起头。天富趴在天寿身边说:“狗日的火力太猛,冲不出去。"

天寿把牙咬得咯咯响。他其实没有受大伤,只是被掀翻在地,磕破了头皮渗出了血。他一摸额头,黏糊糊的,气得七窍生烟,要冲上去拼命。天富慌忙抱住他,急劝道:"他们有准备,不能来硬的!"

天寿呼呼直喘粗气。

天富又道:"咱撤吧,回去跟天福大哥合计合计,再想其他办法吧。"

果然那边来势十分凶猛,一拨人掩护,一拨人往上冲。天寿明白蛮干不行,点点头。一伙人边打边往回撤。这时城楼上的火铳响了,那边的人倒了一大片,这才不敢冲了。天寿的人马趁机撤回了村子,关紧了寨门。

天寿急匆匆上了城楼。天福正在指挥人给火铳装药,看到他额头上的血迹,惊道:"你挂彩了?"

天寿在额头上抹了一把,说:"没有,磕破了点儿皮。狗日的有防备哩。可惜了我那匹乌骓马。"

天福仰天叹了口气。

天寿道:"哥,你说下一步咋办?"

天福复叹了口气:"唉,天灭咱马家寨哩!"

半晌,天福说:"人家有防备哩,看来今晚夕你是冲不出去了。"

"那咋办?"

天福沉思良久,说:"只有守了。"

"咋守哩?"

"把青壮汉子都传唤来,再把各家的火铳、火枪和火药弹丸都搜集来。架在城墙上防守。其他事只能走一步看一步了。"

天寿扭头对天富、天狗吩咐:“赶紧按大哥说的去办!”

“慢!”

天福急喝一声,问天寿:“北莽山还有多少人?”

“五十来人,天祥带着。”

天福沉吟道:“打发一个可靠的人,想法摸出去,让天祥把人马全部带下山,从背后打狗日的,让他首尾不能相顾!”

天寿以拳击掌,道:“这个主意好!叫天富去,他既可靠又道熟。”

天富转身要走,天福叫住了他:“兄弟,你一定要想法摸出去。见着了天祥,让他从背后使劲儿打狗日的。只有这样,咱们村才能有条活路。”

“大哥,你的话我记住了。”天富转身下了城楼,身影消失在夜色中……

此时已过子夜,月亮斜到了西天。村子的四条街都有哭声传出。天寿的人折了七八个,几乎都是马家寨业余匪卒,村里无辜的死伤者也有十来个,金大先生的药房一直亮着灯光。一村的狗和鸡却都哑然无声,人的啼哭声在静夜中显得十分悲痛哀伤。

天福和天寿并排站在城楼上,耳听着村里的啼哭声,心里很不是滋味。兄弟俩沉默不语,仰面望天。惨白的月光倾泻下来,给他们头上身上洒了一层银辉。

突然起风了。那风来得十分凶猛怪异,自东南而来,裹着一片乌云。瞬间乌云盖过头顶,不见月光。那恶风飞沙走石,被高大的城门楼拦住了去路,倒卷回去,拔地而起,呈漏斗状直朝老古槐旋去。风吹得老树呜呜叫,凄惨得怕人,像是在哭泣,又似一只硕大的夜猫子在嘿嘿冷笑。古槐黑褐色的树干摇晃起来,笨拙地发出十分可怕的声响。恶风越旋越快，古槐的树干也旋转起来，声响越发可怕，令人毛骨悚然，不寒而栗。

咔嚓嚓……

一声巨响，似乎天塌了下来。那凶猛怪异的恶风竟然把老古槐连根拔起！

老古槐倒下了，树枝不再呼号，只是在颤动，如同一个深沉而无可奈何的叹息。栖息在树上的老鸹腾空飞起，不知所措地绕树盘旋，嘎嘎地哀叫着。刚孵出的幼鸦扑扇着翅膀在地上挣命，还有许多卵都被打碎了，蛋黄淌了一地……

恶风越城墙而入，从马家寨上空掠过，村里的房屋和树木都在摇晃。一村人都惊恐不安，藏头缩身。俄顷，风过，云散，月亮又露了出来。月亮还是先前的月亮，可那月光却变得冷飕飕的，寒气逼人，四周笼罩着一层摸不着的雾气。人们分明看见有阴森森的紫光，似乎还能嗅到一股腥味。

刚才的恶风实在太凶猛怪异，天福和天寿都掩面伏身。待风过后，兄弟俩看到千年的古槐竟然被恶风连根拔起，惊得舌头半天缩不回去，面面相觑，久久回不过神来。兄弟俩都预感到了什么，想说什么，可谁都什么也没说。

良久，兄弟俩又都仰脸望天，在心中向上苍祈祷。

黑夜太可怕了，它把一切笼罩在黑暗之中，给人迷惘和希望。

他们在盼天亮，可又都怕天亮。天亮后会有什么样的事情要发生呢？

第十九章

东方终于露出了鱼肚白色。

守在城上的人早已撑不住了,下眼皮支撑不住上眼皮,伏在城墙豁口打盹。整个村庄还没有苏醒,寂静无声,伤亡者的家属都因过度悲伤而疲惫不堪,倒在亲人的身边睡着了。狗也吠乏了,蜷缩在角落里闭着眼睛酣睡。突然,几只不知好歹的公鸡啼叫起来,企图唤醒伤痕累累、疲惫不堪的村庄。

砰!砰!砰!

三声枪响,如雷贯耳。惊得啼叫的公鸡噤了声,却招惹得一村的狗狂吠起来。守在城上的青壮汉子都被惊醒了,揉着发红的眼睛向外张望,一时间都有点儿发懵,不知发生了什么事。

太阳慢慢地出了窝,还是昨天下去的那个,却像在血海中浸了一夜,红彤彤的,似乎在往下滴血。天地间笼罩着一层厚厚的红雾。苍穹是赤红色的,大地山川是赤红色的,人的面孔也是赤红色的。

那棵老古槐似苍老厚重的城墙,伤痕累累,横卧在城门外,连根须都拔出了黄土,像故去的老人的胡须。一群老鸹在空中盘旋,叫声甚为凄惨,它们无疑是在为无处栖身而哀鸣。城头的人都瞠目结舌，他们做梦都没想到老槐树会被连根拔起，那怪异的恶风竟然有如此巨大的力量！实在太可怕了！

登高远眺，田野上的谷子高粱压弯了头，高粱羞红了脸，大豆在晨风中摇曳，却没有人去收获。几缕淡淡的青烟在空中飘动，散发出浓烈的硝烟味。有人禁不住打了个很响的喷嚏。忽然，从青纱帐中开出一支军队，枪便是他们打的。

城上的人这才醒悟过来，都握紧了手中的家伙，眼睛铜铃似的瞪着城外。

枪声响过，有两个兵卒走到城壕边，举起铁皮话筒朝里边喊话。

"里边的人都听着，我们是中央军，来捉拿土匪头子马天寿，与其他人无关！谁捉住马天寿，我们有重赏！窝藏者与马匪同罪……"

天福站在城楼上，仔细看了半天，对身边的天寿说："狗屁中央军，这是田瑜儿的人马。"

天寿恨声道："狗日的田瑜儿咋跟我过不去哩！"

天福说："他是报一箭之仇哩。"

"我没招惹他呀。"

"你不是把我从他窝里救出来了嘛。听人说，那狗日的四处打探是谁从鹞子窝把雀儿掏走的，说是要报这一箭之仇。唉，今儿的祸说来说去还是我给你招惹的。天寿，哥对不住你……"

"哥，你咋跟我说这话。我是你的亲兄弟哩，就是把我的命赔上，也心甘情愿！"

"好兄弟！……"天福手拍在天寿肩膀上，喉咙发涩。

"哥，咱不说这个了。"

“不说了,不说了……”

天寿岔开话题:“常种田这狗日的,我咋就没看出他肚子里的坏下水来!昨晚夕咱是中了他的圈套!”

天福说:“那天党玉怀就跟我说常种田不地道,让咱防着他点儿。果然咱栽在了他的手里,唉!”

天寿也叹道:“都怨我太粗心大意了。”忽然问道,“党玉怀那人不一般,他是红军的人吧?”

天福说:“我猜他是。那天他有意劝我去当红军,我没答应。”

“哥!”天寿忽然叫了一声。

天福看着他。

“哥,我想去投红军。你那天劝我金盆洗手,我也仔细想过,山上的事终不能长久,我把国民党的军队得罪了,干脆就投共产党的军队去,也好有个强硬的靠山。你看行不?”

天福沉吟道:“你这想法也对头。听人说红军在陕北闹腾得很欢。你投了红军,也许还真是条出路哩。”

“就怕人家不收我。哥,你托托党玉怀,让他给我引荐引荐。”

“成。把这个难关过了,我立马就找党玉怀。”

兄弟俩正说着话,城外的两个兵卒举着喊话筒又喊叫起来:“……谁捉住马天寿有重赏!窝藏者与马匪同罪!……”

“喊你妈的屁哩!”天寿咬牙骂道,抄起枪就打。那两个兵卒瞬间倒在了城壕边,手中的话筒滚进了城壕。

城头上没有人再欢呼胜利,都沉着脸望着城外。城外那队人马没有还击,匍匐在地。天福感到诧异,引颈张望。

“咴儿咴儿……”有战马在嘶叫,马蹄声沉重而杂乱,似有重负在身。

天寿疑惑道:“田瑜儿的马队来了?”

天福没吭声,只是张目远眺,脸色灰暗。

“咕噜噜……咕噜噜……”远方传来一阵怪异的声音,似在打雷,却又不像雷声。那声音由远而近,直撞耳鼓。城头的人不知是什么声响,面面相觑。

天福的脸色顿时青了,失声叫道:“不好,他们有炮!”

城头的人都吃了一惊,伸长脖子往城外瞅。只见远处有黄尘腾起,并不见火炮在哪里。大伙心中犯疑,天寿把目光转向天福。就在这时只听“日——”的一声刺耳尖叫,一颗炮弹落在了城壕,随着一声惊天动地的轰响,土块碎砖腾上半空,砸得城头上的人抱头鼠窜。

天福大喝一声:“快下城楼!”

众人慌忙跑下城楼。

就在这时一颗炮弹落在了老槐树横卧的地方。巨大的声响淹没了一切,树枝的碎片和叶屑纷纷地在空中飞舞,一股浓黑的浊烟滚滚地腾起,直冲云霄。猛烈的噼啪声和嗞嗞声从浓烟中传出。接着,又一阵烟浪喷了出来,随即起了火,老槐树在燃烧,一大片熊熊烈火冲天而起,干裂的树皮啪啪作响,带着哨音朝远处迸飞。初升的太阳顿时黯然失色。空中飞舞的树枝和叶屑又纷纷落下,把那火势助得更加猛烈。在空中盘旋的老鸹被突然飞起的弹片和树枝击中,下饺子似的从空中栽下来,在烈火中化为灰烬……

城头的人趺趺撞撞地跑下了城,不知外边发生了什么变故。只瞧得见半边天都泛着红光,飘扬的灰烬从空中落下,呛人的热浪直钻鼻孔。众人面面相觑,不知所措。

第三发炮弹落在了城门楼正中央。一个炸雷般的巨响把天空震碎了,历经沧桑的城门楼在巨响和火光中腾空而起,又缓缓落下,顷刻变为废墟。惊得天寿一伙目瞪口呆,胆战心惊。聚在街门口的妇女娃娃都吓傻了,好半晌,有个胆大的哭出了声,随即是哭声四起,惊天动地。霎时,村里乱作一团,人们似无头的苍蝇到处乱窜。

“别慌！别慌!”天福挥着两只手,跺着脚喊。

“别乱！别乱!”天寿朝天打了两枪。

可已经压不住阵脚了,惊恐的人们不听他们兄弟的,慌乱中四处乱钻。天寿要开枪击毙几个示众,被天福慌忙拦住。天福跺脚道:“这是马家寨,不是北莽山！不敢胡整!”

天寿沮丧地说:“你说咋整?”

天福望着慌乱的人群,叹道:“唉,这祸是咱兄弟俩给大伙招来的,随他们去吧。”他心里明白,马家寨的乡亲在劫难逃了……

这些日子改秀一直住在娘家。她夜夜噩梦不断,神思恍惚,老出虚汗。找金大先生瞧了瞧,大先生说是受了惊吓,加之伤心过度,吃几剂药调养调养就会好的。

吃罢晚饭,喝了药改秀就早早和母亲睡了。蒙眬中她影影绰绰地看见一个人走进屋来,浑身上下血淋淋的。她大吃一惊:“你是谁?”

来人说:“我是曹玉喜。”

她仔细一看,果然是曹玉喜,惊问道:“你不是死了嘛,咋又回来了?”

曹玉喜说:“我来给你说件紧要事。”

她问:“啥紧要事?”

曹玉喜说:“你赶紧回曹家堡去,要不就回县城。马家寨千万不能住了。”

她急问:“为啥?”

“别问为啥,我是不会害你的。”

“这会儿就去?”

“这会儿就走。”

“黑灯瞎火的咋走?”

“叫你爹你妈带上你走。别耽搁了,快走吧!”曹玉喜猛推她一把,飘忽不见了身影。

“玉喜!”改秀叫了一声,猛地坐起身。

冯洪氏惊醒了,点亮灯,看着女儿丢魄失魂的样子,知道女儿又做噩梦了。

“咋,又做梦了?”

改秀点点头,把刚才的梦给母亲说了一遍,临了心有余悸地说:“妈,不会出啥事吧?”

冯洪氏也觉得女儿这个梦不是好预兆,可嘴里还是安慰女儿:“啥都好好的,能出个啥事!”

“那咋就做了这么个梦哩?”

“梦是胡做哩。你甭胡思乱想了,时候不早了,睡吧。”

母女俩闭眼去睡,可谁也没睡着,都在琢磨刚才的梦……

忽然,院子有响动声!

改秀摇了一下母亲的肩膀,悄声说:“妈,你听!”

冯洪氏已经听见了,急忙爬起身,顺着窗缝往外看。

一条黑影蹿进了院子。她大吃一惊。这时就听见隔壁屋门一响,冯仁乾手握盒子枪扑到院子,喝喊一声:“谁?!”

“冯掌柜，别喊叫，是我！”

借着月光，冯洪氏认出了黑影。改秀爬在母亲身旁说：“他不是根柱引到咱家的那个土匪吗？”

“是他。”

“他到咱家做啥来咧？”

“你爹找他杀天寿哩。”

“他能行吗？”

“谁知道哩……”

院外冯仁乾收起了枪，问道：“黑天半夜你来做啥？”

“咱到屋里说……”

从北莽山到马家寨，一路上常种田都在想法子溜掉，却一直找不着机会。进了马家寨，他就在肚里叫苦：“这回完了！”到了天寿家门口，一伙人簇拥着天寿叩门，便有些混乱。他急忙缩后一步，扔了马缰绳就溜。他对马家寨不熟，但随陈根柱去过冯仁乾家一回，依稀记得路径。他知道马天寿立即就会追寻他，便惶惶如丧家之犬朝冯家逃窜。冯家大门紧关着，他不敢大声叫门，就越墙而入，惊醒了冯仁乾。

冯仁乾黑着脸问：“你来做啥？”

常种田擦着额头的冷汗道：“我把天寿诳进了村！”

冯仁乾这些日子正在恼火常种田办事不力，生气道：“你把他哄进村是叫我下手哩？！”

常种田压低声道：“咱俩都不必动手，有人收拾他哩。”

“是谁？”

“田瑜儿的副官李相杰。”

“他在哪达？”冯仁乾一惊，四下搜寻。

常种田笑道："他在村外哩。"

冯仁乾一怔，问："在村外做啥？"

"他带着队伍已经把村子围住咧！"

冯仁乾大惊："你狗日的把粮子勾引来了！"大半生经历，他知道兵匪是一家，粮子入了村凶多吉少。他急忙叫醒老婆和女儿，以防不测。

常种田笑话冯仁乾太胆小，要他给弄点儿吃的，他肚子饿得咕咕直叫哩。冯仁乾让老婆去给常种田弄吃的，自己心慌得在屋里坐不住，跑到院子里细听外边的动静。

先是街上响起一阵杂乱的脚步声；随后是冯老汉敲锣示警；再后城外传来了枪声，犹如爆竹；接着火铳响了，火光把半边天都映红了。冯仁乾如热锅上的蚂蚁，在院子里团团转。常种田却没事似的坐在太师椅上吃冯仁乾老婆下的挂面。吃罢，他抹了一下嘴巴，给嘴角叼了一根烟，来到院子，听着外边的嘈杂声，笑道："这回天寿是煮熟的鸭子，飞不了啦。"

冯仁乾埋怨道："你咋能把田瑜儿的人勾引来哩，他们比土匪还坏！"

常种田道："天寿那狗日的歪得很，不等我杀他，他就把我日塌（此处为收拾意）了。这回我要了个心眼，使了个借刀杀人之计。狗日的再歪也难逃活命。"说着又得意地笑了。

枪声突然停了，铳声也停了。俩人都不知是咋回事，面面相觑。

时辰不大，有人来敲门。冯仁乾惊问道："是谁？"

来人道："快把你家的火铳扛到城上去！粮子攻城哩！"

冯仁乾应了一声："成！"进屋就要扛火铳。

常种田急忙拦住他:“田瑜儿的人进不了村,谁给你杀天寿呀?”

冯仁乾迟疑了。

常种田恨声说:“天寿已经知道是我诳了他,他不死我就得死。我死也要拿你垫刀背!”

冯仁乾呆住了,怔怔地看着常种田。灯光斜射过来,常种田的脸半边阳半边阴,狰狞可憎。他禁不住打了个寒战。他知道这家伙心黑手辣,啥事都能干得出来,便换上一副笑脸,应付着这个他花重金收买的匪徒。

常种田见唬住了冯仁乾,心中得意扬扬,躺在炕上闭目养神。冯仁乾和老婆、女儿却忐忑不安,坐卧不宁。一家人在难熬的等待中盼着天亮……

终于天亮了。

冯仁乾迫不及待地开了门。他想出去看看外边的动静。常种田忽地坐起身,喝问道:“你弄啥去?”

“看看动静。”

常种田暗自思忖,让他看看外边的动静也好,眼珠子一转,说:“你给咱看仔细点儿,有啥情况赶紧回来跟我说。有我在,田瑜儿的人不敢动你家一根筷子。”

冯仁乾答应一声,抬腿就要出门,又被常种田叫住了。

“冯掌柜,千万不能对人说我在你家。若说出去,跑不了我,也跑不了你!”

冯仁乾出了院门,街上拥满了人,青壮汉子都朝东门奔去。就听有人喊:“别挤在一起,快躲开!”众人喊叫着,四散躲避。

这时几声炮响，冯仁乾眼睁睁地看着城门楼飞上半空，瞬间又落下来，变成一堆废墟。一个土块飞落过来，砸在他的头上生疼生疼的。他伸手一摸，已起了生姜疙瘩。有人哭出了声，接着是一片哭声。他似乎掉进了冰窖，浑身冒冷气。

又一颗炮弹落在了马家祠堂上，新修盖的马家祠堂瞬间变成瓦砾，檩条椽子等物都起了火，火光中马家列祖列宗的魂魄随风游荡……

忽然，金大先生和冯三、冯七等一伙花甲老汉踉踉跄跄地跑了过来，身后跟随着冯、马、金、刘、赵等姓的一伙青壮汉子。

昨夜，金大先生刚刚入睡，就被冯老汉的铜锣惊醒。他听冯大喊叫“粮子来了！”嘴里咕哝了一声：“老眼昏花了，把界石当作了兔。”他以为是土匪进了村，全没在意。

这些年，村寨多次遭匪劫，但从没伤过金大先生一根毫毛。土匪虽然凶恶，却也都是人生父母养，脑袋并没用铁箍，吃五谷杂粮，也生百病。扶眉山的殷胡子，梁山的王寿山，北莽山过去的袁老七、现在的马天寿，都请金大先生看过病。金大先生是医家，救死扶伤乃是分内之责。他眼中只有病人，没有贫富善恶之分，只要病家来请，他从不拒绝。因此，这些匪首都很敬重他，从不给他招灾惹祸。也因此，他从不惧匪。

金大先生虽说不惧匪，却也不能安然入睡。他闭着眼，耳朵却一直听着外边的动静。枪声一阵疾一阵缓，还有火铳声，震得窗纸哗哗作响。他在心里猜测，是哪股杆子？匪势如此凶猛！

忽然，有人叫门，声音甚急。金大先生披上衣服去开门。只见本家几个侄子搀扶着几个本村汉子站在门外，身上脸上血污一片，显然是挂了彩。他急忙让把伤者搀扶进来，打开药箱，边给伤者包扎伤口边问到底是怎么回事。本家几个侄儿说，是粮子，不是土匪。到底是哪达的粮子，弄不清，他们只说他们是中央军。他一怔，问道："中央军打咱马家寨干啥？"

"中央军是来捉天寿的！"

金大先生在肚里骂了一句："是天寿这崽娃子招来的祸！"嘴里却啥也没说，只是低头给伤者施药医治，包扎伤口。

处理完伤者已是黎明时分，外边的枪声早已停了，听不到什么动静。金大先生长长地打了声哈欠，和衣躺在炕上去睡。头一挨枕头就打起了呼噜。劳累了大半夜，他实在太乏太困了，以至粮子轰炸城门楼的炮声都没把他惊醒。

正在酣睡，金大先生猛然被摇醒。睁眼一看，屋里站满了人，为首的是冯家族长冯三老汉。

"大先生，大事不好咧……"冯三老汉几乎要哭了。

"三叔，出了啥事？"金大先生疾问。

"粮子把城门楼炸开咧！"

金大先生跳下炕，大惊失色。

"都是天寿那崽娃子给咱村招的祸……"

"大先生，你赶紧给咱拿主意……"

金大先生环视一眼，屋里都是村里德高望重的老人，个个皓首苍面，人人眼里盈泪，不觉鼻子也直发酸。他冲众人一拱手："各位老叔，要我拿啥主意哩？"

冯七老汉说："粮子说了，捉住天寿有赏，窝藏天寿要灭村哩！"

其他人都异口同声地说："大先生，你是有见识的人，咱可不能因天寿一个让中央军灭了村！"

金大先生当即就明白了，他捻着胡须沉思半晌，压低声音和冯

三、冯七及金、刘、赵几姓的长者窃窃私语起来。随后，几位长者招呼本家子侄，一伙人在金大先生的带领下直奔东门。

他们来到街口拦住了要上城墙的天寿。金大先生完全失去了往日的斯文，喘着粗气，变颜失色地喊道："天寿，快住手！"

天寿有点儿莫名其妙，看着面前这伙人，不知他们要干啥。

"天寿，村子都炸成了瓦渣滩，你说咋办呀？"金大先生指着一堆废墟，浑身直哆嗦。

天寿黑着脸说："咋办啥，跟狗日的拼个鱼死网破！"

金大先生急道："万万不敢！"

冯三、冯七一伙老汉也齐声嚷道："万万不敢！万万不敢呀！"

天寿也急了："大先生，咋不敢？"

"人家是国军，有炮哩！你能打得过他们？"

"打不过也得打！"

"再打一村人都得跟着你完蛋！"

天寿怔住了。他还真没想到这个。半晌，他问道："大先生，依你说咋办？"

"解铃还须系铃人。这事还得你出面才能放下。"

天寿惊问："我咋出面？"

"你去投降自首。"金大先生一字一板地说。

天狗从天寿身后雀跃而出，破口大骂："放你妈的狗屁！"这个愣头青左臂挨了一枪，正有气没处出，全然没把人人敬重的金大先生放在眼里。

金大先生平生头一回在人面前遭人辱骂，当下脸上不是颜色。天福急忙上前喝住天狗。

天寿呆了半天，脸越发地黑了："大先生，你这不是要我的命哩嘛!”

金大先生忽地一撩衣襟,跪在天寿面前。周围的人都是一惊,随即冯三、冯七一伙老汉都齐刷刷地跪在地上。天福急忙上前搀扶金大先生:“大先生,快起来！使不得,使不得……”

金大先生不肯起来:“天福,你帮我劝劝天寿……”

天福无所适从。

金大先生泣声道:“天寿,我求你哩……你若不肯自首,全村五百余口难逃此劫……”言罢,失声痛哭。

随即是一片哭声。

天寿木橛似的戳在那里,面如土色。好半晌,他冷冷道:“大先生,你救过我的命,我已承谢过你。你现在要我去送命万万不能!”

金大先生止住哭声,又问一句:“你不肯去自首?”

天寿冷笑道:“大先生,谁要你的命你肯给吗?!”

金大先生忽地站起身,猛喝一声:“绑了!”

他身后的几十个青壮汉子全都是金、冯、赵、刘几族的人,还有马姓远房的汉子,都一拥而上,把天寿、天福、天狗一干人缚住了。天寿一伙不曾提防,都被擒住了。突如其来的变故惊得他们面如灰土。

金大先生走上前对天寿说:“别怨我心黑,我是为全村的老少爷们着想啊!”

天寿被缚得动弹不得,气青了脸,连连跺脚。他做梦都没想到自己称霸称雄数年,官府都奈何不了他,却遭了本村本寨一伙老汉的算计。

“你……你们……”天寿的面目黑紫,一口恶气直涌喉咙,说不出话来,只是把脚跺得震天响。

天狗拼命挣扎，破口大骂金大先生是奸贼。天福没有反抗，任凭几个壮汉捆绑。他猛然想起了赵五先生的话，不禁仰天长叹："唉，天意！这是天意啊！"

金大先生冲缚天福的几个小伙子摆摆手："把天福放了，给马家留条根吧。"走过来，拍了一下天福的肩膀说："叔这么做是出于无奈，你是明白人，全村五百多口人的性命和天寿他们几个的性命相比，哪头轻哪头重，你不会掂不来吧。"说罢，让人押着天寿一伙就走。

天狗跳着脚喊："天福哥，别听他们几个奸贼的，快救我们！"

天寿这时缓过气来，叫道："哥，我把香玲托付给你了！"

天福木橛似的戳在那里，痴呆呆地望着金大先生一伙押着天寿他们几个离去。他没想到金大先生能放他一马，一时竟不知如何才好。好半晌，他才醒悟过来。他真想扑过去把天寿、天狗几个人救下来。可他明白，那是不可能的。那伙汉子会立刻把他撕碎的。理智告诉他，金大先生他们也许是对的，已经到了这一步田地，还有啥办法可想哩？用天寿他们几个的性命换取全村五百余口的存活是最明智的选择，可眼睁睁地看着亲兄弟去送命，他于心何忍！

大颗的泪珠涌出了他的眼眶，从面颊上滚落下来……

第二十章

金大先生一伙打着白旗，押着天寿、天狗几个首要分子出村投降。金大先生走在最前头，步子有些急，但神情镇定自若。刚才天狗骂他是“奸贼”，他怎么会是奸贼！他自信一生所作所为，上可对天，下可对地，中间对得起良心。如果说他这一生有什么过失的话，就是当初不该出面救天寿，以致给马家寨招惹来这一场灾难。他从来没吃过后悔药，可现在悔之已晚。他悔不该当初救了天寿一命。亡羊补牢，犹未为晚。城外的军队说了，谁捉住马天寿有重赏。他金济仁不是为了领赏钱，他是为了挽救马家寨五百余口人的性命！此时别说是马天寿，就是他的儿子，他也会舍出去的。他读过圣贤书，知道这叫大义灭亲。他要把天寿送交给城外的军队，恳求他们赦免马家寨的百姓。马天寿所作所为应该由马天寿承担，要杀要剐由政府去处置。马家寨的百姓是无辜的，不能加罪于百姓。军队是政府的军队，这个道理带兵的头目一定是明白的。

起风了。风卷着硝烟扑面而来，吹乱了金大先生满头白发。炮弹不时从头顶飞过，发出刺耳的声音。金大先生似乎没听见，不管不顾地往前走。他心中只有一个念头：赶快把天寿交到军队手中，让他们不要打炮了。村子已经炸得一塌糊涂了。

一颗冷弹突然从他耳边擦过，他伸手一摸耳朵黏糊糊的，一看，是血，迟疑了一下，但仅仅只是一下，随即步子迈得更急，边走边喊："别开枪，我们擒住了马天寿，来投降哩！"

走在他身后的冯三老汉忐忑不安地说："大先生，田瑜儿的人能善罢甘休吗？"

冯七老汉也忧心忡忡："大先生，田瑜儿的人比土匪还瞎，闹不好咱是给虎口送食哩。"

金大先生却满怀信心："田瑜儿好歹也是政府的军队。他们是来捉拿土匪的，不会伤害百姓的。他们不是让人喊话了嘛，说是捉住天寿有赏。咱不求赏，只求保全村人平安。"

一伙人听金大先生这么一说，也都有了希望和信心，押着天寿一伙走得更快了。

那边不断地有炮弹飞进村子，炮弹落处墙倒房塌人亡，哭叫声一片，极为凄惨。金大先生举起白旗挺身向前，扯着嗓子喊："别打炮了！我们擒住了马天寿，来投降哩！"

一伙人都齐声喊叫："别打炮了！我们擒住了马天寿，来投降哩！"

迎面冲过来许多士兵，似乎没听见他们的喊声，长枪短枪机关枪一齐开火。金大先生只觉着心窝被啥东西狠狠击了一下，一阵刺骨的疼痛止住了他的喊叫，脚下一绊，扑倒在地，手中的白旗甩得老远，跌落尘埃。半晌，他喃喃地道："别打炮了……我们……来投降……"

天寿也中弹倒地，他双手被绑动弹不得。他拼力抬起头，朝倒在一旁的金大先生惨笑着说："大先生，留点儿力气好上路……他们不会听你的……"

“老天爷,这是咋了?……”金大先生双目圆睁,一颗花白的头忽然歪向一旁……

“大先生!大先生!”一伙人呼叫起来,泪水长流。

枪声更响了,如罡风刮倒了一片树木……

天福一直趴在城墙豁口观望着外边的情况,只见金大先生一伙和天寿等顷刻间丧了命,先是惶恐失色,随即怒火燃烧,血灌瞳仁。他咬着牙,双手端起一根茶杯粗的火铳,骂道:“狗日的,活泼烦了就来吧!”冲着那伙骄横凶残的匪兵就点火放铳。

刚逃回来的青壮汉子这时也灵醒过来,想要活命就得置对方于死地,纷纷操起家伙拼命阻击。那伙匪兵受阻,恼羞成怒,苍蝇逐屎似的往上猛扑。远处的炮火也打得更凶。整个村寨淹在一片硝烟火海之中。

天福身边放了好几杆火铳,五六个人埋头给火铳装药,他一人点火放铳。他已经红了眼,火铳只朝人稠的地方放。火铳一响,便是一片鬼哭狼嚎……

忽然,从硝烟中钻出一条汉子,满面血污看不清面目。他惶惶若丧家之犬,猫着腰引颈张目四下搜寻。当他看到天福时,疾步奔了过去。

“天福哥!”

正在酣战的天福忽听有人叫他,扭脸一看,一个满面血污的汉子站在他面前。他一愣,认出是天富,急问:“天祥来了吗?”

天富泣声道:“他来不了咧……”

天福大惊:“咋来不了?”他一直盼着天祥这支奇兵。如果天祥能在背后狠狠出击,马家寨也许还会有救。

“人家早有防备，我们刚一下山就钻进了人家布好的口袋阵……”

“全完了？”

“全完了……只我一个趁乱逃了回来……”

天福傻了眼，失魂落魄，呆立无语。

天富张目搜寻，问道：“天寿哥哩？”

天福喃喃道：“也完了……”

天富呆了，半晌，双手掩面，失声痛哭。

俄顷，天福抚着天富的后背说：“兄弟，别哭了，这会儿也不是哭的时候。”

天富用衣袖拭干脸上的泪水。

“兄弟，哥拜托你一件事。”

“哥，你说吧，我听你的。”

“你云英嫂和香玲嫂都在家里，我知道你点子稠，想法把她们藏起来，给咱马家留条根……”

“哥，你哩？”

“别管我。”

“哥！……”

“快去吧，晚了只怕来不及……”天福推了天富一巴掌。

天富踉踉跄跄地往村里跑，边跑边回头张望……

天福看着天富跑进村里，转身操起一杆火铳点火就放。他把生死置之度外，站起身来，等着敌人靠近些才点火放铳。一时间，城外的敌人都被镇住了，不敢贸然向前。

远处的炮火密集起来。一颗炮弹呼啸着飞过来，天福的耳朵已经被火铳和炮弹震聋了，什么也听不见。炮弹落下，待硝烟稍稍消散，只见天福的脑袋不见了，躯干直直地戳在那里，双手紧紧握着一杆火铳。

田瑜儿的人马冲上来了。他们被这位手握火铳的无头守将吓呆了。好半天才醒过神来，一哄而上，把天福的尸体推倒，践踏而过，冲进村子……

冯仁乾躲进茅厕，趴在围墙的豁口窥视着城门方向的动静。

田瑜儿的人马冲进了村。他们已经完全丧失了人性，变成了一群嗜血成性的两脚兽。他们服从了李相杰“杀光灭绝”的命令，不分男女老幼，不问青红皂白，见人就杀，不留一个活口。金家的一个媳妇抱着孩子往家里跑，被几个匪兵抓住了。那孩子只有半岁，哇哇大哭。一个匪兵从金家媳妇怀中夺过孩子，举过头顶，朝一个青石碌碡掷去……孩子的哭声戛然而止。金家媳妇撕心裂肺地惨叫一声，扑过去拼命，却被另一个匪兵用刺刀穿透了胸膛……

冯仁乾双目紧闭，两腿禁不住颤抖起来。他本来是个血性汉子，就想扑过去拼命，可自知扑过去无疑是送羔羊入虎口。他想起了老婆女儿，急忙转身回家。

所幸家中完好无损，但院里弥漫着一股硝烟。常种田、他老婆和女儿都急忙迎出来，问他外边的动静。他要老婆女儿赶紧躲到窨子去。改秀忽然想起昨晚的噩梦，预感到粮子入村凶多吉少，流着泪要父亲也钻窨子。冯仁乾说：“你照管好你妈，甭管我！”把女儿和老婆推进了窨子。常种田看出事情不妙，也要钻窨子。冯仁乾一把抓住了常种田的胳膊。他现在十分痛恨常种田，是这狗日的引狼入室，毁了村子。

冯仁乾扬手打了常种田一个耳光，骂道：“你这狗日的，把人害扎了!"

常种田摸着发疼的腮帮,恼羞成怒:"你敢打我!"

冯仁乾怒骂道:"你狗日的出去看看,整个村寨都毁在了你手里。"说罢,双手掩面大哭。

常种田冷笑道:"毁在我手里? 我看是毁在你手里了! 你不让除掉天寿,我能把田瑜儿的人马勾引来吗?!"

冯仁乾不哭了,呆眼看着常种田,似乎傻了,可他心里十分清楚。驴不日的常种田说得对,他是这场灾难的制造者之一。他当初若忍了那一时之气怎么会有这场灾难? 他不与天寿争强斗狠能有这场灾难吗? 他不找常种田当枪手能有这场灾难吗? 他有罪啊! 事已至此,悔有何用?! 马家寨毁在了他的手中,他有何颜面去见列祖列宗?!

冯仁乾忽然笑了起来,那笑声十分怪异,令人毛骨悚然。

常种田一怔:"你咋了?"

冯仁乾猛地收住笑,咬牙骂道:"驴不日的东西! 你我都是马家寨的千古罪人!"忽地抓起身后的铡刀,猛地劈了过去。这把铡刀是冯仁乾亲自给自家打造的,钢水特别好,锋利无比。常种田猝不提防,一下被劈下了脑袋,那脑袋滚落到一边,一双眼睛还惊诧地瞪着……

这时,陈根柱失急慌忙地跑进院子叫道:"四舅,完了! 咱的铁匠铺子被炮弹炸完了……"忽然他瞧见了脚地的人头,惊恐得把话卡在了喉咙眼。

冯仁乾提着鲜血淋漓的铡刀,瞪眼看他。

陈根柱这时认出了脚地的人头,连连打了几个尿战:"你把常种田劈了?"

冯仁乾仰面冷不丁喊道："天作孽，犹可恕；自作孽，不可活啊！"把凶狠的目光又朝陈根柱射来："你我都该劈！"举起铡刀就朝陈根柱劈去。

"四舅，你疯啦！"陈根柱吓得怪叫一声，往屋里躲藏。

"我是疯啦！先劈了你狗日的，我再把我劈了……"冯仁乾喊着，追进屋去。

这时一颗炮弹落在了冯家屋顶，瞬间，冯家变成了一片废墟。冯仁乾和陈根柱被炸得尸骨无存，冯洪氏和女儿被活活闷死在窨子里……

云英和香玲昨晚一宿都没合眼。

天寿走后，天福再三叮咛她俩："在家待着，千万不要出门。我出去看看，一会儿就回来。"这一走，直到天光大亮也未见回来。

外边的枪声炮声响得很紧，呼儿唤女、哭爹喊娘的声音不时地撞入耳鼓，让人感到天快要塌了。

妯娌俩无法入睡，相伴坐在院子，眼望星空。硝烟从头顶飘过，火光在眼前闪现。她们默不作声，却都心急如焚。

天寿回也匆匆，去也匆匆，虽说啥也没跟香玲说，可她还是从只言片语中听出将有大祸临头了。她脑海里走马灯似的闪现出自天寿在河边强暴她之后的一系列往事，感觉到今儿这个祸事很可能是因她而起的。若真是这样，她岂不成了千古罪人！想到这里，她禁不住打了个寒战。她开始在心里怨恨天寿，怨恨他不该在小河边强暴她；她也怨恨起冯仁乾，怨恨他不该得理不饶人，跟天寿争强斗狠。不知道事情原委的人一定会骂她是个狐狸精，迷惑得两个男人失去本性，争来斗去，给马家寨招来了灭顶之灾。做个女人真难啊！她肚里的苦水向何处去倒？

泪水小河似的在香玲脸上肆意流淌。云英瞧见了，急忙安慰道："甭这样，不会有啥事的……"自己鼻子也直发酸。

香玲抹去泪水，见嫂子也悲戚戚的，就说："嫂说得对，不会有啥事的……"

妯娌俩紧紧靠在一起，不再说啥，盼着天亮……

东方破晓了，朝霞染红了半边天。村外的枪炮又响了，一阵紧似一阵。妯娌俩的心都提到了嗓子眼儿，在为亲人担忧。

终于，香玲坐不住了，站起身来："嫂，我出去看看。"

其实云英早就想出去打探打探情况，只是放心不下怀中的孩子和腆着肚子的香玲。

"你不方便，还是我去吧。"云英要把怀中的孩子给香玲，孩子不知怎么了，哇哇大哭，不让香玲抱。

俩人面面相觑，无可奈何地叹了口气。云英便埋怨天福也不回来说说外头的情况。香玲说："我哥不回来怕是脱不开身。"

时辰不大，马二老汉和天禄媳妇来了，看到家里没事，便出去打探情况。

马二老汉和天禄媳妇跑出跑进，不时送回消息。一会儿说外边的军队是田瑜儿的人马，一会儿说城门楼被炸成了瓦渣滩……

妯娌俩坐卧不安，香玲抚着肚子在院子走出走进，如同热锅上的蚂蚁，云英紧抱着孩子，柳眉拧成了墨疙瘩。

"嫂，你说咋办呀？"香玲愁着脸问。

"有他们大男人在外头挡着，百不咋的。"云英展开眉安慰弟妹。

"万一他们……"香玲把剩下的话没说出来。

云英完全明白她要说的话。她也在想“万一”。万一他们……她带着一个不足百日的婴儿，香玲腆着大肚子该咋办哩？这是天大一个难题，她回答不出来。她垂下眼皮，心里默默向上苍祈祷……

马二老汉和天禄媳妇最后一次回来是在吃早饭时分，他们说田瑜儿的人攻得很凶，天福和天寿正领着人在城墙上守着哩。他们也得去帮忙给火铳里装药。

翁媳俩走了，再也没有回来。

妯娌俩坐在院子，默然无语。焦虑和恐惧在折磨着她们。

正午时分，忽然从门外闯进一个人来。来人满面血污，看不清面目，手里提着盒子枪。

妯娌俩都惊呆了，依偎在一起惊恐地望着来人。

“嫂，我是天富。”

妯娌俩异口同声惊叫起来：“你咋成了这模样了？哪达受伤了？”

天富抹了一把脸：“我好着哩。咱们赶紧走吧！”

云英惊问：“上哪达去？天福和天寿呢？”

天富垂下了头。

云英急了：“你说话呀！他俩人呢？”

“嫂，别问了……”天富哽咽起来。

“你是说他俩没命了……”香玲的脸色一下子变得惨白。

“天福！……”云英叫了一声，泪水如决堤的江河，只觉得地往下陷。

天富急忙一把扶住她：“云英嫂，我天福哥还活着。他让我带着你和娃娃、香玲嫂赶紧走。”

云英喃喃道:“上哪达去?”

“不管上哪达,反正村里不能待了。”

“天富,那天寿呢?”香玲一把抓住天富的胳膊,一双眼睛紧盯着他的脸。

天富垂下眼皮,泣声道:“天寿哥他不在了……”

香玲一下子瘫软在脚地。

天富急忙搀扶她:“嫂,咱赶紧走吧。”

半晌,香玲惨声说:“我这个样子还能走吗?你带上云英嫂走吧。”

“那你咋办?”

“你天寿哥等着我哩……”

天富急道:“香玲嫂,你可不敢胡思乱想。”

云英含泪忍悲说:“香玲,你得为肚里的娃娃想想。天富,我们跟你走。”

香玲挣扎起身,却感到双腿灌铅,迈不开步子又感到腹部一阵剧痛。这时外边的枪炮声响得更紧了,喊杀声越来越近。天富慌忙催促:“快走吧!”

香玲叹息一声:“唉,这是命!”趁天富不备,一头朝院中的椿树撞去。

天富和云英惊呼一声,扑了过去。

香玲倒在椿树根下,俊俏的脸庞被殷红的鲜血染了,奄奄一息。

“香玲,你咋……”云英泪水泉涌。

“香玲嫂,你叫我将来咋跟我天寿哥交代哩……”天富顿足捶胸,泪流满面。

香玲惨笑道："嫂，跟天富赶紧走吧……天寿在那边叫我哩……"言罢，气绝身亡。

天富和云英拭去泪水，从炕上揭下苇席，遮掩住香玲的尸体。

俩人抱着孩子刚出了街门，迎面冲过来两个丘八。天富举枪就打，两个丘八当即丧命。街上一片狼藉，流弹四处乱飞。拐进一个胡同，云英腿上突然中了流弹，惨叫一声，站不起身来。天富急了眼，要背云英走。云英把娃娃塞到他怀中，催他快走："别管我，把娃带好，给马家留条根……"说完已泣不成声。

"嫂，我咋能丢下你不管呢！"天富说啥也不肯走。

这时胡同口出现了几个丘八。天富抬枪打了一梭子。几个丘八都成了冥间客。天富换上梭子，要搀云英起来。云英急道："你快带娃走，别管我！"

"不，我不能丢下你！"

云英听胡同口又有脚步声，胸膛一挺，双手猛地抬起天富提枪的手，扣动了扳机……

"云英嫂！……"天富痛叫一声，他已经流不出泪来。

云英拼尽全力喊了一声："快走！"

天富不敢再迟疑，抱着孩子钻进胡同深处，硝烟遮掩住了他狸猫般的身影……

这场屠杀直到黄昏才结束。

枪炮声停了，马家寨沉浸在一片静默之中。没有哭声，没有鸡鸣犬吠羊咩牛叫之声。一切都像回到了远古的岁月……

其时夕阳已快落山，暮色渐渐垂临，迅速地向西边天际的太阳扩散。天空出现了大片大片紫色的云霞，它们横兀出各种奇异凶猛的姿态。硝烟在火光中弥漫升腾，与西天奇异的霞光连成一片，变成了一片浓浓的紫雾，笼罩着高原，久久不散。夕阳在紫雾中摇摇欲坠，最终被紫雾吞没。

天地间一片混沌……

后　记

几十年过去了。

一个春日,一位少年跟着父亲去看望一位表叔。表叔幼年时因为家穷,流落他乡。这几年日子好过了,他才重返故土,在一个叫马家寨的村子落了户。

马家寨四周有城壕,且有城墙,如今已是残垣断壁。从种种迹象可以看出,这原本是个很大的村落,可现在仅仅只有十来户人家。而且这些住户几乎都有着如表叔一样的境遇。表叔姓"第五",这个姓比较罕见,也有点儿古怪。至少少年这样认为。

"表叔为啥姓第五?"少年问父亲。

父亲无法回答儿子的问话,却对儿子说:"马家寨也没一家姓马的。"

"那为啥?"少年好奇地问父亲。

于是,父亲给儿子讲起了马家寨为啥没有姓马的人的故事。

沉默良久。

儿子问父亲:"马家寨的人都死了?"

"听说跑出去了几个。"

"跑到哪里去了?"

"不知道。跑出去的人都没再回来。"

那一日，少年沉默寡言，一直在回味父亲讲的故事。他第一次感到人这个动物真是太可怕了。

父亲见儿子闷闷不乐，问儿子："你想啥哩？"

"爹，马、冯两姓本是亲兄弟，咋就不能相容哩？"

父亲念过私塾，能把一本《三字经》倒背如流。他思忖半晌，说道："人之初，性本善。人生下来都是良善的，可吃了五谷杂粮后就生出各种欲念。看到了人世间万般的不公不平，也就有了不良善的想法和举动。特别是亲兄弟之间，更容易生出嫉妒、仇恨、较量，甚至水火不相容，也就有了很多亲兄弟之间争强斗狠和相残的故事。"父亲最后长叹一声："唉——说一千道一万，都是一个'欲念'把人害了啊！"

少年听得似懂非懂，想再问父亲什么，却又不知该再问父亲什么，口张了半天，又闭上了……

三十年又过去了。

父亲去了另一个世界，儿子也过了不惑之年，以舞文弄墨谋生计。一日还乡，儿子偶过马家寨，忽然想起了父亲当年讲的故事。是夜，心潮起伏，难以入寐，想把父亲讲的故事记录下来，遂披衣伏案，铺纸捉笔，却又觉得父亲讲的故事太玄乎，抑或是时间太久，他的记忆模糊了。故事发生的时间和其中的人物都含含糊糊，似是而非。最终，他凭借着自己有限的想象力，增删了人物，尽可能地使父亲讲的故事合情合理。鉴于此，提醒读者诸君，宁可信其无，不可信其有。

以上所云，权作结束语。

2002 年 3 月于杨凌杜寨村

2004 年 10 月改竣

2014 年 9 月修订